Margherita Oggero

LA VITA È UN CICLES

ROMANZO

non vale
neanche un
euro

MONDADORI

Dello stesso autore in edizione Mondadori

La collega tatuata
Una piccola bestia ferita
L'amica americana
Qualcosa da tenere per sé
Il rosso attira lo sguardo
Orgoglio di classe
Risveglio a Parigi
Perduti tra le pagine
L'ora di pietra
Un colpo all'altezza del cuore
La ragazza di fronte

Questo libro è un'opera di fantasia. Personaggi e luoghi citati sono invenzioni dell'autore e hanno lo scopo di conferire veridicità alla narrazione. Qualsiasi analogia con fatti, luoghi e persone, vive o scomparse, è assolutamente casuale.

librimondadori.it
anobii.com

La vita è un cicles
di Margherita Oggero
Collezione Narrative

ISBN 978-88-04-70219-1

I edizione ottobre 2018

Anno 2019 - Ristampa 2 3 4 5 6 7

La vita è un cicles

a Camelia e Gabi

Di cosa nasce cosa, e 'l tempo la governa.

NICCOLÒ MACHIAVELLI, *La mandragola*

Giovedì

Per vecchio, il vecchio è davvero vecchio.

Sta parlando al cellulare, rivolge a Massimo un accenno di cenno della testa ma non lo invita a entrare nella stanza e lo lascia in piedi sulla soglia. Lì dove lo ha accompagnato la badante, moldava rumena ucraina o chissà. Filippina no.

Bel vecchio, però. Una faccia con tutte le rughe giuste dell'età, una testa leonina di capelli bianchi, occhi penetranti probabilmente bionici, da post interventi di cataratta. Interventi ben riusciti, a quanto pare, eseguiti da un chirurgo con mani abili.

Sulla sedia a rotelle, il vecchio. Che a Massimo ricorda una foto, un ritratto non sa più di chi, fatto da qualcuno che non spara selfie, ma sa usare la macchina. Uno scrittore, un artista, boh.

Continua a parlare al telefono, più che a parlare ad ascoltare, con interventi monosillabici – no sì già –, e annuendo o negando con minimi movimenti del capo.

Indisponente, il vecchio. E se tanto mi dà tanto, sarà anche rompicoglioni, pensa Massimo che comincia a seccarsi. Per ingannare il nervosismo, sciorina mentalmente qualche detto latino sulla vecchiaia.

Senectus ipsa est morbus. Infatti è paralitico. Paralitico è impreciso e politicamente scorretto, meglio invalido disabile diversamente abile o non deambulante?

Senectus plena malis. Infatti.

Horrida senectus.

A Mario Rigoni Stern, ecco a chi assomiglia il vecchio. Di tutt'altra pasta, credo.

«Vieni avanti.»

Voce imperiosa, impostata, da attore di alta scuola capace di recitare senza microfono. Albertazzi Gassman Servillo, per dire. Si mette male.

Entra nella stanza e gli si piazza davanti.

«Tu saresti Massimo Brusasco» lo apostrofa il vecchio, senza accennare a un saluto o a una scusa.

«Io *sono* Massimo Brusasco. Buonasera.»

C'è una pausa. E anche uno scintillio negli occhi del vecchio. Il cristallino artificiale intraoculare centrato da un raggio di luce, ipotizza il giovane. Scintillio bellicoso.

«Colpito e affondato. Siediti.»

Il tono è duro, risentito, il vecchio non ha l'aria di essere spiritoso e accomodante. Massimo si siede sulla poltrona che gli è stata indicata.

«Perché vuoi questo lavoro?»

«Per i soldi.»

Inutile usare gli artifici della retorica con questo qui.

«In cosa sei laureato?»

«L'ho scritto nel curriculum. In lettere antiche.»

«Laurea molto spendibile. Cosa pensavi di fare?»

«Non il badante, e neppure il barista in nero.»

«I bartender adesso hanno delle belle soddisfazioni» sogghigna il vecchio, «ragazze che ronzano davanti al bancone, concorsi sui cocktail, nome e cognome sui giornali...»

Pensi al suo, di nome e cognome: Leonardo Galilei, che fa tanto sottotono, cioè understatement. Vero che non ne ha colpa, però.

«Io non sto al bancone, preparo al mattino i panini nel retro.»

«Li fai bene?»

«Li faccio con quello che trovo nel frigo: prosciutto cotto che è un conglomerato di scarti, mozzarelle tedesche di iperdiscount, würstel di provenienza incerta, maionese polacca in secchi, roba così.»

«Dammi l'indirizzo, così lo evito, il tuo bar.»

«Lo eviterebbe comunque, non ha lo scivolo.»

Sono stato un po' stronzo, ma lui di più: laurea molto spendibile, bartender, niente saluto. Poi tutti a dire che i giovani sono maleducati.

«Perché dovrei assumerti?» lo fulmina con le parole e lo sguardo il cavalier Leonardo Galilei.

«Perché ha bisogno di un ragazzo che spinga la sedia a rotelle, che la aiuti a salire in auto, che la porti in giro dove le pare.»

«L'altra sedia a rotelle è elettrica e la badante ha la patente.»

«Ma è piuttosto esile, e comunque nell'annuncio lei ha richiesto un ragazzo.»

«Oltre a preparare panini, cosa fai di lavoro?»

«Aggiusto o scrivo tesi e tesine. Ripetizioni di latino e di greco.»

«Ci sono ancora studenti che vanno a ripetizione?»

«Pochi.»

«Già, adesso promuovono cani e porci. Magari con i crediti.»

«Com'è che è così informato sull'argomento?»

«Ho un nipote imbecille che però ha fatto un corso da bagnino.»

Pausa di silenzio. Il vecchio scruta Massimo che sostiene lo sguardo e resta immobile sulla poltrona.

«Ti farò sapere, puoi andare.»

Cosa rispondo? Grazie è troppo, arrivederci inutile.

«Buonasera.»

Si alza e si avvia alla soglia. Leonardo Galilei scuote un campanello simile a quelli da messa per farlo accompagnare dalla badante.

Pioviggina, porcamiseria. Ma l'asfalto non è ancora scivoloso per fortuna.

«Com'è andata?» gli chiede sua madre dalla cucina quando lo sente arrivare a casa.

«Male, ma almeno in strada non mi hanno fregato la bici, visto che la portinaia non mi ha dato il permesso di metterla in cortile. Di nuovo broccoli? Vendono solo quelli al supermercato?»

«Sono anticancro. E a tuo padre e a Marilena piacciono tanto.»

«A me no. Sei l'unica madre che preferisce la figlia femmina al maschio.»

«Si capisce, è la primogenita.»

«Ma erediterà poco più di un piatto di lenticchie, sempre che io non la intorti del tutto.»

«Scemo, lo sai che vi voglio bene uguale. Per te ho preparato un'insalata di arance e cipolline novelle.»

«E come la bacio dopo Ornella? Le metto la maschera antigas?»

Sua madre ride.

«Guarda nel microonde.»

«Insalata belga e parmigiano. Quanti minuti ci vanno?»

«Sette, ma aspetta ad avviarlo, intanto prepara la tavola. E Ornella baciala pure quanto vuoi e vuole, ma cerca di non metterla incinta, ché i bambini costano.»

«Tranquilla, prende la pillola.»

«Tranquilla mica tanto, è cancerogena.»

Venerdì

Di solito poco prima delle sei del mattino Massimo pedala verso corso Vercelli.

Di solito Gerry, il figlio del padrone del bar, arriva verso le sette per grugnire un saluto invelenito, tirare su le serrande e imprecare contro il padre perché invece del bar non ha preso la licenza per una sala scommesse che rende molto di più e soprattutto apre alle undici, ziocan. I panini preparati da Massimo sono già disposti nella vetrinetta insieme ai croissant e la Cimbali è stata messa in pressione.

Di solito verso le sette, sette e un quarto, Massimo esce dalla stessa porta sul retro da cui è entrato, e intanto arrivano i primi clienti, ma gli ispettori del lavoro e i NAS stanno ancora a dormire o si sono appena alzati.

Di solito però non vuol dire sempre.

Alle sei Massimo infila la chiave nella serratura della porta sul retro. Solo il mezzo giro e non le quattro mandate, come mai? glielo dico o no a Gerry? Dato che come sempre è stato lui a chiudere ieri sera, mi dirà di farmi i cazzi miei. Io me li faccio e non gli dico niente.

Dalla soglia accende la luce. Sbatte più volte le palpebre come per essere certo di quello che vede – mentre il cuore tambureggia fuori ritmo –, fa prima quattro o cinque passi indietro nel cortile, poi in avanti per chiudere la porta e chiama il 112.

Il commissario Gianmarco Martinetto soffre di una specie particolare di insonnia. A qualunque ora vada a letto, alle cinque gli squilla una sveglia interiore che non c'è verso di zittire e lo costringe ad alzarsi, perlopiù sacramentando. Verso le due del pomeriggio, invece, è invaso da un torpore pesante che può smaltire soltanto quando è di riposo, con una pennichella ristoratrice, mentre negli altri giorni ingurgita caffè su caffè, maledice i suoi ritmi circadiani e strapazza chi gli capita a tiro.

Alle sei e un quarto di venerdì 24 febbraio 2017 è già in ufficio e un agente di turno che sbadiglia in attesa del cambio bussa alla sua porta un paio di minuti dopo:

«Hanno chiamato adesso per un omicidio, commissario. Corso Vercelli, nel retro del bar Acapulco's.»

«Chi ha chiamato?»

«Il barista. Aveva appena aperto.»

«Come fa a sapere che è omicidio?»

«Non ho idea, il numero unico che ha passato la chiamata ha detto così.»

«Avverti Murtas, ci andiamo subito.»

Giornata di merda, commenta tra sé, un probabile omicidio prima ancora che si alzi il sole e intanto Murtas è chiuso in bagno dove ci starà per almeno un quarto d'ora: ciascuno ha la sua croce, io l'insonnia e lui il colon irritabile. Però il venerdì è il mio giorno fortunato, magari l'assassino è un idiota e chissà che non si riesca a ingabbiarlo prima di domenica.

Dopo aver telefonato, Massimo esce dal cortile e si pianta davanti all'ingresso del bar. Da lettore e telespettatore, sia pure molto saltuario, di libri e telefilm di genere giallo, sa che è importante non inquinare la scena del delitto, e intanto si augura che la polizia si sbrighi ad arrivare non solo perché ha freddo, ma perché ha bisogno – nell'ordine – di un bicchier d'acqua per rimettere al ritmo giusto battiti cardiaci e respirazione, e di un paio di caffè per affrontare le prevedibili seccature della vicenda.

Alle sei e quarantacinque la macchina della polizia, arrivando dopo una corsa da pantera, frena e lascia qualche millimetro di gomma sull'asfalto. Martinetto comincia a fare un cazziatone a Murtas; l'agente lo interrompe dicendo di aver visto in ritardo l'insegna del bar; tutti e due scendono dall'auto imitando inconsciamente (o no) Clint Eastwood nella versione Callaghan o qualche erede odierno.

Massimo è sul marciapiede e, turbato com'è, ha ancora il cellulare in mano, chiaro invito alla rapina dato il luogo, che però è deserto.

«È lei che ha chiamato?» lo apostrofa il commissario.

«Sì.»

«E dopo ha tirato giù le serrande?»

«No, sono uscito dalla porta sul retro.»

«Perché ipotizza un omicidio?»

«Perché uno non si abbatte di sua iniziativa bocconi con sangue e altra materia cerebrale sparsa intorno senza lasciare una pistola nei pressi.»

Passano nell'androne, svoltano a sinistra nel cortile, Massimo apre la porta e si fa da parte.

«La luce era accesa?» gli chiede Martinetto.

«No, l'ho accesa io.»

«E poi è entrato.»

«Sono rimasto sulla soglia. L'interruttore è subito sulla destra.»

«Sicuro di non aver scalpicciato intorno al corpo o toccato qualcosa?»

«Sicuro. Soltanto l'interruttore.»

«Cittadino e testimone perfetto!»

«Non è obbligatorio essere stupidi.»

Il commissario gli lancia un'occhiata indecifrabile e poi:

«Murtas, chiama i rinforzi la scientifica il medico legale e il magistrato. Cerchiamo di essere perfetti anche noi.»

Intanto, sempre dalla soglia, osserva la scena del delitto. Che, come al solito, non è un bel vedere.

Un ragazzo o meglio un uomo, si direbbe intorno ai trentacinque o qualcosa di più, sparato alla testa, da dietro, e nessuna pistola visibile: effettivamente come suicidio assolutamente impossibile, come incidente involontario altrettanto. Il ragazzo sembra sveglio, speriamo non sia lui l'assassino, se no sono cazzi acidi. Chiama accanto a sé Murtas per il primo interrogatorio.

«Nome e cognome.»

«Massimo Brusasco.»

«È il padrone del bar?»

«No. Un aiutante.»

«Regolarmente assunto?»

Massimo lo guarda come se fosse un alieno con otto coppie di tentacoli al posto delle braccia e resta muto.

«Vabbè, capito. Però ha le chiavi.»

«Quella del portone e della porta sul retro.»

«Le serrande chi le tira su?»

«Il figlio del padrone, Gerry.»

«Quando arriva?»

«Tra poco, alle sette.»

«Qual è il suo compito lì dentro?»

«Preparare i panini e i croissant. Poi me ne vado.»

«I croissant?»

«Brioche cornetti, li chiami come vuole.»

«Non mi interessano i sinonimi. Voglio sapere come li prepara.»

«Sono precotti, li infilo in forno per scongelarli.»

«Roba di lusso.»

«Adatta al bar.»

«Come dipendente la sua lealtà è piuttosto dubbia.»

«Per la lealtà occorrono i contributi.»

«Già. Ha idea di chi sia il morto?»
«No. Però non è che si veda bene la faccia.»
«La vedrà. Si tenga a disposizione.»
«Cosa vuol dire?»
«Che non se ne può andare.»
«Neppure a prendere un caffè?»
«Dove?»
«Al bar del prossimo isolato.»
«Tra dieci minuti la voglio qui.»
«Un quarto d'ora. Il caffè bollente mi fa venire mal di stomaco.»
Il commissario gli lancia un'occhiata da sbirro e con una mano gli fa cenno di andarsene.
Non appena Massimo si è allontanato l'agente Murtas apre finalmente bocca:
«Non gli ha chiesto se la porta era aperta o no» dice al suo capo.

Il bar Cancun dell'altro isolato è in concorrenza con l'Acapulco's anche riguardo al peggior caffè di Torino e area metropolitana. Dopo il primo sorso Massimo lo corregge versando latte freddo dal bricco e inondando il bancone.
«E stacci attento, pischello!» lo apostrofa il barista, sessant'anni, muscoli e naso da ex boxeur; meglio *sopire, troncare... troncare, sopire,* la letteratura come maestra di vita, pensa Massimo. E improvvisamente è colto da una voglia vertiginosa di altrove, da una nostalgia d'infanzia fantasticata: casetta inaccessibile su un albero (la scala di corda tirata su), rifugio dentro la cuccia di un cane maestoso vigilante all'ingresso (labrador molosso pitbull), avventura spaziale tra le braccia di Goldrake. Flashback retrospezione analessi: saltare all'indietro e cambiare tutto, data e luogo di nascita, nome e cognome, identità.
Il caffè è proprio imbevibile, al peggio non c'è mai limite, proviamo un croissant, sporgiamoci sull'abisso.

«Un croissant, per favore.»
«Stanno là, non li vedi?»
No che non li vedo: appoggiato di schiena al vassoio staziona un marcantonio che legge "La Stampa" di tre giorni fa, mentre una tv locale bercia notizie fresche.
Il croissant è gommoso come un cicles (cicles, cicles sì!) cioè chewing-gum, ci potrei fare i fili. Big Babol leccalecca, infanzia e adolescenza che tornano su come un rigurgito per effetto del cadavere, della polizia, delle scocciature all'orizzonte. E anche di qualcos'altro che è meglio non far riaffiorare troppo.
«Che miscela di caffè usate?» chiede dopo l'ultimo sorso.
«A te che tte frega?»
Alla faccia della cortesia sabauda. Però l'eloquio del boxeur tradisce il romanesco.
Posa sul bancone una moneta da due euro:
«Mi frega per cancellarla dalla lista della spesa.»
«Ma va' a mori' ammazzato, va'!» lo invita il barista.

Gerry è appena sceso dall'auto e prima di attraversare il corso vede Massimo in arrivo sul marciapiede opposto.
«Perché qui fuori?»
«Dentro c'è la polizia.»
«Diopovero! Come mai?»
«Un cadavere, nel retro.»
«Un cadavere! E di chi?»
«Che ne so.»
«Chi ha chiamato la polizia?»
«Io.»
«Cazzo cazzo cazzo! Farti gli affari tuoi mai, eh!»
«Se apro con la chiave una porta e vedo un cadavere sparato, ripeto sparato, diventa per forza affar mio.»
«E avvertire prima me, non potevi?»
Scemo sempre, questo qui, pensa Massimo.
«Per renderci subito sospettabili tutti e due?»
Gerry rimugina faticosamente l'ipotesi e intanto arriva in

cortile, mezzo passo davanti a Massimo. Il commissario, in attesa dei rinforzi, lo vede e si avvicina, seguito dall'agente.

«È lei il padrone del bar?» chiede.

«Sì cioè no.»

«Come sarebbe?»

«Sarebbe che il padrone è mio padre.»

«Nome e cognome.»

«Trevisan Benedetto.»

«Detto Gerry?»

«No. Detto Bettino.»

«E Gerry chi è?»

«Io. Trevisan Gerry.»

«Gerry all'anagrafe?»

Qualche secondo di silenzio. Massimo decide di non intervenire.

«No. Trevisan Gervaso» confessa finalmente l'interessato, che sin dall'asilo è stato sbeffeggiato come Gervasodanotte.

«Venga a dare un'occhiata al cadavere. Dalla soglia mi raccomando, senza entrare.»

«Perché senza entrare?»

Uno troppo sveglio e l'altro troppo scemo, pensa il commissario. Oppure il primo ha dato l'imbeccata al secondo.

«Per non inquinare la scena del delitto.»

«Ah già, lo dicono sempre nei telefilm.»

Il commissario sospira.

«Riesce a identificarlo?»

«Non lo so come si chiama.»

Il commissario registra l'incongruenza della risposta. Oppure è un problema di lessico.

«Ma lo conosce, l'ha già visto prima?»

«No, mai visto.»

«Ne è sicuro?»

«Sicurissimo.»

Gerry sospira a sua volta. Dalla soglia Martinetto lo pilota accanto a Massimo, per continuare l'interrogatorio.

«Chi ha chiuso il bar ieri sera? Serrande e porta sul retro.»
«Io» dichiara con rammarico Gerry.
«A che ora?»
«Alle nove più o meno.»
«Le serrande hanno il lucchetto interno?»
«Sì. Li ho chiusi e dato quattro giri alla serratura del retro.»
L'agente Murtas guarda il suo superiore con una certa aria di sfida: il cazziatone sulla frenata non è ancora stato digerito.
«La porta sul retro era chiusa o aperta?» chiede il commissario a Massimo, restituendo l'occhiata all'agente.
«Chiusa solo col mezzo giro.»
«Non ci sono segni di effrazione e chi è entrato dopo la chiusura non si è preoccupato di chiudere a quattro mandate, pur avendo le chiavi. Chi altro le ha oltre a voi due?»
«Nessuno!» si affretta a rispondere Gerry.
«Tuo padre» precisa Massimo, investito da uno sguardo di odio puro.
Intanto il cortile si è animato, inquilini impiccioni e subito dopo i rinforzi e gli agenti della scientifica in tuta bianca. La curiosità si trasforma in eccitazione, aleggia la parola *omicidio* e nessuno si preoccupa più di arrivare in ritardo al lavoro, peccato che manchi la tv.
Al commissario c'è qualcosa che non torna:
«Lei è di turno dalle sette di mattino alle nove di sera?» chiede a Gerry.
«No.»
«E chi ci sta al bar?»
«Mio padre.»
«Da che ora a che ora?»
«Dalle undici alle quattro, sempre più o meno.»
«Poi torna lei.»
«Sì, di solito.»
«Cosa ha fatto ieri sera dopo che ha chiuso?»
Gerry lo guarda stranito.

«Ieri sera...» farfuglia. Ma è salvato dall'arrivo del medico legale. Che è una donna sui trentacinque, alta bionda ossuta e niente male. In confidenza col commissario, che saluta con una pacca amichevole sulle spalle:

«Nonostante la crisi, il lavoro non manca, eh Gianmarco?»

«Per fortuna, se no addio stipendio.»

«Vabbè, vado a cominciare, se la scientifica mi lascia. E il magistrato?»

«Arriverà.»

«Con suo comodo, come sempre. Chissà chi è stavolta» chiosa la donna.

«Allora, mi dica di ieri sera» riprende il commissario rivolgendosi a Gerry mentre la dottoressa si allontana.

«In pizzeria con degli amici, poi in giro.»

«Un po' vago come alibi.»

«Alibi?» sbigottisce Gerry.

Arrivano altri poliziotti dalla questura. Il cortile si riempie di gente: oltre agli inquilini del palazzo, altri curiosi attratti dalla notizia del crimine che ha cominciato a diffondersi.

«Indietro indietro, circolare circolare» intimano gli agenti, mentre i telefonini riprendono la scena da mostrare agli amici. Non che ci sia granché da mostrare, un cortile come tanti, ma un delitto è sempre un delitto.

Fotografie del cadavere e dell'ambiente circostante, rilievi della scientifica, polveri varie sparse ovunque e finalmente la medico legale volta il corpo del morto e compie le sue prime valutazioni. Dopo, e intanto sono passate quasi quattro ore, la salma viene stesa su una barella e portata all'esterno.

«Allora, lo conoscete o no?» chiede il commissario rivolgendosi a Massimo e Gerry, che scuotono entrambi la testa. «Davvero mai visto?» insiste. Stavolta i due recuperano la voce per dire No. «Vi voglio in questura alle cinque per completare le testimonianze e per il verbale. Murtas, controlla i documenti dei signori e fatti dare le chiavi.»

Massimo porge all'agente carta d'identità e chiavi, Gerry è riluttante perché angustiato da una domanda che esige una pronta risposta:

«Ma allora come lo apro, il bar?»

Il commissario lo guarda perplesso:

«Al bar mettiamo i sigilli e starà chiuso fino a nuovo ordine.»

Gerry si fruga nelle tasche e fa l'inventario muto di tutte le imprecazioni che conosce, bestemmie comprese.

L'appartamento è vuoto e silenzioso quando Massimo ci fa ritorno: padre e madre al lavoro – il primo, Francesco detto Franco, in Comune allo stato civile, la seconda, Agnese, a scuola, maestra d'asilo. La sorella si è presa la macchina, ha una laurea in Medicina più spendibile della sua (abbastanza) e se la cavicchia facendo qualche notte in ospedale e sostituzioni per i medici di base. La macchina le serve per andare a visitare i pazienti che non possono andare in ambulatorio o fanno i furbi; a lui resta la sua Guzzi Breva del 2010 comprata di seconda mano, che d'inverno non usa, e la bici.

Giornata comunque rovinata; siede al computer ma i pensieri vanno dove vogliono e non dove dovrebbero, cioè a rendere decente dal punto di vista espositivo la tesina in chimica organica di una semianalfabeta, sperando che non contenga spropositi anche sul piano scientifico. Deve consegnare il lavoro l'indomani, centocinquanta euro, e pretendere da Gerry, quando lo vedrà nel pomeriggio in questura, il compenso per febbraio, perché il bar non riaprirà certo entro la fine del mese. E ci sarà da contrattare: tre giorni di lavoro in meno – sabato lunedì e martedì, domenica comunque chiuso – e quello è capace di togliergli una settimana, cioè un cinquantino. Eh no, caro mio: la mate la so meglio di te, caso mai venticinque euro. Conti pidocchiosi, e umore di merda.

Si alza, passeggia in cucina, guarda nel frigo: minestra di

farro e broccoli ripassati in padella, cioè avanzi della sera prima e un bustone di insalata mista da aprire e condire. Due banane e un'arancia nel cestino a centro tavola. Ma non ha appetito, lo stomaco chiuso. Dovrei telefonare a Ornella, si dice, ma non ne ho voglia, chiami lei una volta se le va; hanno preteso la parità ste donne, ma poi esigono segni continui di galanteria. Scacciare il pensiero che è molesto, come un paio di altri.

Ritorna con la mente al cadavere, al cortile, al commissario. Una persona civile, anche se con un piglio un po' troppo autoritario. Del resto, dato il mestiere... ma uno che dà del lei e non del tu a testimoni o possibili sospettati non stava di sicuro a Bolzaneto nel 2001. Brutta storia quella, una vergogna nazionale: in casa non finivano di parlarne, e Marilena che ha tre anni più di me diceva già la sua. Sempre stata precoce, lei. Precoce primogenita e prediletta. Inoltre lui, il commissario, chiede *nome e cognome,* non cognome e nome come i burocrati, e il galateo linguistico è segno di intelligenza.

Assassino (al singolare o al plurale) e vittima sono entrati usando la chiave: come se la sono procurata? Gerry non la conta giusta, secondo me. Suo padre lo terrei fuori dalla lista dei sospettati: si è spaccato la schiena per quasi quarant'anni con il banco di frutta e verdura al mercato di Porta Palazzo e quando l'ha ceduto ha investito nel bar per il figlio. Vero è che ha sbagliato la scelta: dato il posto nemmeno un genio riuscirebbe a farne un locale decente, e Gerry genio non è. Come ambizioni ha i vestiti griffati, la Porsche 718 Cayman, le femmine da calciatori e fare soldi soldi soldi, ma restano solo ambizioni, di macchina ha una Golf di cinque anni, le firme di jeans maglie e maglioni sono taroc-che, e a donne non so come sta.

L'alibi. C'è da sperare che l'accoppamento sia avvenuto prima di mezzanotte, se no che alibi ho io? Dormire a casa con i miei non vale uno sputo.

Vabbè, mi faccio una canna, mica mi faranno l'esame del sangue.

Bettino Trevisan è furibondo. E molto preoccupato.

A quasi settant'anni, boia di un mondo cane, guarda un po' se gli doveva capitare un morto ammazzato nel retro del suo bar. Che era meglio se non lo comprava sto cazzo di bar, e teneva i soldi sotto il materasso come facevano i vecchi, che almeno uno se li ritrova quando ne ha bisogno e non glieli ruba lo Stato con le tasse, e neppure ce ne rimette la metà appena gli viene in mente di investirli. Un bar, un'occasione, il prezzo è buono con i muri e l'avviamento e la licenza, a tuo figlio non piace il banco in piazza e un bar è più nel suo genere: tutti a dare consigli, tutti capaci di sapere cosa conviene e cosa no a casa degli altri. La fregatura me l'ero già presa con il banco a Porta Palazzo, che dopo l'invasione dei marocchi e di tutte le altre tribù dell'Africa e dell'Asia non valeva neanche la metà di prima, e loro, marocchi africani e gli altri, ti vendono merce che arriva da chissà dove anche se ci mettono sopra il cartello *prodotto italiano*, e i vigili fanno finta di niente, si vede che gliel'hanno ordinato, e la frutta e la verdura è mezza marcia, bella quella messa a muraglia in prima fila, ma loro ti danno quella dietro, tenuta nei frighi a marcire durante i viaggi, e metà è da spedire diretta ai cassonetti. Ma gli africani si sgolano a vantare i prodotti, e sono giovani e qualcuno anche bello, per chi gli piace il genere, e ste mona di donne comprano da loro, così si sentono internazionali e moderne, mentre invece le arabe col foulard e le nere coi bambini schiacciati sopra il culo non si fanno fregare e si scelgono la merce con le mani anche se non si può, ma tanto chi controlla, oppure la comprano da noi, ma poche, e così gli affari vanno a ramengo.

Ma la colpa è anche mia, che mi sono risposato a quarant'anni suonati da un bel po', ché la mia povera Remigia mi era morta in tre mesi, e da solo come facevo, così mi sono poi preso la Lucia che sembrava una ragazza d'oro e invece era placcata. Mi ha subito scodellato un figlio, che se non fosse che in faccia mi somiglia uguale e scolpito direi che l'ha fatto con un altro, perché di testa vale poco e di soddisfazioni ne ha date zero. A scuola neanche con i calci nel didietro andava avanti, ci ha messo cinque anni a fare le medie, al professionale ha ripetuto due volte la prima e allora ho detto Basta, è meglio che lavori, che gli studi non fanno per te. Ma neanche il lavoro fa tanto per lui, che è già stanco appena alzato e ho dovuto prendere quel Massimo per farlo dormire un'ora di più al mattino. Era meglio se stavo solo, senza moglie e senza figlio, una buona solo a pitturarsi le unghie, anzi adesso neanche più quelle, ché se le fa pitturare o mettere finte come le cinesi, e quella volta al mese che deve darsi un po' da fare in cucina mi mette su un'aria da santa Lucia vergine e martire, come se a cavarle gli occhi con le tenaglie e a metterglieli sul piattino fossi io. E l'altro... l'altro di sicuro ci ha messi nella merda fino al collo, sto goldòn!

Guarda il figlio come volesse scuoiarlo e gli sibila, afferrandolo per le spalle:

«Giurami che non c'entri con questo malstare!»

«Da quando in qua c'ho una pistola, io?»

«Magari ce l'ha qualche amico tuo sbingolante come te!»

Gerry scuote la testa più volte e riesce ad allontanarsi dal padre. Che basta un niente, pensa, a farlo sbroccare di brutto.

«E le chiavi allora? Come me lo spieghi sto fatto delle chiavi?» continua il padre.

«Che ne so. Massimo magari...»

«Lascialo perdere, pensa a la desgrasia tua. Non è che le hai prestate a qualcuno per andarci a ciavàr o qualche altra porcheria?»

«E dove, per terra?»

«Sul panchetto, mona!»

«Ma è duro il panchetto...»

Il padre alza gli occhi al cielo:

«Qualche s-ciopà, drogato perso, che vuol venire a rubare...»

«Rubare cosa? Prosciutto würstel maionese?»

«Quelli sono dei desperà che rubano tutto, anche la carta dai cessi, sti malnati.»

«Ma no, nessuno ha rubato niente. Tu piuttosto, non è che le chiavi le hanno prese a te?»

Trevisan padre fa per avventarsi sul figlio che riesce però a sfuggirgli, ripara in bagno e si chiude dentro. Ziocan, mormora, sedendosi sul water.

In questura a occuparsi del caso al momento sono in cinque, oltre al commissario. Gavino Murtas ha smesso di fare l'offeso: al ritorno guidava provocatoriamente come una suora vecchia del Cottolengo, finché Martinetto gli ha detto ridendo di piantarla di fare il moschino come i sardagnoli. Sardagnolo sarebbe una parola ritenuta offensiva, ma il gruppo che lavora con Martinetto gioca spesso a essere politicamente scorretto e Murtas ha dovuto adattarsi. Comunque, sardagnolo più risata e pacca sulla gamba non è offesa ma complicità. Tanto più che il commissario ha chiesto il suo parere:

«Che ne pensi dei due baristi?»

«Uno è sveglio e l'altro abballuccato.»

«Cioè?»

«Confuso, scombinato.»

«Ma sarebbe troppo da scemi ammazzare uno dove si lavora e lasciare lì il cadavere.»

«Oppure da furbi il doppio.»

«Mah... tanto furbi gli assassini non lo sono quasi mai.»

«Però non è che noi riusciamo a prenderli sempre.»

Martinetto aveva sospirato: i luoghi comuni si chiamano così perché sono appunto comuni, e Murtas dei sardagnoli ha il puntiglio puntuto. Bravo ragazzo, basta saperlo prendere.

A metà pomeriggio, tutti riuniti nell'ufficio del commissario, condividono le informazioni al momento disponibili:

- il morto era privo di documenti, cellulare, chiavi e qualsiasi altro elemento (scontrino, biglietto, tessera) utile all'identificazione. E data la condizione della faccia devastata dall'uscita del proiettile, tutto quello che si sapeva della vittima era l'età presunta – fra i trentacinque e i quaranta –, la corporatura massiccia e l'etnia europea;
- la morte era avvenuta, secondo i primi rilievi della medico legale, tra mezzanotte e le due circa; maggiori dettagli dopo l'autopsia;
- il colpo era stato sparato a non più di mezzo metro di distanza, il bossolo non trovato;
- sulle impronte stava lavorando la scientifica;
- dal mazzo di chiavi consegnato da Gervaso Trevisan mancava quella della cassaforte;
- nessuno dei vicini interrogati aveva sentito niente la notte del delitto, e dentro al bar davanti o nel cortile non ricordavano fossero avvenute risse o schiamazzi;
- data la zona, il bar stesso era stato attenzionato dalla polizia municipale e dai carabinieri, ma non risultava sospetto: niente spaccio, nessuna frequentazione assidua di elementi pericolosi, insomma una rarità;
- il proprietario del bar, Trevisan padre, era incensurato;
- il figlio era stato beccato una volta in compagnia di un noto tossicomane, ma era risultato pulito, e il controllo era avvenuto durante una retata notturna in San Salvario dove, da una certa ora in poi, tra i patiti della movida i puliti sono rari come rinoceronti bianchi;
- l'aiutante barista, il Brusasco, incensurato pure lui.

Situazione promettente, caso da risolvere in due giorni, commenta tra sé il commissario. Neanche un pugno di mosche in mano, il peggio del peggio. Ma siccome il pessimismo del capo contagia i sottoposti, cerca di non lasciarlo trapelare:

«Vabbè, qualche punto fermo ce l'abbiamo.»

«Sì, che siamo nella merda fino al collo» specifica il suo vice, Enrico Rivelli, mentre al sardagnolo bravo ragazzo sfugge un sogghignetto. Proprio un bravo ragazzo o un rompicoglioni?, si chiede Martinetto.

L'omicidio del bar non può diventare un caso mediatico da articoli a tutta pagina, trasmissioni tv con criminologi veri o inventati, giornaliste tuttologhe possibilmente bionde e di coscia lunga, modellini anzi *rendering* 3D del luogo del delitto: no, è roba di basso profilo, di periferia non ancora redenta né rammendata nonostante le promesse elettorali, droga prostituzione immigrazione incontrollata sbandati ladri ricettatori e strozzini, i morti non sono mica tutti uguali, e i presunti assassini non sempre hanno fascino, cioè *appeal*. Rimuginava queste considerazioni, peraltro non inedite, il dottor Marzio Pagnottino, piemme assegnato al caso, da sempre in lotta con le sue generalità e in imbarazzo al momento delle presentazioni. Ma che gli era venuto in mente al padre? chiamare l'unico figlio con un nome che rimandava alle cosiddette virtù del fascio, pur essendogli più che antipatizzante? porre un'ipoteca onomastica sul futuro aspetto fisico della prole? ignorare volutamente l'ossimoro tra nome e cognome? Marzio non aveva nulla di marziale, più che a una pagnottina assomigliava a un grissino: a certi padri e madri bisognerebbe togliere la potestà genitoriale prima ancora che inseminino o siano inseminate. Per fortuna, tempo addietro, al primo incontro il commissario Martinetto non aveva fatto finta di niente trincerandosi dietro un neutro Piacere di conoscerla, ma tendendogli la mano era sbottato in un Temerario, suo padre! e così avevano solidarizzato subito.

Proprio in quanto l'omicidio del bar non sarà roba da paginate e paginate in cronaca, Marzio Pagnottino non è scontento di doversene occupare, prima di tutto perché non ci saranno troppe pressioni, e poi perché con ogni probabilità non si metteranno di mezzo avvocati rampanti o peggio rampati. Non non non non: quattro negazioni affermano due volte.

Sale al secondo piano della questura, vuole notizie sulla direzione imboccata dalle indagini e magari essere presente ai primi interrogatori. Arriva giusto in tempo per sentire la parte finale di quello di Gerry.

«Lei ha già dichiarato di non possedere una pistola e di non aver sparato di recente» dice il commissario.

«Con cosa avrei sparato se la pistola non ce l'ho?»

«Con l'arma di qualcun altro.»

«Non ho sparato con niente.»

«Allora, visto che c'è anche il magistrato presente, non avrà niente in contrario a sottoporsi subito allo stub.»

«Che cos'è?»

«Una prova che rileva le tracce di polvere da sparo sulla mano.»

«Fa male?»

«Ma no, le passano uno stick tipo colla addosso, tutto qui.»

«Vabbè.»

«Ma come se lo spiega che l'assassino o gli assassini siano entrati con la chiave?» torna a chiedere per la terza o quarta volta il commissario.

«Non so, non me lo spiego» ripete rassegnato Gerry. Lo hanno già torchiato abbastanza; non vede l'ora di andarsene. Non a casa, dove suo padre imperverserebbe allo stesso modo, ma da Vito, a bere insieme un paio di birre o qualcosa di più forte, meglio ancora da Sabrina, a consolarsi tra le sue cosce.

«Eppure non c'è stata effrazione» infierisce ancora Martinetto.

«Boh, la serratura non è il massimo, magari si apre con una carta di credito come nei telefilm.»

«Eh no, si sbaglia. È un modello recente, non proprio con chiave antibulgara, ma quasi.»

«Ah sì... adesso ricordo. Mio padre ha fatto cambiare

quella vecchia un quattro mesi fa più o meno. Però quella che dice lei costava troppo.»

«Chi è venuto a cambiarla?»

«Non lo so, non c'ero, c'era mio padre.»

«Lo chiederemo a lui. Gli ricordi che lo aspettiamo qui domani mattina alle otto e mezzo. Adesso può andare: l'agente Dassetto la accompagna per lo stub, poi lei deve tornare qui per la firma del verbale. E credo che dovremo risentirla ancora nei prossimi giorni, perciò si tenga a disposizione.»

«Sì sì, buongiorno.»

Esce e appena fuori dall'ufficio, seguendo l'agente, alza gli occhi al cielo ed esala un lungo sospiro. Dentro, il dottor Pagnottino si chiede e chiede agli altri:

«Ma lo è o ci fa?»

Aspettando il suo turno, Massimo controlla il cellulare che aveva spento. Due chiamate da Ornella, una da sua madre: per non cadere nella tentazione di richiamare lo spegne di nuovo. Nonostante i rimuginii tranquillizzanti, dopo il temporaneo nirvana della canna si sente inquieto, soggetto a possibili sospetti, a costruzioni distorte e cervellotiche della realtà. "Male non fare, paura non avere" è una massima che la maestra delle elementari (adesso scuola primaria: cambiare i nomi per non cambiare le cose, vedi *Il gattopardo*) ripeteva a proposito e a sproposito. Già: mai sentito di errori giudiziari, di gente marcita in carcere per anni, di indagini condotte alla cazzo di cane, di sentenze emanate sull'onda di pressioni ideologiche, di pervicacia nell'errore, di testimonianze false? E i magistrati, inquirenti e giudicanti, tutti immuni da protagonismo, tutti e sempre sfiorati dall'ala civile del dubbio, tutti pronti a recedere da una valutazione dimostratasi errata?

Maledetto il momento in cui ha accettato quel lavoro al bar, ma duecento euro al mese gli facevano comodo; laureato da poco, non fuori corso ma fuori tempo massimo per i concorsi della scuola – e chissà dopo questa informata quando ne faranno altri – anche un posto da puliscicessi avrebbe accettato, altro che *choosy*, perché a venticinque anni farsi dare la paghetta da mamma e papà è parecchio umiliante, dal momento che già ti passano vitto alloggio e ti lavano la roba. Stirarla meglio di no, sarebbe tutta una grinza, e provvede da solo.

Il bar resterà chiuso per un bel po', fortuna che Gerry, incontrato a due passi dalla questura, ha sganciato senza banfare i duecento euro del mese, forse perché la prospettiva dell'interrogatorio lo straniva più dell'esborso. O forse perché, avendo qualche dettaglio da nascondere, ha preferito non far impermalire l'aiutante in nero.

La porta dell'ufficio si apre.

«Signor Brusasco, si accomodi» lo invita un agente. Il tono è neutro, ma Massimo nota la correttezza formale dell'appellativo *signore* davanti al cognome. Guarda fuori dalla finestra: è già buio ed entrando decide per un Buonasera. Gliene tornano indietro quattro: del commissario, del poliziotto della mattina, dell'altro che gli ha aperto la porta – tutti in borghese, ma con corporature adatte al ruolo – e l'ultimo di uno sconosciuto, filiforme come l'ex sindaco della città.

Poi si comincia.

«Da quanto tempo lavora all'Acapulco's?» parte subito il commissario.

«Da cinque mesi.»

«Orario?»

«Dalle sei alle sette, sette e un quarto del mattino.»

«Mai dopo?»

«Solo un paio di volte.»

«In quali circostanze?»

«Una volta al mese, di domenica che è giorno di chiusura, si riunisce lì a cena una decina circa di famiglie. Ho aiutato a servire a tavola e poi a sparecchiare.»

«Ma non è un ristorante.»
«Le portate le prepara a casa la moglie del signor Trevisan, poi si scaldano in microonde.»
«Famiglie di che tipo?»
«Tutte venete, che si conoscono da sempre, credo.»
«Perché lo crede?»
«Una volta dalla metà in poi di corso Vercelli c'era una forte presenza di veneti. Quando hanno aperto l'Auchan le donne ci andavano in gruppo a fare la spesa, dandosi appuntamento davanti all'*oseleto.*»
«Oseleto?»
«È il logo dell'Auchan, un uccellino.»
«Lei come lo sa? Non abita nei paraggi e non è veneto.»
«So anche che Cicerone era nato ad Arpino, eppure non ci sono mai stato. Comunque, me l'ha detto un mio compagno di università, di origine veneta, la cui famiglia abita nei paraggi.»
Pausa. Durante la quale Gavino Murtas si permette il terzo sogghignetto della giornata e il commissario lo accoltella con lo sguardo, prima di sogghignare anche lui.
«Torniamo alle cene domenicali dei veneti. Perché non vanno in un vero ristorante?»
«Non lo so. Forse per stare tranquilli, forse per spendere meno.»
«Che tipi di persone sono?»
«Mah... normali, ammesso che la normalità esista. Non ceffi da museo Lombroso, uomini donne e qualche bambino.»
«Si ricorda qualche discorso?»
«Di calcio mi pare, ma non stavo a sentirli, dato che non m'interessavano granché e dovevo occuparmi di fare le porzioni nei piatti eccetera.»
«E come mai quelle due volte era di servizio?»
«La signora Trevisan stava poco bene, mi avevano detto.»
«Oltre a lei, chi c'era, diciamo così, in cucina?»
«Il signor Trevisan padre.»
«E il figlio?»

«Non c'era.»
«Come mai?»
«Non lo so.»
«Non ne aveva voglia?»
«Forse. Domenica è sempre domenica.»
«Per lei no?»
«Al momento no.»
«Dov'era e cosa ha fatto la notte passata tra le ventiquattro e le due?»
«Ero a casa e dormivo.»
«E prima?»
«Dopo cena, un po' prima delle dieci, sono andato a casa della mia ragazza, ci sono rimasto sin quasi a mezzanotte, poi sono tornato.»
«In macchina?»
«In bici.»
«Eravate soli?»
«No, c'erano le sue due conviventi, studentesse universitarie come lei e il ragazzo di una delle due.»
«Qualcuno l'ha vista rientrare?»
«Un coinquilino. Mentre io in cortile mettevo la catena alla bici nella rastrelliera, lui ha parcheggiato l'auto.»
«Ci deve fornire i nomi di tutti, fidanzata conviventi fidanzato e coinquilino.»
«D'accordo. Ma non sono fidanzato, è solo la mia ragazza.»
«Solo?»
«Per fidanzarsi ci vuole un lavoro vero.»
«Già. Adesso deve sottoporsi allo stub.»
«Va bene.»
«Non chiede che cos'è?»
«No, lo so.»

Appena aperta la porta di casa Massimo viene investito da una zaffata di odore di cavolo e dalla voce di sua madre:
«Telefono spento o non raggiungibile: dov'eri, in una

grotta? Mi ha anche chiamato Ornella per sapere come mai non l'hai cercata.»

«Broccoli o cavoli, cavoli o broccoli; qui dentro c'è un tanfo da mensa dei poveri che fa venir male.»

«Anche i cavoli non ti piacciono? Guarda che di mestiere non faccio la cuoca e i cavoli sono verdura di stagione.»

«Di stagione e anticancro.»

«Appunto, dovresti ringraziare che mi occupo della vostra salute.»

«E come piatto forte spezzatino di seitan?»

«Spiritoso! Rispondi piuttosto dov'eri.»

«In questura.»

«A far cosa?»

«A testimoniare su un omicidio. Giornata meravigliosa. Papà non c'è?»

«Omicidio di chi?»

«Non lo so. Era stecchito nel retro del bar quando stamattina ho aperto.»

«Cavoli!»

«Sì, amari o acidi.»

«Racconta.»

«Sono stanco. È di là?

«No, in cantina a sistemare i bottiglioni.»

«E a respirare aria buona.»

«Meglio avere in casa una nidiata di topi piuttosto che voi due.»

Massimo sorride suo malgrado, i cavoli gli piacciono, ma lo confesserebbe solo sotto tortura. Con sua madre ha un rapporto sempre polemico, al contrario di quello col padre, basato sulla complicità virile nel sopportare le donne di casa. Alla faccia di Freud. Però entrambi – lui e il padre – sanno benissimo di essere in debito nei confronti della matriarca, che oltre al lavoro fuori casa, con i bambini che la sfiniscono, si accolla quasi il totale delle faccende domestiche. Il fatto è – pensa Massimo per distrarsi dalle preoccupazioni – che la trasformazione dei costumi è stata troppo rapida e noi maschi siamo lenti a adattarci psicologicamente. Ancora sessanta/cinquanta anni fa eravamo desiderati e coccolati – speriamo che sia maschio! –, esentati dal farci il letto, alzarci da tavola per prendere il sale o la forchetta mancante, lavare i piatti, e invece adesso le madri – la mia, almeno – preferirebbe avere in casa una nidiata di topi al posto di papà e di me. Vabbè solo per dire, ma... ma io, che sono stato educato alla spartana e all'uguaglianza tra i sessi, da dove l'ho introiettata la nostalgia dei privilegi, il rimpianto del maschilismo protettivo, anche un po' cialtrone se si vuole, tuttavia cavalleresco: aprire le porte, far passare prima le donne, cedere il posto a sedere su tram e autobus, portare pesi, pagare il ristorante il cine la birretta? Bei tempi: allora avevamo un lavoro sicuro che ci garantiva rispetto e autorità, che ci permetteva di essere generosi, di regalare mazzi di fiori spillette cianfrusaglie varie che le fanno sdilinquire, le donne... Ma io, sempre io, come faccio a essere così scemo da pensare ste cose?

Va in camera sua: dovrà decidersi a fare un po' d'ordine, c'è un caos adolescenziale impregnato non di odore di cavolo, ma del suo, di carne umana e dei suoi effluvi diurni e notturni, dato che è da due giorni che non apre la finestra. Lo fa adesso, si mette al computer e mentre questo si avvia entra il padre, per una volta senza bussare:

«Cos'è sta storia dell'omicidio? Mamma a momenti sviene, raccontami bene, per filo e per segno.»

Alle nove e mezzo di sera Martinetto e i suoi decidono di staccare; a pranzo soltanto un panino o una fetta di focaccia, perciò sentono di meritarsi la cena con un piatto caldo, che non resti a ballare nello stomaco per metà della notte. Il commissario ha spartito gli incarichi per il giorno dopo: lui e il vice, Rivelli, prima di tutto a interrogare Trevisan padre, poi a fare i primi controlli sugli alibi; Murtas e la

Vannini a verificare presenza e contatti su Facebook e altri social dei Trevisan e di Brusasco, a chiedere e sollecitare i tabulati dei cellulari e telefoni fissi dei medesimi; Dassetto a fare ulteriori domande in corso Vercelli; Giacomazzi (lo Scarpinatore, detto anche Carnera per via della stazza) a sentire i soffia, mostrare in giro l'immagine di una plausibile ricostruzione della faccia del morto. Tutti in attesa, come al solito, dei risultati delle analisi della scientifica e della medico legale. Il piemme, che era smammato prima, si era dichiarato disposto a firmare i mandati di perquisizione di appartamenti garage e pertinenze varie, nel caso fossero stati necessari.

Da un paio d'ore ha ripreso a scendere una pioggia sottile e gelida, insufficiente a spazzare i veleni dell'aria o a riportarli a una soglia accettabile, e il commissario è indeciso tra una passeggiata e l'automobile. Davanti al portone della questura fiuta il cielo con il naso all'insù, poi decide per l'auto: gli è piombata addosso una stanchezza improvvisa, insieme con un principio di umor nero e la riluttanza a mettersi ai fornelli.

Nel ristorante di via Maria Vittoria i clienti stanno quasi smobilitando; nella seconda saletta, la sua abituale, ci sono soltanto due tavoli ancora occupati ma già con le tazzine del caffè sui ripiani, il brusio è appena accennato e la vecchia cameriera, un relitto dei decenni passati, lo accoglie con il solito ruvido e sbrigativo Buonasera dottore, cosa le porto?

«Il menu prima di tutto, e buonasera anche a lei.»

La cameriera (Maddalena) si allontana di due passi ciabattando, raccatta il menu da un tavolo vicino, glielo porge e propone:

«Un quartino di dolcetto e acqua minerale gasata, per cominciare. C'è ancora del rognone in padella che è una meraviglia. Penne all'arrabbiata e spaghetti al nero di seppia come primi del giorno. Cosa le va?»

Il rognone va sbolognato perché domani sarà immangiabile, gli spaghetti al nero non quagliano con il dolcetto, pensa il commissario, che vorrebbe anche consultare con calma il menu, ma Maddalena resta lì impalata davanti al tavolo, in attesa.

«Faccia lei» le dice rassegnato. La cameriera è parecchio oltre la settantina, perché continua a lavorare?, si chiede. Per bisogno, ma non necessariamente di soldi: è una specie di istituzione storica del locale, gli hanno detto. Allora per attaccamento al ruolo, per paura di giorni trascorsi nella desolazione della solitudine, per non cedere all'inerzia della vecchiaia, per evadere dal suo appartamentino brutalmente invaso dalla famiglia che ha perso il proprio per via della crisi. E come la mettono i padroni del ristorante con l'ispettorato del lavoro?

E come la metto io con la mia vita?

La cameriera torna con vino, acqua e un piattino:

«Castagne e lardo di Arnad, l'ideale con questo tempo. Omaggio della casa.»

«Grazie, Maddalena. Quando smonta?»

«Tra una mezz'ora più o meno. Ma non ho fretta, faccia pure con comodo.»

Le sberle della vita, pensa lui. Ogni età riceve le sue.

Sabato

Mattina senza sveglia, ma il corpo ricorda, e dalle cinque in poi Massimo dorme un sonno agitato, sempre sul punto di interrompersi. Intorno alle sette e mezzo – dopo essersi girato e rigirato tra le lenzuola sudate e stropicciate –, con la certezza di essere solo in casa e non dover aprir bocca, finalmente si arrende, si alza e dopo una breve sosta in bagno esce di casa. Una vera colazione in un vero bar, anche se d'ora in poi e chissà fino a quando mancherà un cespite alle sue entrate, e poi all'edicola a comprare "Stampa" e "Repubblica". Cartacei, da sfogliare con calma a casa. Potrebbe dargli un'occhiata lì al Mogambo, ma i fogli già scompaginati, con ditate briciole e macchie, gli ispirano sempre una lieve repulsione: se vigessero ancora costumi feudali autentici, e non inventati dalle Pro Loco o da romanzieri fantasiosi, pretenderebbe per sé lo *ius primae lecturae* di ogni foglio comunque vergato.

Rientrato a casa, si imbatte in Marilena, appena tornata da una sostituzione notturna in ospedale.

«Ciao, mi presti "Stampa" o "Repubblica"?» gli chiede.

«No. Dopo» risponde.

«Ho sempre sognato di avere un fratello» sospira lei, «purché non fossi tu.»

«Ci tocca quel che ci tocca, fattene una ragione» ribatte lui.

Al delitto di corso Vercelli sono dedicate tre colonne senza foto nelle pagine locali. Niente che già non sapesse, ipotesi dei giornalisti comprese: droga, regolamento di conti, prostituzione?, e in entrambi i quotidiani *il corpo è stato rinvenuto dal giovane barista Massimo Brusasco.* E porcamiseria, no: che bisogno c'era di rivelare le sue generalità ai cronisti? Quel commissario che non sembrava uscito da un dozzinale libro giallo rientra invece nei larghi parametri della realtà e della letteratura più scontata: nessuno che pecchi per omissione, tutti inutilmente logorroici, come se le parole non avessero peso importanza e conseguenze. Cosa gliene può fregare al lettore di sapere nome e cognome del *giovane barista*?

Torna in cucina, dove la sorella sta finendo di fare colazione:

«Tieni» le dice posando sul tavolo i giornali, «hai un fratello indesiderato ma all'onor delle cronache.»

«Da quando in qua ti esprimi con frasi fatte, fratello indesiderato e letterato?» chiude lei, che vuole sempre avere l'ultima parola.

Massimo torna in camera sua, accende il computer per finire la revisione della tesina di chimica, ma dopo le prime battute lo raggiunge la sorella. Senza bussare ovviamente, ma aprendo con slancio la porta. Lui le rivolge uno sguardo che spera indignato e censorio.

«Non l'hai ucciso tu, presumo. E spero.»

«Già.»

«Ma immagino che qualche indagine su di te la faranno.»

«Già.»

«Magari anche una perquisizioncina qui in casa.»

«Non credo.»

«E se sì?»

«Se sì non troveranno niente di sospetto.»

«Neanche il tuo tesoretto di erba?»

«È per uso personale...»

«Certo, ma non gli piacerà troppo. E mamma e papà ti

immagineranno drogato perso: erba coca ero e crack per loro sono la stessa cosa.»

«Porcamiseria.»

«Quanta ne hai?»

«Poca roba.»

«Finiamola subito, così non corri rischi.»

«Ti associ al mio vizio?»

«Non necessariamente per amore fraterno. Però ho avuto una nottata maledetta senza un attimo di tregua, ho bisogno di rilassarmi e intanto tu mi racconti.»

«È tutto scritto.»

«Non tutto. Per esempio: dov'è che compri l'erba, se lo contatti per telefono il tuo spacciatore e dove ti molla la roba.»

«Mi fai più scemo di quello che sono. Niente telefono, ovvio; al mercato di piazza Santa Giulia c'è un banchetto di una gentile signora sui cinquanta che al venerdì mi rifornisce, ma ieri no.»

«Quando fai la spesa settimanale di frutta per la famiglia?»

«Sì.»

«Ah... finalmente mi spiego la tua disponibilità. Perché proprio in quel mercato?»

«Non è troppo lontano dal campus Einaudi, da via Sant'Ottavio e da Palazzo Nuovo.»

«Dove becchi i clienti per lezioni tesi e tesine. Furbo, il ragazzo. Però a lungo andare dai nell'occhio.»

«Mica spaccio. All'università sono lì come ex studente che approfitta delle biblioteche o delle sale-computer.»

«Insomma, nessuna imprudenza.»

«Nessuna.»

Intanto si sono rollati due ricche canne, lei si è stesa sul letto del fratello per gustare meglio la sua e lui, dopo un momento di incertezza, le si è sdraiato accanto.

Restano in silenzio a lungo, mentre l'erba (di buona qualità) comincia a fare il suo lavoro.

«Sai» dice Marilena dopo una decina di minuti, «se non l'hai accoppato tu lo sconosciuto del bar...»

«Non l'ho accoppato io.»

«Se proprio proprio non c'entri niente» continua con voce rallentata, «quasi quasi ti accetto, come fratello.»

«Solo perché mi hai scroccato una canna e sei un po' fatta, però.»

Bettino Trevisan si sveglia incazzato con il mondo intero: prima di tutto con il figlio, che ha sempre sospettato essere un mona, ma un po' meno mona di quanto ora ha la certezza. E sto mona di un mona, sto àseno macaco, quasi sicuro che non l'ha copato lui il morto, però il balordon si è messo nei pastroci e adesso ci va di mezzo la famiglia, col bar serao e la polizia che rompe a tutti il dedrìo.

In subordine ce l'ha con l'assassino, non tanto per il delitto, ché vai a sapere il perché e il percome, ci sono dei bastardi che se la tirano la desgrasia, che insomma mettono in mano all'altro la pistola o il baston, come a dire che l'assassino ha fatto il suo laoro, ma l'ha fatto male, ostia: con tanti posti che ci sono a Torino e anche in corso Vercelli lungo com'è, proprio all'Acapulco's g'aveva da lasciarlo il suo morto?

Poi ce l'ha con la Lusiota sua moglie, che con più che il tempo passa, più diventa un impiastro e gliele dà sempre vinte al mona, e ieri diceva povero fiol qua povero fiol là, che brutto scherzo che gli ga fato qualche ludro, che lui il Gerry è più néto di un agnelin.

E ce l'ha con sti tempi grami, in cui tutto è cambiato da quando i suoi erano immigrati a Torino: lui era nato dopo un paio di anni, e si ricorda che da bambino e da ragazzo il borgo era come un paese dove tutti si conoscevano, e lì abitava anche Remigia, la sua Migina, che aveva sposato ed erano stati felici. Proprio per la nostalgia di quegli anni aveva comprato il bar in corso Vercelli, e non in via Delle Orfane, dove si era trasferito per essere a due passi da Porta Palazzo e avere il banco al riparo, sì in corso Vercelli che prima era dei veneti e adesso invece è dei marocchi, dei neri e dei cinesi.

E per finire ce l'ha con la polizia che lo vuole interrogare. Per cosa poi? Lui l'altra notte dormiva, cosa ne sa di quello che è capitato all'Acapulco's.

In certi settori di mercato il passaparola è ancora la più efficace forma di pubblicità. È con il passaparola che Massimo si è conquistato la clientela e l'ha ampliata, grazie alla serietà nel lavoro e ai prezzi modici.

È andato a portare la chiavetta con la tesina di chimica riscritta in buon italiano a Serenella, la ragazza che gliel'ha commissionata, e da bravo aspirante professore vuole controllare con lei che i dati tecnici siano riportati correttamente.

Sono seduti di fianco davanti al computer e mentre scorrono le pagine annusa di soppiatto il profumo di lei distraendosi a decifrarlo: una fragranza infantile, roba che non attizza i sensi, sottofondo di lavanda da pastorella montana.

«Sai» sta dicendo intanto Serenella, «non ho fatto il liceo, per paura che non ci riuscivo. Al professionale l'italiano non lo badavano tanto, bastava ripetere il libro a pappagallo e di temi ne davano al massimo quattro o cinque all'anno.»

«Assegnavano.»

«Eh?»

«Di temi da svolgere ne assegnavano soltanto quattro o cinque all'anno.»

«Ah sì, hai ragione: assegnavano al posto di davano suona meglio.»

Irrimediabile, pensa lui. Come si riesce a non trasferire al lessico e alla grammatica la precisione e l'eleganza della chimica? *Per paura che non ci riuscivo, non lo badavano, suona meglio:* ti mancano i fondamentali, cocca.

«Vuoi un succo, una birra?» gli chiede lei. «E senti, mi dici una cosa?»

«Se sono in grado.»

«Sei tu che ieri hai scoperto un morto ammazzato in un bar? Hanno fatto il tuo nome alla tele.»

«Sì» bofonchia lui, scazzatissimo.

«Uau, che figata!»

Massimo si alza per andarsene, ma la ragazza lo blocca:

«Succo o birra» e alla sua voce si sovrappone il suono del citofono: «Un attimo, apro e torno».

Torna con due bicchieri, due succhi e una birra:

«Siediti, dài, due minuti. Preferisci il succo, vero? Ti va l'ananas o la mela?»

«La mela, grazie» si rassegna lui sedendosi.

Lei invece va ad aprire la porta di casa, seguono squittii di benvenuto gridolini e sussurri, poi rientra insieme a una ragazza.

«Lui è Massimo e lei è Gilda, una mia amica» dice indicandoli inutilmente.

«Ciao» saluta distratto Massimo, poi si volta e la guarda.

«Ciao» ha intanto risposto lei.

Gilda, Rita Hayworth al culmine del suo fulgore (nel 1952), *Put the Blame on Mame*, il guanto nero lungo sino al gomito sfilato e fatto roteare, gli uomini che inghiottono la saliva dell'eccitazione. Una Gilda diversa questa, ma il nome evoca e indica, e i latini lo sapevano: *nomen omen.* Esile e curvilinea, capelli tra il biondo e il rosso corti e sfrangiati, qualche lentiggine, occhi verde bottiglia, e soprattutto una voce che sommuove fantasie e desideri.

Massimo inghiotte la saliva dello stupore e imbarazzo improvvisi. Vorrebbe andarsene subito, ma sa che non lo farà.

«Mi ha portato la tesina arrangiata» sfarfalleggia intanto Serenella, «martedì la consegno alla Monticone così la smette finalmente di rompere e mi piacerebbe vedere la faccia di quando la legge, magari pensa che non l'ho fatta io e invece no, ci ho passato due mesi a...»

Massimo non la sente più, assordato dai confusi pensieri che lo agitano. E Gilda, invece di prestarle attenzione, gli si avvicina, si siede accanto a lui nel posto lasciato libero dall'amica e chiede:

«La arrangeresti anche a me la tesi, quella di laurea?»

«Triennale o magistrale?»

«Magistrale, però sono indietro con gli esami.»

«Su cosa?»

«Storia dell'arte, più o meno.»

Più o meno? si chiede fuggevolmente lui, ma il turbamento che la ragazza gli provoca fa scivolare la domanda nel pozzo dell'irrilevanza. Intanto la parte più antica del suo cervello ne registra l'odore: denso, maturo, di fiori spezie e pelle lievemente accaldata, un odore di letto sfatto e di sesso.

La ragazza intuisce il turbamento, gli copre la mano abbandonata accanto al mouse con la sua e lo irride leggermente:

«Ci sei ancora?»

Serenella interviene a riprendersi la scena:

«È che ieri ha scoperto un cadavere nel bar dove lavora, uno che gli hanno sparato.»

«Ah... lo conoscevi?»

Massimo si riscuote: «No, mai visto».

«Ma fai anche il barista?»

Per la prima volta si vergogna di quel lavoro precario, indugia a rispondere e ancora una volta si intromette Serenella:

«A tempo perso. Prima che gli danno una cattedra.»

L'omissione del congiuntivo provoca in Massimo un riflesso pavloviano:

«*Diano* una cattedra.»

«Ah sì, mi corregge sempre» gorgheggia Serenella.

È troppo, Massimo si alza e recupera la voce:

«Arrivederci ragazze.»

Ma non è finita:

«Ti devo pagare il disturbo» dice una.

«Dammi il tuo numero» reclama l'altra.

Giornata lunga in questura.

L'interrogatorio di Trevisan padre, visibilmente invelenito e a disagio, non determina grandi passi avanti nelle indagini: il fabbro che gli ha cambiato la serratura non ha il negozio, è uno di quelli che lasciano gli adesivi sulle serrande e promettono di intervenire 24 ore su 24 a prezzi modici. Come si chiama chi se lo ricorda, però il suo adesivo è quello giallo e il più grosso di tutti. No, non ha la fattura, che domanda!, gli artigiani col casso che la rilasciano, sti saràfi, e a dirla tutta neanche i professori e dottori, ché lui è andato a pagamento da uno degli orecchi – per la visita con la mutua c'era da aspettare quindici giorni e lui aveva un male cane, ostia – e la segretaria del dottorone alla fine gli ha spiegato tranquilla tranquilla che senza fattura faceva cinquanta euri in meno. Il nome di quello lì se lo ricorda benissimo, se per caso gli interessa.

Sì, la serratura di prima faceva girare le scatole e poi teneva poco, cioè non dava più fiducia, e insomma aveva buttato via trecentocinquanta euri, che è vero che l'assassino non l'aveva scassinata, ma aveva fatto di peggio sto bastardo.

No, lui non aveva nemici e nessuno gli aveva mai chiesto il pizzo, neanche quando teneva il banco a Porta Palazzo, che però là era meglio, una volta gli ambulanti del mercato erano come una società, tutti per uno e uno per tutti, e se c'era bisogno sapevano difendersi da soli. Però se adesso gli tenevano il bar chiuso lui ci rimetteva una cifra: almeno la roba dentro al frigo dovevano lasciargliela portar via, anche per una questione di igiene.

Cosa aveva fatto la notte sul venerdì? Era andato a dormire come tutti i bravi cristiani, che a una certa ora si mettono sotto le coperte e non vanno a fare bordèlo in giro. Sì, a letto con la Lusiota sua moglie, e c'era anche Gerry che se no al mattino chi lo sveglia. A che ora? Verso mezzanotte o un po' dopo ma non tanto, lo ha sentito arrivare mentre era andato al cesso, perché l'ora era quella, parlando con rispetto, della prima pisciata della notte, la seconda alle quattro, perché diomas-cio!, a una certa età il canolìn non tiene più.

La cassaforte? Quella era già lì quando aveva comprato il bar, ma non serve a un'ostia anche perché non hanno la chiave, i padroni di prima l'avevano persa, così loro non l'hanno mai aperta e l'incasso lo porta via metà lui e il resto Gerry quando chiude, poca roba di questi tempi e non ha mai fatto gola a nessuno.

Il Brusasco Massimo? Il Brusasco gliel'ha nominato Garborin Bepi, che suo figlio Angelo studiava con lui, e il Bepi è il più giovane dei Garborin che erano in sette fratelli, Bastian Ciano Gelindo come suo nonno... sì va ben, Bepi ha detto che so fiol Angelo è amico di sto Massimo e insomma l'ho preso per la mattina, solo un'ora però. In regola? In regola per un'ora! Diomas-cio come si fa, ché con tutte le tasse si resta già in mutande... e poi lui mica me l'ha domandato, neanche i tagliandi mi ha chiesto, sì i vocer quella roba lì che c'è per chi lavora poco...

Che persona è? Mah?, la mano sul fuoco come si dice... però a mi me pare un bravo fiol, non un sasìn, e le chiavi gliele ho date da subito.

Congedato Trevisan padre con la promessa di fargli riavere le derrate del frigo, una telefonata all'agente Dassetto, mandato in corso Vercelli a sfruculiare vicini e negozianti della zona, permette di recuperare nome e cognome del fabbro (Primo Cavallera) operativo 24 ore su 24, nonché numero del suo cellulare, risultante però spento o non raggiungibile, in barba alle vanterie di immediata reperibilità. E immediatamente Murtas e la Vannini vengono distolti dal loro lavoro e spediti a scovare il mentitore al suo indirizzo, in via Feletto 38, sempre Barriera di Milano ma non troppo vicino al bar. Il fabbro però non è in casa, i vicini rispondono di malavoglia che lo vedono raramente, che è uno di poche parole, vive da solo, e parcheggia sempre in cortile dove non si potrebbe il suo furgoncino Renault. Il sottotesto indica chiaramente che risulta antipatico a tutti, e il furgoncino (rosso) non è in cortile né nei paraggi. Gli lasciano un avviso infilato tra i due battenti della porta: si presenti al più presto in questura. Da un rapido controllo il Cavallera non sembra un giglio di campo: precedenti per rissa, violenza privata, disturbo della quiete pubblica, sospettato di ricettazione.

«Che dici, tombola?» chiede il vice commissario Rivelli al capo.

«Magari, ma quaglia troppo e troppo poco. Troppo per le chiavi e forse per la violenza privata, troppo poco perché il lavoro sembra fatto da un professionista o almeno da uno con il sangue freddo, non da un habitué delle risse.»

«Nessuna notizia dalla medico legale?»

«L'ora della morte spostata un po' in avanti, più dall'una alle tre, e probabile assunzione di droga, forse coca potenziata con una new entry non ancora in catalogo, ma bisogna aspettare l'esito delle analisi.»

«E dalla scientifica?»

«Eh, quelli dopo il sopralluogo di ieri e stamattina stanno a studiare tracce e rilievi ma se la prendono comoda. Poi è sabato, e questo non è mica un delitto *glam*.»

«Neppure *cool*, solo bassa macelleria.»

Alle otto di sera, dopo una lunga serie di telefonate e controlli circa gli alibi di Massimo e Gerry, decidono di staccare, però Martinetto vuole ritornare al bar, perché rivedere la scena del delitto, dice, fornisce sempre qualche suggerimento.

«Ti accompagno» decide il vice.

«Niente vita familiare?»

«Cecilia è andata dai suoi, vicino a Biella. Col braccio rotto, il destro, non riesce a star dietro a Stefano e io come faccio ad aiutarla?»

«Inizia a camminare?»

«Gattona, si tira su, cade, strilla, vuole essere preso in braccio e consolato, poi rimesso giù per ricominciare. Una fatica boia, dovevamo metterlo al mondo prima.»

«Già. Quasi quasi viene da rimpiangere la famiglia patriarcale, con i nonni, le sorelle o cognate nubili, zii e cugini. Tutti insieme appassionatamente.»
«Per detestarsi, vuoi dire.»

Giorno sfigato per Gerry, che aveva cercato di incrociare il padre il meno possibile, alzandosi prima di lui e uscendo di casa senza far rumore.
Alle otto e tre quarti è lì a suonare al portone di Sabrina, che al citofono biascica un assonnato Chi è? e gli apre come in trance.
«Cosa vuoi?» chiede quando se lo vede davanti.
«Ti devo parlare.»
«Proprio a quest'ora? Mi ero appena addormentata e contavo di dormire in pace...»
«Non sai niente del bar?»
«Che bar?»
«Il mio, ziocan. Ci hanno ammazzato uno dentro.»
«Chi?»
«Chi cosa?»
«Chi hanno ammazzato?»
«Non so. Non l'hanno detto.»
«Quando?»
«L'altra notte.»
«E vieni a rompermi adesso? Non potevi telefonare ieri?»
«Il telefono è pericoloso.»
«Pericoloso? Ma ti sei fatto o cosa?»
«Alle otto di mattina? No, è che ti devo spiegare.»
«Allora fallo, e intanto preparami un caffè, che sono ancora intronata.»
Gerry prepara la moka e spiega. In modo piuttosto confuso e Sabrina capisce quello che le riesce.
«Ma come hanno fatto a entrare, il morto e chi l'ha ammazzato?»
«Il morto quando è entrato era vivo.»

«Sì, c'era il sangue, hai detto. Ma avevano le chiavi o no?»
«Forse sì.»
«Forse? O è sì o è no. Gliele hai date tu?»
«Per cosa gliele avrei date? Ma mi stai a sentire? Ti ho detto che non lo conosco, il morto.»
«E il vivo, cioè l'assassino?»
«Chi lo sa chi è l'assassino.»
Sabrina rigira pensierosa il cucchiaino nel tazzone di caffè.
«Perché il telefono sarebbe pericoloso?»
«Me l'ha detto Massimo.»
«A chi volevi telefonare?»
«A nessuno. È lui che, invece di telefonare a me, ha chiamato subito la polizia.»
«E Massimo le chiavi le ha.»
«Certo che le ha.»
«Potrebbe averlo ammazzato lui, il morto.»
«Potrebbe. Mi ha chiesto l'alibi, la polizia.»
«Non mi hai messa in mezzo, spero.»
«Figurati!, sapevo che sta settimana fai la notte. Ho detto la verità, ma chissà se mi hanno creduto.»
Sabrina lo guarda risolutamente in faccia: il caffè ha cominciato a svegliarla.
«Cos'è che vuoi da me?»
«Fare l'amore.»
«Oltre a quello?»
«Te lo dico poi.»

Dopo l'incontro con Serenella (e Gilda) Massimo sfoga l'irrequietezza con un lungo giro in bicicletta: pedalare o camminare, in silenzio, gli migliora sempre l'umore e gli consente di riflettere con lucidità. Mentre il corpo macina chilometri e smaltisce tossine, la mente si svelenisce.

Verso l'ora di cena, quando parcheggia la bici nel cortile di casa, lo stesso coinquilino di due notti prima ci entra per prendere la macchina. Guarda le combinazioni della vita, pensano entrambi, scambiandosi un saluto.

«Mi ha chiamato la polizia e ho confermato il suo alibi, sa...» aggiunge però subito dopo un po' insinuante il ragionier Repetti.

«Grazie, ma non sono indagato, soltanto un testimone. Però mi hanno chiesto a che ora sono rientrato a casa l'altra notte e ho fatto il suo nome a conferma. Mi dispiace che l'abbiano disturbata.»

«Si figuri, nessun disturbo. Quando si può essere utili, con la polizia poi...»

La relativa serenità di Massimo si sfarina come l'intonaco marcio di diecimila scuole italiane, anzi crolla del tutto. Come i soffitti.

I suoi sono in cucina, madre padre e sorella tutti riuniti in attesa e lui vorrebbe scomparire, come il gatto di Alice. Senza lasciare in giro nessun sorriso, però.

«Non hai comprato la frutta, ieri» osserva subito sua madre.

«No. Avevo altro per la testa.»

«E continui a tenere il cellulare spento.»

«Sì. Niente socialità.»

«Così ti cercano al telefono di casa e io devo fare la segretaria. Senza aver idea di cosa dire.»

«Chi mi ha cercato?»

«Ornella, tre volte. Cosa ti ha fatto, che non le vuoi parlare?»

«Saranno fatti miei sì o no? E si può sapere perché ce l'hai sempre con me, perché non ti piace niente di quello che faccio, perché continui a cucinare broccoli cavoli e cavolfiori che sai che detesto e mai melanzane e patate? Se non ti andava di avere un altro figlio dopo Marilena, perché non mi hai abortito, così la cosa finiva lì?»

La madre boccheggia sotto l'attacco sferrato con acrimoniosa e imprevista violenza.

«Ma cosa dici...» ribatte senza convinzione, mentre gli occhi tradiscono lacrime in arrivo.

Il padre e la sorella non intervengono: madre e figlio dovrebbero districare da soli i nodi irrisolti del loro rapporto. E Agnese, la madre, si riprende e si difende attaccando:

«Ma cosa credi? Se non ti volevo, facevo una scappata al consultorio, mezza giornata in ospedale e via, così stanotte non sarei stata con gli occhi sbarrati a pensare a te, all'impressione che ti deve avere fatto quel morto con la testa fracassata, all'interrogatorio in questura, a tutto quello che ti tieni dentro e non dici; non sono mica cieca sai, mi accorgo che hai il magone per il lavoro, ma sono tempi duri per tutti, e hai fatto la cosa giusta a studiare quello che ti piace davvero e io ti voglio un bene dell'anima, stupido che non sei altro, ma oggi è stata una giornata di merda anche per me, stamattina che ero di turno e la mia collega si era data malata, è caduta una bambina che non si è fatta quasi niente, un lividino e via, ma non la smetteva più di urlare anche quando l'ho presa in braccio per consolarla, come se invece di accarezzarla la scuoiassi, i bambini cadono tutti i momenti anche se ci facciamo attenzione, però io ero da sola con sedici mocciosetti ambosessi, e quando sua mamma è venuta a prenderla ancora un po' mi pigliava a schiaffi, lei che era andata a fare shopping, io invece al lavoro anche di sabato, sì shopping, quattro borse appese al braccio: profumeria, intimo donna, scarpe e complementi d'arredo, ho avuto il tempo di impararle a memoria ste borse, mentre quella sfuriava come uno tsunami, sta stronza che aveva solo da accudirsela lei la sua escort in fieri per commendatori attempati infoiati e pieni di grana, la sua pin-up da telepoirino, che quando hanno la mignottaggine nel sangue si vede già a cinque anni...»

Agnese si abbatte su una sedia, ansante, e si asciuga le lacrime. Marito e figlia posano altrove lo sguardo. Massimo sposta il peso del corpo da un piede all'altro, poi le si avvicina, le tocca la spalla con una mano:

«Scusami» mormora incerto.

«Sì, anche tu» acconsente lei. E aggiunge: «Ha telefonato pure Leonardo Galilei, dice di chiamarlo per il lavoro».

«Ah, il vecchio. Magari ci ha ripensato.»

«Pranzi a casa domani?»

«Sì.»

«Ti faccio la caponata di melanzane. Anche se melanzana deriva da mela insana.»

«È un'etimologia falsa, mamma.»

Però è una solanacea, pensa senza dirlo.

Martinetto e Rivelli rompono i sigilli, aprono la porta ed entrano nel retro dell'Acapulco's. Manca il cadavere, ma il resto è all'incirca come lo ricordano, comprese alcune tracce di sangue e altro accanto alla testa della sagoma disegnata sul pavimento. Qualcuno deve aver staccato il riscaldamento e l'ambiente non è gelido ma quasi.

«Non li facevo così risparmiosi alla scientifica» commenta il vice.

«C'è una donna nella squadra, una nuova. Non l'hai notata?»

«No. Precisina come tutte le donne, suppongo: il riscaldamento l'avrà spento lei.»

«Non tutte precisine: la mia ex» ricorda ad alta voce Martinetto «si lasciava dietro il passaggio di un ciclone.»

«Ti manca?»

«No, è finita bene. Cioè per stanchezza reciproca, che equivale al meglio possibile.»

«La senti ancora?»

«Qualche volta. Rapporti civili: auguri a Natale e ai compleanni, qualche telefonata nel mezzo per avere e dare notizie, per saperci reciprocamente vivi. Lei a Roma e io a Torino.»

Rivelli dà un'occhiata di sguincio al capo: la voce non ha tradito amarezza e l'espressione del viso neppure. Possibile? Ma è anche vero che sono passati quasi due anni. Oppure sa fingere bene, anche riguardo le faccende personali.

A due passi di distanza l'uno dall'altro, inventariano mentalmente il contenuto della stanza: frigo congelatore lavandino scolapiatti lavastoviglie bancone di lavoro contenitore di posate affettatrice due forni a microonde tostapane armadio panchetta cassaforte a muro. I Trevisan figlio e padre hanno dichiarato che la cassaforte non l'avevano mai usata, non gli serviva, l'aveva aperta la scientifica e dentro non ci aveva trovato niente.

Passano nel bar: arredamento tra l'anonimo e lo squallido, unici elementi decorativi due poster plastificati alle pareti (basilica di San Marco; gondola con gondoliere e Ponte dei Sospiri sullo sfondo) e un orologio pubblicitario del Punt e Mes (bello, chissà come ci era capitato lì dentro). Quattro tavolini (gambe di metallo, ripiano di plastica) e una dozzina di sedie (plastica). Nell'altra saletta, di nuovo quattro tavolini, ma di legno, da vecchia osteria, e sedici sedie.

«Anziani che vengono a giocare a carte?» ipotizza Rivelli.

«Forse. Gli ultimi veneti asserragliati a Fort Apache, quelli delle cene domenicali.»

«Polenta e osei o còfane di pasta al forno?»

«Boh! Però c'è una cosa che non mi quadra. Perché i vecchi col mezzo litro i tarocchi e il tresette e non le slot che rendono molto di più?»

«Non per remore morali di sicuro. Ma perché nei dintorni tutti i bar ce le hanno già da anni.»

«C'è anche altro che non mi convince» insiste Martinetto. «Padre e figlio incensurati, bar attenzionato da vigili e carabinieri ma sempre risultato pulito e poi un omicidio misterioso e possiamo dire professionistico.»

«Già. Sui due Trevisan sarà meglio approfondire. Forse anche sul barista precario e abusivo.»

Escono, rimettono i sigilli alla porta, si sfilano i guanti.

«Ceni a casa o in pizzeria?» chiede il commissario.

«Al sabato c'è troppa gente e troppo rumore ovunque. Tranne che nei ristoranti stellati, che non posso permettermi.»

«Vieni da me. Cucino io e ceniamo insieme. Se riusciremo a stare zitti tutti e due, non ci sarà nessun rumore.»

Rivelli accetta, ringrazia e sorride: l'umorismo sotterraneo del capo lo diverte sempre.

Avevano fatto l'amore a lungo, poi si erano addormentati l'uno addosso all'altra, perché il riscaldamento del monolocale è sempre al minimo e Gerry freddoloso.

Si svegliano verso l'una, sbadigliando sotto il piumone, lui gradirebbe una replica, ma Sabrina è curiosa del "poi" e si scosta. Chissà cosa vuole da lei questa specie di fidanzato che sogna il massimo ma vive al minimo, gestisce col padre un bar pulcioso e come pegno d'amore le ha regalato un anello di metallo rodiato (vabbè, non si ossida ma non è neppure argento) con una perletta scamazza incastonata; uno che sarebbe meglio perdere che trovare, però gentile, non asfissiante con la gelosia – niente con chi vai e dov'eri e cosa facevi –, uno che tiene compagnia come un cane non aggressivo e poco ingombrante, ma che in compenso a letto sa il fatto suo. Dove e come abbia imparato certe abilità, certe finezze e anche certi riguardi resta un mistero. Mentre rimugina confusamente su pregi e difetti del ragazzo che le sta accanto, Sabrina uscendo da sotto il piumone ne coglie lo sguardo implorante e canino e si intenerisce:

«Dài, scopami ancora una volta» gli (e si) concede.

Dopo, hanno entrambi un discreto appetito e Sabrina, acquietata dall'amore, non è più tanto curiosa riguardo al proprio ruolo nelle faccende di Gerry.

«Faccio una pasta al tonno» propone, «così è primo e secondo insieme. Ti va?»

«Sì, ti apro la scatoletta.»

«È un sugo pronto, neanche da scaldare, basta versarlo nei piatti.»

«Ah... ma tu stasera sei di riposo?»

«Sì.»

«E me lo fai un favore?»

Ahi, pensa lei, di sicuro mi incasina con il delitto.

«Sentiamo» sospira.

«Stasera, dici a uno una cosa da parte mia?»

In casa Brusasco la cena si consuma in un'atmosfera di cauta sospensione, con scambi di occhiate che sembrano preludere a ulteriori chiarimenti e invece si fermano lì.

Conversazione stentata sull'ultima infornata di arresti per tangenti nell'amministrazione pubblica, con relativa fuga di notizie favorita – pare – da un piemme dal protagonismo narcisista o da qualche carabiniere troppo disinvolto: sconfortarsi con la politica permette di far temporaneamente inabissare le ragioni private del proprio sconforto.

Massimo sparecchia, la madre dà una passata di spugna sulle padelle incrostate, il padre sistema sulla tavola il centrotavola ricamato e il cestino della frutta senza frutta, Marilena carica la lavastoviglie e chiede al fratello:

«Ti serve la macchina?»

«Mi servirebbe.»

«Allora prendila, io mi arrangio con Luca» è il suo ramo di ulivo.

«Grazie» dice lui, e si confina in camera sua.

Deve fare due telefonate, una più ostica dell'altra: la prima al vecchio, che gli sta sull'anima ma di cui non può rifiutare l'eventuale offerta, e la seconda, più difficile, a Ornella.

Leonardo Galilei risponde di persona, senza il preventivo filtro della badante, ed espone i termini della proposta:

«Due pomeriggi alla settimana, dalle tre alle sei, martedì e giovedì. Sono nove pomeriggi al mese, per un totale di ventisette ore, a duecentosettanta euro. Prendere o lasciare.»

«Prendo a trecentocinquanta» rilancia Massimo per pura tigna, sicuro che l'altro lo mandi a quel paese.

«Sei esoso.»

«Non mi pare. Sono manodopera qualificata. Laureato, sia pure con laurea non spendibile, conoscenza di tre lingue vive e due morte, patente C, sana e robusta costituzione, bella presenza.»

«Bella presenza? Non mi serve a niente, non sono gay.»

«So conversare su argomenti di attualità e non, sono in grado di intrattenerla sia sui bilanci degli Stati della UE, sia sulle campagne militari di Tiglatpileser III, regnante in Assiria dal 745 al 727 avanti Cristo, caso mai le interessassero.»

«Mi stai prendendo per i fondelli?»

«No, peroro la mia causa. E dodici euro e novantasei centesimi all'ora non mi sembrano una richiesta esosa per le mie eventuali prestazioni.»

C'è una pausa. Abbastanza lunga.

«D'accordo» sospira teatralmente il vecchio, «ti aspetto martedì. Puntuale.»

«Va bene. Posso chiederle perché ha scelto me?»

«Perché sei il meno peggio.»

«Lusingato. Per cortesia, dica alla portinaia di lasciarmi mettere la bici in cortile, non posso permettermi che la rubino in strada.»

Trecentocinquanta euro compensano in meglio i duecento persi causa omicidio, si compiace, anche se l'incarico non sarà una passeggiata in discesa e non può essere certo che duri. E adesso Ornella, ahimè: la telefonata non è più rinviabile.

«Posso aiutare?» chiede Rivelli appena entrano in cucina.

«Se cominci a far domande, il silenzio va a farsi fottere» lo sbertuccia Martinetto.

«L'alfabeto muto chi se lo ricorda più. E poi è troppo macchinoso.»

«Impedisce anche di usare le mani per fare altro. Però ci provo. Solo per farti contento.»

Tenta di mimare spaghetti alla carbonara, ma all'acca si arrende, anche perché Rivelli sta ridendo senza ritegno.

«Dovrei riprenderti col cellulare e diffondere il filmato alla squadra: pensa a come ci rimarrebbero Murtas e Dassetto.»

«Senso dell'umorismo zero, quei due.»

«Oppure ignoto a noi. Davvero, dimmi cosa posso fare.»

«Sbattere le uova per la carbonara. Piatto calorico ma, per dopo, il menu prevede soltanto insalata mista e frutta.»

«Benissimo» pausa. «Sai, sto pensando all'identificazione del morto. La medico legale ha parlato di tatuaggi?»

«Si chiama Arianna Grimaldi, la medico legale.»

«Lo so, e ti guarda con un certo interesse.»

«Me ne sono accorto.»

«Allora, tatuaggi?»

«Solo un piccolo cobra sotto l'omero sinistro. Per il resto, dato che l'assassino gli ha quasi spappolato la faccia, c'è solo da sperare nelle impronte digitali.»

«Sempre che sia schedato. Quando avremo la risposta?»

«Lunedì.»

«Prevedo lungaggini, piste inconsistenti, un sacco di lavoro e un esito incerto.»

«Già, il classico assassinio crepuscolare.»

«Luce scarsa, ombre confuse, nebbiolina leggera.»

«E qualche volta viene la tentazione di mettere il tutto in stand by, cioè in aspettativa.»

Dopo, cala un lungo silenzio, che tra persone che si conoscono si intendono e si piacciono è spesso un momento di riposante armonia.

(La carbonara si rivela di tutto rispetto, ottima e abbondante: guanciale di Amatrice, pecorino romano grattugiato al momento, pepe e tre etti di pasta di Gragnano trafilata al bronzo.)

Ornella è la mia ragazza da due anni. Ci siamo conosciuti in pizzeria, alla cena di compleanno di una sua amica che è pure amica mia, compagna di liceo al Cavour, in seconda addirittura compagna di banco: Viviana Colombino, la bellissima della classe per cui quasi tutti i maschi sbavavano. Quell'anno si era seduta accanto a me il primo giorno di scuola, presumo perché non le avevo mai fatto la ruota davanti, né mi ero mai battuto i pugni sul petto come Tarzan e i gorilla, insomma non l'avevo infastidita con nessuna esibizione da maschio alfa e neppure con goffi accenni di corteggiamento.

A me piaceva da sempre Roberta Sibona, con cui in cinque anni devo aver scambiato non più di cinquecento parole, perché mi intimidiva con la sua serietà non contegnosa, la riservatezza, l'intelligenza degli interventi, e soprattutto con l'aria di chi sa bastare a se stessa. Carina, non da urlo, ma da scoprire pian piano, la rotondità delle ginocchia una volta che indossava una gonna un po' corta, la morbidezza della pelle sui gomiti prima dell'arrivo delle maniche lunghe autunnali e invernali. Capelli castani tenuti a posto nella coda di cavallo (detesto le ragazze che se li scuotono a mo' di criniera o ci ficcano in mezzo le mani anche a tavola per fare le Salomè), occhi grigi grandi e non fuggitivi, che sapevano sostenere lo sguardo di chiunque. Dalla quarta ginnasio seduta dietro a me, così non ho mai potuto incantarmi a osservarla durante le lezioni, ma solo lanciarle occhiate prima e dopo, o durante l'intervallo.

Cinquecento parole, cioè cento all'anno in media, oltre a un bigliettino ancora adesso misterioso, addirittura enigmatico.

Stavamo faticando, l'ultimo anno, su un compito di greco determinante per il voto del secondo quadrimestre, una versione rognosa, forse da Tucidide, e gli occhi implacabili del professore, nascosti dalle lenti scure (stratagemma obsoleto, ma non da noi), potevano posarsi su chiunque in qualsiasi momento, ed ecco che Roberta mi dà una bussatina sulla schiena. Ho quasi i prodromi dell'orgasmo: ha bisogno di me, vuole un suggerimento, e il cuore mi parte a mille. Accenno a un sì con la testa, aspetto il soffio della sua voce che non arriva, poi porto il braccio sinistro dietro la schiena con la mano aperta e nella mano si deposita un bigliettino. Lo apro sotto il ripiano del banco con mille cautele e una mano sola – il cuore che continua a pompare troppo, non per timore di essere scoperto ma per l'emozione – e invece di quello che penso, ci trovo, nella sua bella grafia magra e puntuta, una massima, un aforisma, forse una presa in giro: *La vita è un cicles.*

Un cicles, cioè gomma da masticare cioè chewing-gum? Non capisco e non posso voltarmi a chiedere spiegazioni. Inciucco la versione, che il prof, magnanimo, mi fa recuperare – da solo, seduto di fianco alla cattedra – la lezione successiva.

«Roberta» le chiedo alla fine dell'ora, «la vita è un cicles?»

«Sì» mi risponde, «pensaci.» E sguscia via.

Ci ho pensato per un sacco di tempo, e ogni tanto ci penso ancora.

Perduta di vista dopo la maturità – sapevo che avrebbe fatto l'università a Milano, alla Bocconi – e mai cercata, la mia Roberta. E dico mia per l'intensità con cui ha occupato per anni i miei pensieri, anche quando intrecciavo storie con altre ragazze del liceo, o conosciute a tennis o altrove. Mia più di Ornella, di cui sono stato innamorato e adesso non lo sono più.

Come si può dire a una ragazza, senza essere brutalmente offensivi, che non si ha più voglia di vederla e di passare ore con lei, che non la si desidera più, *ogni passione spenta*? Non per colpa sua, e anche senza colpa mia, ché il mio disamore non è volontario. I sentimenti hanno una scadenza precisa come le mozzarelle, oppure sono preferibilmente consumabili entro una certa data e poi deperiscono un po'? Alcuni sentimenti, non tutti credo.

Si è insinuata un'assuefazione grigia nel mio rapporto con lei, una noia che tracima dall'ambito della nostra relazione per invadere gli altri aspetti della mia vita. Devo avere il coraggio di dirglielo, usando tutti gli eufemismi possibili, ovviamente. Devo dirglielo stasera.

Chiudere in modo definitivo, anche se mi dispiace per lei.

Il monolocale è un buon rifugio: permette a Gerry di stare lontano dalla furia paterna e di sentirsi temporaneamente al sicuro. Ha tenuto staccato il cellulare, di Sabrina non si è vantato con nessuno: irreperibile per tutti.

Verso le undici e mezzo di sera la convince a uscire:

«Dài Sabri, una birra o quello che vuoi a Sansalva, offro io, e poi magari c'è quel mio... quella persona che...»

«Come si chiama?»

«Non lo so, lo conosco solo di vista.»

«E cosa gli dovrei dire?»

«Che non si faccia vedere al bar.»

«Ma se è chiuso...»

«Magari non lo sa.»

«Ti sei messo nella merda, Gerry?»

«Ma no, però sai com'è la polizia.»

«Non lo so com'è, mai avuto a che farci. E non voglio cominciare proprio adesso per causa tua.»

«Devi solo dirgli quello che ti ho appena detto. Chi vuoi che ti senta col casino che c'è al sabato sera?»

«C'è anche pieno di sbirri. È uno che spaccia?»

«Nooo, è uno a posto.»

«Allora perché tutto sto mistero?»

«Sabri, ti ho mai chiesto niente?»

«No, ma neppure dato niente.»

«Ti amo, lo sai, per una volta che ti chiedo un favore... Ci mangiamo pure una pizzetta o un toast, andiamo un po' in giro, quando lo vedo te lo dico, io mi allontano e tu ci parli. Poi mi raggiungi e torniamo a casa insieme.»

«Puzza più di una fogna, sta storia.»
«Sabri...»
«Occhei, non mi stressare più, lo faccio ma non chiedermi altro. Ce l'hai una sigaretta?»
«Una sigaretta? Non fumo da cinque anni.»
«Ne compriamo un pacchetto. Gli chiedo di accendermela e intanto gli dico del bar e del telefono.»
«Sei un genio, Sabri!»

Poco prima di mezzanotte Rivelli se ne va. Ha insistito per aiutare il suo capo a riassettare la cucina, pentola piatti posate lavati asciugati e riposti (niente lavastoviglie, inutile per una persona sola che non mangia regolarmente a casa), pavimento spazzato. Si rivedranno verso le due del giorno dopo: la squadra ha ottenuto libertà per la mattina domenicale.

Martinetto rinvia la doccia all'indomani e si mette a letto, qualche pagina del *Don Chisciotte* per essere accompagnato verso il sonno, che però non arriva, e le righe perdono di significato mentre un'affermazione fatta durante la serata gli torna in mente e pretende di essere rivista e approfondita.

Lasciarsi per stanchezza reciproca equivale davvero a lasciarsi bene o il meglio possibile? La storia con Giuliana era durata sette anni e pare che il settimo anno sia spesso quello della crisi: un fatto fisiologico o una certa qual responsabilità va attribuita alla coppia? Forse entrambi non abbiamo fatto granché per mantenerla viva la nostra relazione amorosa, abbiamo permesso che appassisse per distrazione, per troppo lavoro, per superficialità. Non abbiamo avuto la pazienza di ricucire, soprattutto non le abbiamo fatto la necessaria manutenzione. Così con tutto: la calza bucata non si rammenda ma si butta, l'orologio che sgarra si mette in un cassetto e se ne compra uno nuovo. A meno che non sia un Patek Philippe un Audemars Piguet un Cartier un Rolex, un simbolo di prestigio, un investimento economico. Giuliana e io perfettamente integrati nel mondo dell'usa e getta, della distruzione delle risorse, perché anche i sentimenti sono risorse, anzi soprattutto i sentimenti.

Appoggia il *Don Chisciotte* squadernato sulla coperta, si rigira nel letto, resiste a lungo alla tentazione di chiamare Giuliana: è mezzanotte e un quarto, non si telefona alla propria ex a quest'ora, potrebbe esserci un nuovo compagno accanto a lei, siamo stati piuttosto avari di reciproche notizie sentimentali in questi due anni, potrebbe anche semplicemente dormire e non gradire affatto di essere svegliata... però è soltanto poco più che mezzanotte ed è sabato, giorno di sera lunga soprattutto a Roma, alla peggio chiedo scusa e fingo che la chiamata sia partita per sbaglio.

Afferra il cellulare, schiaccia il tasto con il numero in memoria, dopo quattro squilli la voce di lei:

«Ciao Gianmarco.»

«Ti disturbo Giuliana?»

«Affatto, stavo giusto pensando a te.»

«Ornella scusami se non ti ho chiamata, ma mia mamma ti ha detto cos'è successo...»

«Sì, era anche sui giornali e io ero in pensiero. Ci vediamo più tardi?»

«Certo, dove vuoi.»

«A Sansalva, che ne dici di una birretta o qualcosa di più forte, una volta tanto?»

«Va bene» dice Massimo.» Verso le dieci e mezzo?»

«No, un po' più tardi, alle undici davanti alla chiesa.»

«Non passo a prenderti?»

«Facciamo prima coi mezzi. E non hai il problema della macchina.»

«D'accordo, a dopo.»

Massimo è sollevato e perplesso. Sollevato per un paio di motivi: lei non ha fatto l'offesa, non l'ha investito con le parole acide della ragazza trascurata, e ha scelto per l'incontro il luogo più affollato della città, il preferito dalla movida del fine settimana, dove nel rumore da mille decibel è difficile che un addio provochi scene strazianti di disperazione: gli addii, per risultare memorabili esigono un *locus idoneus,* la panchina lungo il mare o il lago sul far della sera con lo sciacquio quieto delle onde, la hall di un vecchio albergo di lusso, tappeti o moquette folta, luci diffuse, un valzer di Chopin in sottofondo, oppure il cortile del campus Einaudi e intorno l'architettura di Norman Foster se si vuole andare su una scenografia più contemporanea.

Ma è anche perplesso per altrettanti anzi più motivi: Ornella gli è sembrata troppo remissiva, *vel blanda, mellea,* e la scelta di San Salvario stride con le sue preferenze abituali. Tra noi c'era il rifiuto dei luoghi fracassoni e anche degli atteggiamenti neutri e ipocriti; ci si diceva, sia pure con una certa urbanità, quel che si pensava, insomma usavamo tra noi – e non solo tra noi – una certa franchezza, riflette. Inoltre c'è il particolare dell'auto. Quando mai ha usato gli autobus notturni per tornare a casa? Sempre io ad accompagnarla con la moto in primavera estate autunno, e in inverno a dover battagliare con Marilena per conquistare la macchina.

Un po' prima delle undici e mezzo, dopo essersi incontrati e scambiati un bacio di sfuggita, si immettono nella fiumana rumoreggiante, che – nonostante la temperatura rigida e l'ora un po' prematura – pratica la transumanza in via Saluzzo e zone limitrofe. Dalle porte aperte di qualche locale esce musica sparata a spaccatimpani, mentre la quasi totalità dei residenti si augura un'incursione di Godzilla e King Kong che sterminino al completo tutta la gioventù sottostante. Cercano un tavolino in un bar qualunque portandosi con difficoltà verso il bordo della via, sono intercettati dai venditori abusivi di bevande alcoliche di tutte le gradazioni e di ogni genere di roba da sballo; scuotono la testa rifiutando, cercano di avanzare tra pestoni e spintoni e Massimo intravede Gerry nella calca in controsenso al fianco di una truzzarella non troppo male. Posto giusto per entrambi, pensa, ma io che ci faccio qui? Be', io sono qui per una cerimonia d'addio.

Valendosi della prontezza di riflessi riesce, insieme con Ornella, a battere sulla volata un terzetto di ragazzi nella conquista di un tavolino che sta per essere liberato, e mentre una cameriera già trafelata e in affanno sgombra il ripiano dai bicchieri e prende la comanda lui e Ornella si guardano a lungo con un mezzo sorriso. Adesso mi tocca, si sconsola Massimo, no meglio dopo il chupito extra strong.

«Dev'essere terribile scoprire un cadavere» esordisce lei con una certa fatica nel fraseggio e nella voce.

«Abbastanza» acconsente lui.

«E poi la polizia, l'interrogatorio...»

«Effettivamente...»

«Mi dispiace tanto. Però dobbiamo parlare, Massimo.»

Silenzio, intervallo: la cameriera è in avvicinamento con i bicchieri e il conto. Da pagare subito, fa capire. Lui si sente in dovere di farlo per entrambi e intanto pensa Cazzo che ladri. Accennano a una specie di cincin ma non bevono.

«Lo so che non è il momento giusto, che tu sei a disagio e preoccupato, però non mi pare il caso di...» riprende lei con gli occhi rivolti altrove.

«Hai ragione, io...»

«Non interrompermi per favore, non rendere tutto più difficile.»

«Sì, scusa.»

Un sospiro profondo e Ornella riporta lo sguardo su di lui:

«Senti» dice, «è inutile girarci intorno: mi vedo con un altro.»

«Cosa, come?»

«È finita Massimo, mi dispiace ma non posso farci niente.»

«Da quando?»

«Poco.»

«Poco quanto?»

«Lascia perdere. È stato bello con te, ma adesso c'è lui.»

«Lui chi?»

«Non importa.»

«Invece sì.»

«Per favore, non insistere. Adesso scusa, ma devo andare. Mi dispiace proprio, scusami anzi perdonami.»

Si alza, lui resta seduto e la guarda mentre si districa tra i tavolini per uscire. Non riesce a capire esattamente cosa provi; si scola interdetto il suo chupito, subito dopo quello di lei e ne ordina un terzo. Passato poco più di un quarto d'ora è sbronzo perso.

Sabato notte

Gerry e Sabri perlustrano San Salvario sino all'una – affiancati, oppure lui un passo avanti e lei dietro o viceversa – su e giù, giù e su a scarpinare senza neppure la pausa di una pizzetta mangiata da cristiani, seduti a un tavolo. Soltanto un paio di panini a testa, una birra scolata a canna e gli occhi di lui inquieti a cercare il cosiddetto amico che conosce solo di vista. Non riesce a individuarlo, ma in compenso è lui a essere individuato prima da Massimo e poi da Dassetto e Murtas, che il commissario ha sguinzagliato in zona, perché non si sa mai, e Sansalva è comunque zona di caccia.

«Mo' mi sono rotta» annuncia Sabri un po' dopo l'una, «e c'ho pure male ai piedi.»

«Eddài» cerca di rabbonirla lui, «domani puoi dormire, no! Vuoi che ti compro un puntatore laser? Rosso o verde, quale ti piace di più?»

«Ma sei proprio tutto scemo! Cosa vuoi che punti, il tuo uccello?»

«Senti, ancora dieci minuti, un quarto d'ora poi ce ne andiamo a casa.»

«Tu a casa tua e io alla mia.»

«Non mi vuoi stanotte?»

«Ti ho già voluto anche troppo. Sta storia non mi piace e

di casini non ne ho bisogno: adesso che finalmente ho il posto fisso non me lo gioco per le tue cazzate.»

Si stacca, fende la folla, svicola in via Berthollet per raggiungere via Madama dove è parcheggiata la macchina. Gerry la segue avvilito, Sabri zoppica leggermente.

«Ma non era in questo isolato?» chiede lei, sfilandosi per un momento di sollievo lo stivale destro.

«Mi pareva, ma forse è il prossimo.»

«No, era davanti alla pasticceria, proprio lì, guarda.»

«Lì non c'è.»

«Lo vedo. L'avevi chiusa?»

«Garantito.»

«Allora te l'hanno fregata. Oppure... non è che sbordava davanti al portone?»

«Un po'.»

«Un po' quanto?»

«Che ne so, mica ho misurato. Mezzo metro, un metro al massimo.»

«Se era un metro, te l'hanno portata via.»

«Eh no! Solo capaci a far danni, vigili poliziotti carabinieri... ma andate tutti affanculo andate, ziocan!»

Il commissario Martinetto non riesce a prendere sonno. La telefonata con Giuliana è durata quasi un'ora e il cellulare ha esaurito la carica.

Sono partiti cauti, anche se le prime battute già risultavano inusuali, soprattutto data l'ora. Hanno pattinato un po' su un ghiaccio sottile (o camminato sulle uova, pensa di sfuggita Martinetto al ricordo della carbonara), poi quasi inavvertitamente hanno ritrovato i toni della vecchia confidenza.

«Cosa stavi facendo prima di chiamarmi?» vuol sapere lei.

«Leggevo, ma con la testa altrove. E tu?»

«La stessa cosa. Pensavi al lavoro?»

«Il lavoro era in sottofondo.»

«Come sempre.»
«Lo so. Non ho ancora raggiunto il necessario distacco e forse non lo raggiungerò mai.»
«Non sei mica novantenne.»
«Neppure trentenne.»
«Bisogno di pacche sulle spalle?»
«Sì.»
«Nessuna che te le dia?»
«No...»
«... e vorresti sapere se c'è qualcuno che le dà a me.»
«Riesci a leggere i silenzi meglio di un poliziotto.»
«Ne ho frequentato uno a lungo e ho imparato. Comunque la risposta è no.»
«Ti piace sempre Roma?»
«Sì, anche perché ho la fortuna di avere lavoro e casa abbastanza vicini.»
«Quindi Torino non ti manca.»
Giuliana ride e non scherma la risata: «Cosa vuoi sapere commissario, se mi manchi tu?».
«Sì.»
«Ma non volevi esporti con una domanda diretta.»
«Esatto. Nelle faccende sentimentali noi uomini siamo piuttosto maldestri. O vigliacchi, se preferisci.»
«Preferisco maldestri. Sì, mi manchi. Non sempre ma stasera molto.»
«Anche tu. Non si può rimediare?»
«Forse. Pensandoci bene, non soltanto sull'onda di malinconie notturne.»
«Allora pensiamoci. Con calma, come hai appena suggerito.»
«Certo, non siamo più ragazzini, Gianmarco.»

Massimo si alza barcollando. La macchina, dove ho lasciato la macchina, si chiede confusamente. Su corso Vittorio in via Madama o nel parcheggio sotterraneo? Boh chi se lo ricorda, troppi tre shottini proprio troppi, non ce la faccio a cercarla, prendo il tram e torno domani, no meglio un taxi se mi bastano i soldi, dodici ventiquattro trentasei i chupito, me ne restano quattordici ma col notturno festivo fa di sicuro di più e c'è da aggiungere la chiamata, sei o sette euro come se partissero sempre da Mirafiori o dalla Falchera, quasi tutti ladri sti taxisti del venerdì e sabato, e fasci sempre. A Roma peggio, guai a toccarli che comandano loro insieme a centurioni e bancarellari, ma che mi frega a me che sto a Torino, se vado a piedi risparmio, mi passa il cerchio alla testa e la sbronza. E la macchina... non l'avevo presa la macchina, lei aveva detto meglio coi mezzi, sì meglio e domani mattina dormo finché mi pare.

Così non hai il problema della macchina, ha proprio detto, e ho pensato com'è gentile, invece ero già un ex e il posto mio se l'era preso un altro. Uno che di sicuro conosco, magari un amico, un classico, che chissà da quanto si vedevano come dice lei, si vedevano cioè scopavano.

Tutto insieme mi succede. Non è come quel film pieno di camei di registi sceneggiatori e musicisti, lì capitava tutto in una notte, però alla fine Michelle Pfeiffer piombava sul cofano della macchina di lui che non so più chi era, bella da togliere il fiato e pure col tesoro di Alì Babà, smeraldi brillanti e rubini. A me tutto in due giorni, cadavere polizia interrogatori lavoro perso ragazza persa e sul cofano non mi può piombare né una bionda né una bruna perché la macchina sta sotto casa vicino all'incrocio, neanche una quasi rossa come l'amica della semianalfabeta, quella occhi verdi e lentiggini, Gilda.

Insomma cornuto e mazziato. E mia mamma vorrà sapere perché Ornella non telefona più e come mai non passa da casa e non viene qualche volta a cena e dirà che è colpa mia che la trascuravo e che le ragazze non si trattano così e via con le massime dell'educazione sentimentale tre punto zero. O quattro, non ricordo.

Mamma, Ornella mi ha scaricato ma non vedevo l'ora

di farlo io! No non è la storia della volpe e l'uva (Esopo, Ἀλώπηξ καί σταφυλή; Fedro, *Fame coacta vulpes*), credimi una volta tanto, ero disamorato, succede no?, mi sa che succedeva anche ai tuoi tempi, non so come sia andata tra te e papà però avevi venticinque anni e lui trenta quando vi siete sposati e tu eri anche incinta, insomma qualche storia l'avevate di sicuro avuta prima, e poi basta sono affari miei e no che non ci sto male anzi.

Però un po' sì, avevo immaginato di essere io a dire mi dispiace è finita e ci pativo invece l'ha detto lei e ci patisco lo stesso. Non proprio lo stesso, meno ma un po' sì perché ero io che dovevo lasciare lei e non il contrario e poi io non mi ero messo con un'altra per rispetto.

Be' anche perché un'altra non ce l'avevo, purtroppo. Mah... capace che quando la sbronza passa scopro che mi è andata di extralusso.

Gerry accompagna a casa in taxi Sabrina, sperando che cambi idea sul pernottamento. Invece no, già durante la corsa si raggomitola sul sedile il più lontano possibile – gli stivali, entrambi sfilati, come muro divisorio – poi quando ancora l'auto non è completamente ferma apre la portiera, subito dopo si catapulta giù, dichiara a voce alta Io oggi non ci sono domani chissà, e fila via scalza.

«Eh... le donne sono creature di un altro pianeta» filosofeggia il taxista. «Lei dove la porto?»

Gerry comunica l'indirizzo, poi snocciola di nuovo mentalmente tutto il rosario di imprecazioni più o meno sconce o blasfeme che conosce. Intanto pensa che dovrà sfilarsi gli stivali pure lui per rientrare, hanno i tacchi sti maledetti e a camminare senza appoggiarli non è capace, perché hanno anche la punta texana lunga di moda anni fa, che sbilancia in avanti e se per caso inciampa suo padre che ha il sonno leggero si alza e lo piglia a calci. Al buio e scalzo come un ladro, e gli tocca di andare in bagno senza tirare l'acqua, così domani anzi oggi il cazziatone sarà megagalattico. A meno di farla nel lavabo.

Apre cautamente, solo uno spiraglio, la porta di casa: luce accesa in corridoio e in bagno, suo padre ha in corso una pisciatina tardiva o precoce, poi tornerà a letto ma non si riaddormenterà subito.

Richiude la porta, si siede sui gradini della scala ad aspettare, i gomiti sulle ginocchia, le mani sconsolate a reggere la faccia. Dopo una decina di minuti al freddo si alza e se ne va: gli è venuto in mente di cercare ospitalità e rifugio dall'amico Vito.

La telefonata con Giuliana sconvolge le abitudini del commissario e rimette in discussione un equilibrio faticosamente raggiunto. Tornare insieme ma come? L'una a Roma e l'altro a Torino? Vero che le relazioni possono reggere anche a distanza, ma diventano faticose da gestire: chi si muove e chi sta fermo quando ci si incontra? Un fine-settimana sì e uno no, cioè due volte al mese, ma quando toccherebbe a lui muoversi quante volte dovrà rinunciare a causa del lavoro? Ricominceranno a litigare per gli appuntamenti mancati e per la frustrazione che ne deriva?

Si alza, si prepara una camomilla pur sapendo che non sortirà nessun effetto, ma è un modo come un altro per lasciar svanire l'inquietudine. La beve, torna a letto e accende la tele col volume azzerato, altro vecchio espediente per far cambiare rotta ai pensieri. Passa da un canale all'altro, si ferma su uno che trasmette documentari di viaggi e di animali con troppe zampe.

Si addormenta verso le cinque, ora in cui di solito si sveglia.

Massimo arriva a casa verso le due. Si butta sul letto senza spogliarsi e togliersi gli anfibi, il mal di testa passato, l'ottundimento post-sbronza non del tutto. Si addormenta quasi subito: un sonno pesante e senza sogni.

Domenica

I primi giorni di indagine sono cruciali per l'individuazione del o dei colpevoli di un delitto, a patto che si sappia chi è il morto ammazzato, perché è di lì che si parte, dal suo domicilio, dalle sue abitudini, dai suoi contatti. Ma se il morto non è identificato o facilmente identificabile, tutto si complica e la strada è ripida e tortuosa come la salita allo Stelvio.

Nel pomeriggio di domenica l'ammazzato non ha ancora un nome e cognome e il commissario, che in circostanze normali sarebbe non solo intrattabile ma addirittura pericoloso a sé e agli altri, arriva in questura riposato, quasi sorridente, e la squadra non riesce a capacitarsene. Nella breve riunione prima di riprendere il lavoro i dati esposti sono sconfortanti: Massimo Brusasco ha chiuso il suo profilo Facebook circa sei mesi prima e comunque nei post messaggi e contatti sembra non esserci materiale compromettente; al contrario Gervaso Trevisan sui social è abbastanza attivo, la foto di una certa Sabri (alias Holli Tiffani, alias Sabrina Locco) compare postata e commentata due volte negli ultimi tre mesi, ma la suddetta ha cambiato indirizzo e al momento risulta irreperibile, mentre parecchi altri contatti del Trevisan devono ancora essere controllati; il fabbro Cavallera non si è fatto vivo, non è rientrato (almeno a detta dei vicini) e continua ad avere il cellulare spento o non raggiungibile; in corso Vercelli e dintorni abita davvero una "colonia" di veneti; su due famiglie tra quelle partecipanti alle cene domenicali sono già state fatte indagini preliminari e sulle altre si sarebbe provveduto; la scientifica e la medico legale stavano lavorando al caso e avrebbero riferito i risultati appena possibile.

Adesso il capo esplode, pensano tutti, e con un movimento istintivo rincagnano la testa nelle spalle.

Invece no.

«A che ora viene quel... quel compagno che ha procurato il lavoro a Massimo Brusasco?» chiede rassegnato.

«Alle quattro. Si chiama Angelo Garborin» puntualizza Murtas.

«Notizie su di lui?»

«Nessuna.»

«Ottimo. Per andare peggio ci vuole un terremoto un incendio o un'incursione di jihadisti in questura. Voi cosa preferite?» commenta e chiede, avviandosi alla macchina del caffè.

Al ritorno, il bicchiere di carta ustionante in mano, si rivolge allo Scarpinatore:

«Giacomazzi, facciamo un fioretto domenicale: telefona al Trevisan padre e combina un appuntamento al bar per fargli avere le derrate del frigo.»

Verso l'una Agnese entra decisa in camera di Massimo che non ha ancora dato segni di vita. Accende la luce, alla prima occhiata nota le tracce di morchia urbana sul copriletto, ma sospende momentaneamente le rimostranze per verificare lo stato di salute del figlio che, con la faccia affondata nel cuscino, sembra non aver ancora avvertito la sua presenza. Cuore di mamma in affanno: che stia male, febbre da influenza, scarlattina, herpes virus 6, ora che sti stronzi no-vax ci stanno impestando tutti? Cancro no, la sonnolenza arriva soltanto con la chemio o gli analgesici forti in fase terminale. Lo scuote per una spalla:

«Massimo Massimo MASSIMOOO!»

Lui volta la faccia e sbatte le palpebre alla luce, lei ne approfitta per appoggiargli il palmo della destra sulla fronte, temperatura normale per fortuna.

«Cosa vuoi?»

«Togliersi scarpe e vestiti prima di mettersi a letto, no eh?»

«Bussare prima di entrare, no eh?»

«L'ho fatto.»

«Mica ci credo.»

«È quasi l'una.»

«E questa casa non è un albergo eccetera eccetera.»

«Appunto.»

«Però, ma', anche se non seguo le regole e ti piglio in castagna quando conti balle, ti voglio bene lo stesso.»

Attimo di mutismo stupefatto.

«Io di più. Fatto pace con Ornella?»

«Pace totale.»

«Sono contenta.»

«Io di più. Pace definitiva.»

«Definitiva?»

«Tombale. Mi ha mandato affanculo.»

«Si capisce, non le telefonavi mai.»

«No, perché ha un altro.»

«Un altro, sei sicuro?»

«Me l'ha detto lei.»

«È solo per ripicca, per ingelosirti. Cosa non ci inventiamo noi donne quando siamo trascurate...»

«Non si è inventata niente, dev'essere tutto vero.»

«Oh... mi dispiace, mi dispiace tanto!»

«A me no.»

«No? Davvero?»

«Davvero.»
«Chi vi capisce più voi giovani. Va' a lavarti che puzzi da caprone. Poi si mangia.»

Ad Angelo Garborin i conti non tornano e il fattore tempo lo preoccupa un po'. Tanto per chiarire, cosa vuole la polizia da lui e perché: la convocazione per una testimonianza gli è arrivata sabato verso mezzogiorno, e il delitto è avvenuto la notte tra giovedì e venerdì. D'accordo, okay, è stato lui a mettere in contatto i Trevisan con Brusasco, ma tutto è finito lì, in quel bar da Terzo Mondo non ci ha messo piede da mesi, ricorda sì e no l'indirizzo. Il fatto è che gli occhi della polizia puntati addosso proprio non ci vogliono, soprattutto in questo momento. È proprio vero che le buone azioni portano perlopiù grane, osserva tra sé con amarezza, mentre parcheggia la Renegade Trailhawk con guida assistita in uno spazio dove ci starebbe appena appena una Cinquecento, ma è anche vero, divaga, che certe soddisfazioni che costano (la macchina) poi ti lasciano contento per una vita. Cioè per un paio d'anni più o meno.
Come previsto, non sono per niente professionali in questura. L'appuntamento era per le quattro e adesso sono le quattro e venticinque, non l'hanno ancora imparato che il tempo è denaro, lui invece quando avrà uno studio suo tarifferà a minuti, come gli americani, sbuffa agitandosi sulla panca.
«Signor Garborin si accomodi» lo invita finalmente un agente aprendo la porta di un ufficio.
Strette di mano, saluti e si va subito al dunque. Comincia quello che deve essere il sottocapo, l'altro ha l'aria distratta ma sorniona del gatto che sa come stanare il topo.
«Ci risulta che lei sia compagno di studi di Massimo Brusasco nonché amico. Conferma?» chiede Rivelli.
«Abbiamo soltanto seguito un corso di diritto romano insieme, io ho fatto giurisprudenza, lui lettere.»

«Ma siete amici.»
«Be', più che altro conoscenti.»
«Però è lei che gli ha procurato il lavoro all'Acapulco's.»
«Sì, lui era in cerca di qualche occupazione temporanea, e mio padre mi aveva detto che i padroni del bar avevano bisogno di un ragazzo per qualche ora.»
«Lo ha presentato lei ai Trevisan?»
«No. È stato mio padre.»
«Lei frequenta l'Acapulco's?»
«No.»
«Ma sa dov'è.»
«Sì, però io non abito più lì in zona con i miei, che invece non si vogliono schiodare.»
«Non le piace la zona?»
«Effettivamente è una delle peggio di Torino. Brutto posto e brutta gente, non tutta ovvio, ma in buona parte sì.»
«Lei invece dove abita?»
«Precollina, via Sabaudia.»
«E non è in cerca di occupazione.»
«Sto facendo il praticantato, poi entrerò in uno studio legale o ne aprirò uno mio.»
«Quindi adesso sono i suoi a mantenerla.»
«In parte sì, però io aiuto mio padre nella sua attività.»
«Che sarebbe?»
«Un'impresa di trasporti.»
«Nel senso che si occupa delle questioni legali, presumo» si inserisce Martinetto. «Cioè lo consiglia sull'assetto societario, sulle assicurazioni, la burocrazia.»
«Esatto.»
«Avete molti dipendenti?»
«Una ventina.»
«E un deposito per i camion e la merce, immagino. Dove?»
«In corso Vercelli. Verso il fondo.»
«Quanti camion?»
«Una dozzina.»

«E solo venti dipendenti.»

«Non è che i camion viaggino sempre tutti. Però, scusi, che c'entra?»

«Niente. Solo curiosità, così per mettere a fuoco. Invece mi dica, dov'era tra la una e le tre di venerdì mattina?»

Angelo Garborin ha un attimo di sbandamento.

Eccolo qui il merlo, pensa il commissario, il futuro avvocato di grido che farà parte di un prestigioso studio legale o ne aprirà uno proprio, che abita in precollina, che sottolinea le differenze di censo, ma non si era preparato la risposta alla domanda più ovvia.

«Io...» si riprende il Garborin, «ero passato a casa di amici.»

«Quanti erano, dove ed esattamente da che ora a che ora?»

«Ecco... quattro; da poco dopo mezzanotte sino al mattino.»

«Nomi cognomi indirizzo.»

Il Garborin li snocciola, Murtas li segna poi passa un appunto al commissario.

«Allo stesso indirizzo e con gli stessi amici da cui si era appena congedato il Brusasco verso mezzanotte.»

«Sì, ci conosciamo tutti.»

«Ma lei poi si è fermato sino al mattino.»

Garborin annuisce con un certo imbarazzo: non sarà mai un buon avvocato, pensa il commissario, a meno che...

«Con chi ha diciamo dormito, dottor Garborin? Con la fidanzata di Brusasco per caso?»

«Non erano fidanzati!» si lascia scappare l'interrogato.

«Già, la signorina Ornella è o era soltanto la ragazza di Brusasco, il che le permette una certa libertà di azione. Ma lui lo sapeva?»

«No.»

«Ne è sicuro?»

«Sì. E comunque la cosa non ha niente a che vedere con il morto ammazzato all'Acapulco's.»

«Lo conosceva?»

«No. Sono anni che non metto piede in quel bar, l'ho già detto.»
«Verificheremo. Si accomodi in corridoio e aspetti per firmare il verbale.»

Martedì

Lunedì senza storia, martedì qualcosa si mette in movimento.

Notizie dalla scientifica: data l'assenza del proiettile sul luogo del delitto, a sparare è stato un revolver di cui è difficile stabilire il calibro, e data l'evidente professionalità del killer, quasi sicuramente il proiettile stesso era a punta cava, non incamiciato. (Porcamiseria! è il commento mentale più neutro dei componenti la squadra.)

Inoltre il morto non ha precedenti penali, le sue impronte digitali non risultano in nessuno schedario. Martinetto e i suoi, che temevano il peggio – e il peggio è proprio questo –, imprecano lungamente, ciascuno secondo le proprie modalità rumorose, ma vengono poi zittiti da una raggelante occhiata del capo. Anche perché il secondo e terzo ragguaglio contengono la prospettiva di un qualche sviluppo: tra tutte le impronte rilevate nel bar ce ne sono alcune appartenenti alla vittima, e si trovano nel retro. Ma soprattutto la cassaforte murata era sì vuota, però con la serratura ben funzionante di un modello nuovo e sofisticato. Che, in altre parole, risulta installato abbastanza di recente, come conferma un graffietto di cacciavite nascosto sotto il ribloccatore, a giudizio di Pelloni, il fabbro che l'ha aperta. Schifosi Trevisan, pensano tutti. O potrebbe entrarci il Brusasco?

«Riconvocate i Trevisan padre e figlio. Li voglio qui... diciamo alle sette, e voglio interrogarli insieme» sbraita Martinetto, piantando una manata sulla scrivania.

Poco dopo telefona la medico legale: la vittima aveva sniffato coca rinforzata con qualcosa di simile allo shabu ma non identico, pare che dalla Turchia via Balcani siano arrivati cristalli con una molecola parzialmente modificata, potrà essere più precisa tra un paio di giorni, comunque era sballato forte il morto, prima che lo sparassero.

«Sballato d'abitudine o si era regalato un trip eccezionale?»

«Direi abbastanza eccezionale. Non ha fegato milza e reni completamente devastati. Nessun proiettile rinvenuto nella testa, però di sconquasso ne ha fatto tanto. Dum dum magari?»

«Eh già.»

«Ancora ignoto?»

«Sì.»

«La vita ha più spine che rose, Gianmarco.»

«Ma che letture fai, Arianna? I bigliettini dei Baci Perugina?»

«Magari me ne regalassero una scatola!»

Poi nel pomeriggio arriva la telefonata di un vicino zelante (e incarognito) del fabbro di via Feletto: il furgoncino rosso è di nuovo parcheggiato in cortile e lui (il vicino) tornato dal lavoro ha dovuto fare come al solito dieci manovre per entrare con la sua Peugeot 308 nel posto macchina di *sua* proprietà. (La vendetta è un piatto che viene sempre portato in tavola, caldo freddo o tiepido.)

«Dassetto e Giacomazzi a prelevarlo!» ordina il commissario. «E se non apre buttate giù la porta.»

«Senza mandato?» obbietta lo Scarpinatore.

«Senza. Tanto il piemme sta con noi.»

«Almeno avvertirlo...» suggerisce Rivelli.

«D'accordo, avvertilo e chiedigli se per caso gli va di fare un salto qui. Oppure passo io più tardi a riferire.»

Vito Giugliano, di professione nullafacente, cioè procacciatore e venditore abusivo di merce più o meno sgraffignata al mercato del Balon, di documenti "smarriti" e taroccati, esecutore di lavoretti estemporanei da una notte o due, bel guaglione ventiseienne di buon carattere e tollerante, ha offerto volentieri ospitalità notturna e diurna a Gerry, ma al mattino di martedì lo invita a sloggiare. L'amicizia è una bella cosa, e lui è anche capace di non essere troppo invadente, di rispettare la privacy, insomma di farsi i cazzi propri, però non è cieco né sordo e anche se Gerry non è un assassino, sul morto ammazzato del bar ne sa più di quanto voglia ammettere. Vito è pure generoso: all'amico rimasto al verde (più o meno ottanta euro nel portafoglio, bancomat a novanta) ne presta duecento perché possa andare a recuperare la macchina al deposito pagando la multa.

«Dici che hanno già mandato l'avviso a casa?» si preoccupa Gerry.

«Ma no, tranqui. Il mio amico vigile mi ha assicurato che la pratica è arrivata ieri pomeriggio al comando, tu ci vai, paghi e ti dicono quando e dove la puoi riprendere.»

«Mio padre se lo sa mi accoppa.»

«Figurati, al massimo s'incazza. L'incazzatura ce l'ha facile da sempre. Però è anche meglio se accendi il cellulare, che magari ti ha cercato.»

Gerry annuisce, ringrazia e se ne va. Attiva lo smartphone: tredici avvisi di chiamata, cinque messaggi.

Vorrebbe avere cinque anni o cinquanta.

Intorno alle dieci, mentre Massimo sta facendo colazione nella cucina deserta (meglio dimenticare il Mogambo, le sue brioche farcite di vera crema pasticciera, i cannoli allo zabaglione, le crostatine ai frutti di bosco, meglio accontentarsi delle fette biscottate da supermercato), il suo cellulare squilla: numero sconosciuto.

«Sì?» dice con la bocca mezza piena.

«Non mi riconosci?»

«No» mente lui, inghiottendo in fretta il mezzo boccone.

«Sono Gilda.»

«Ah... Gilda, l'amica di Serenella» minimizza, mentre il cuore passa dal trotto al galoppo.

«Ti vorrei parlare della tesi.»

«D'accordo, dimmi quando.»

«Stasera, se ti va. All'happy hour, che ne dici?»

A una ragazza così, con una voce così, si può perdonare "*happy hour*", pensa fuggevolmente lui.

«Va bene.»

«Allora ti aspetto alle sette in piazza Vittorio, al Blanco. Non mancarmi eh...»

«No, a stasera» chiude lui bruscamente.

E sorride, compiaciuto di se stesso, della sua laconicità al limite della scortesia. Mi ha davvero cercato, pensa, registrando subito in rubrica il numero di lei. Rivivendo il turbamento di quando gli aveva messo la mano sulla sua, rievocando il suo profumo e tutte le fantasie che si era vietato di fare e che aveva fatto...

Si alza da tavola e piroetta per la stanza.

Più tardi, dopo aver rimuginato su messaggi e telefonate, Gerry non sa dove sbattere la testa. Suo padre l'ha cercato cinque volte, poi, nonostante non abbia troppa confidenza con la scrittura, di messaggi gliene ha mandati tre, con un crescendo di insulti e minacce. Gli altri due glieli ha spediti la polizia, con la richiesta di presentarsi alle sette per chiarimenti. Cosa vogliono ancora sapere, impreca, lui gli ha già detto tutto, sì insomma quasi tutto, comunque il morto non lo conosce davvero, e quando qualcuno l'ha accoppato lui stava con gli amici prima in pizzeria poi alla sala giochi, l'hanno visto tutti e confermato. Si sono di sicuro incistati con la faccenda delle chiavi, ziocan, ma uno può anche perderle, o farsele rubare no? Lui le lascia sempre di fianco alla macchina del caffè, che poi è anche più comodo quando alla sera deve chiudere tutto. Solo che doveva pensarci prima alla scusa, e dire che non le aveva più trovate e spiegare anche se e dove le aveva fatte rifare... a meno che...

Si dà una manata sulla fronte, ridacchia e si congratula con se stesso, sì è proprio una bella pensata, con la polizia funziona di sicuro, con il padre si vedrà. Una cosa per volta.

Manda un messaggio alla madre: *Non dire niente al vecio i vigili mi anno portato via la macchina sono rimasto senza soldi per prenderla ti aspetto in piaza savoia sulle panchine vieni presto tuo affezzionatissimo gerry per favore vieni coi soldi.*

La madre gli risponde subito *Adesso non posso il vecio fa il mato ti chiamo quando esco.*

Gerry scorre velocemente gli altri avvisi di chiamata: amici, polizia, e neanche uno di Sabri: quando uno è sfortunato gli piove sul culo anche da seduto. Gli tocca aspettare su una panchina come i posteggiatori della piazza o i barboni, meno male che non fa tanto freddo.

Alle tre meno dieci Massimo entra nell'androne del palazzo di corso Re Umberto, lo percorre sotto lo sguardo ostile della portinaia, entra nel cortile, parcheggia la bici nella rastrelliera, sta per tornare indietro ma ci ripensa e la blocca con un robusto lucchetto: la portinaia dagli occhi grifagni potrebbe distrarsi un momento, andare in bagno, farsi un caffè, si sa mai.

Alle tre meno quattro minuti suona il campanello di casa Galilei, due minuti dopo è davanti al vecchio e lo saluta con un corretto Buongiorno.

Come al solito non ottiene risposta, se non un cenno poco percettibile della testa.

«Per favore» gli dice, «con quale appellativo mi debbo rivolgere a lei? Dottore, ingegnere, avvocato, cavaliere?»

«Se proprio devi, cavaliere. Cavaliere della Repubblica è

un titolo che sancisce qualche merito, mentre una laurea in un'università sgangherata la possono prendere cani e porci.»

«Allora, cavaliere, cosa ha in mente di fare oggi?»

«Andare a vedere il bar Acapulco's.»

Massimo ha un attimo di incertezza:

«Ma ha i sigilli» dice.

«Lo credo bene. Hanno ammazzato uno lì dentro, tu hai trovato il cadavere. E avvertito la polizia, come sta scritto ovunque.»

Cazzo, pensa Massimo, chissà quando finirà sta grana. E cosa vuol vedere questo qui? Due serrande abbassate, o ha in mente una gita d'istruzione nel Bronx o a Harlem com'erano una volta?

«D'accordo. Dove tiene la macchina?»

«In garage, nel cortile. Scendiamo, prima che faccia notte.»

Desidera una perlustrazione accurata della zona, continua ad almanaccare: va bene che siamo in inverno, ma prima del buio mancano almeno due ore. Passa alle spalle del vecchio, spinge la carrozzella nell'ingresso dove li raggiunge la badante; insieme gli fanno indossare un giaccone imbottito e la donna gli sistema un plaid sulle gambe.

Pianerottolo ascensore androne.

«Buongiorno signor conte!» saluta deferente la portinaia.

Solito cenno avaro della testa.

Anche conte, oltre che cavaliere della Repubblica, magari cavaliere di Gran Croce, insignito dell'onorificenza per meriti speciali. Boh, chissà quali, si chiede Massimo.

«Box numero quattro» indica il vecchio, e dopo aver estratto dalla tasca del giaccone le chiavi della macchina e un telecomando, glieli passa.

Una Mercedes AMG di colore nero lucido e specchiante, un gioiello da ricchi. Il sedile a lato del conducente è molto spostato all'indietro: Massimo apre la portiera, avvicina la carrozzella, si mette il plaid su una spalla, aiuta il cavaliere ad accomodarsi, gli risistema il plaid sulle gambe, chiude la portiera, mette la carrozzella nel bagagliaio, gira dietro all'auto, si piazza al suo posto, allaccia la propria e l'altra cintura. Mai stato su un'auto così di lusso, pregusta il piacere di guidarla e mette in moto.

«Grazie» dice il vecchio.

«Dovere!» è la risposta piuttosto stupita.

«Certo, ti pago per questo.»

Conte cavaliere e stronzo. Gli è scappato un grazie e se lo rimangia subito. Se fosse nato un paio di secoli fa, sarebbe insorto contro il Congresso di Vienna che aveva abolito la schiavitù. O sarebbe emigrato negli Stati Uniti, dove ancora resisteva.

Con una manovra perfetta (anche grazie ai sensori) Massimo esce dal box e dal passo carraio, si immette nella strada e guida in direzione della periferia.

«Prendi corso Vercelli dall'inizio, voglio vedermelo tutto» dice il cavaliere.

«Agli ordini» risponde Massimo, guadagnandosi uno sguardo che è l'equivalente di una frustata: pietà badrone, pietà, sono solo un bovero negro, pensa. Gli era venuta in mente una vecchia canzone inserita nella sua playlist degli orrori (*Angeli negri*, di Fausto Leali), se la canta in silenzio e mentre sono fermi a un semaforo gli scappa un sorrisino divertito.

«Per cosa ridi?»

«Per una canzone.»

«Bella?»

«Orrenda, del 1968. Un quarto di secolo prima che nascessi.»

«Titolo?»

«*Angeli negri.*»

Il semaforo è passato al verde. L'auto si rimette in moto.

«La ricordo. Ti ritieni un angelo negro?»

«Un po', anche se per la legge di Mendel e qualche scopata eterodossa sono venuto fuori bianco.»

Il cavaliere si volta verso il finestrino per nascondere un sogghignetto.

Muri imbrattati o scrostati, erbacce rinsecchite nelle fessure dei marciapiedi sconnessi e lerci, qualche negozio tradizionale che resiste coraggiosamente (salumeria, tabaccheria, frutta e verdura) tra botteghe di cianfrusaglie cinesi, spacci di carne sedicente halal, la banca più rapinata della città, micromarket di sottoprodotti alimentari, serrande abbassate: la solita periferia trascurata e impoverita da decenni, nell'attesa che il disagio si radicalizzi in azioni violente.

«L'Acapulco's è nel prossimo isolato» annuncia Massimo.

«Fermati davanti.»

Davanti non c'è posto. Macchine che non potrebbero circolare da anni, senza bollo e assicurazione, scooter privi di targa, camper di zingari.

«Mettiti in seconda fila. Le multe qui non vengono di sicuro a farle.»

Ogni tanto la vita regala soddisfazioni inaspettate.

In via Feletto, casa di ringhiera, gli inquilini tornati dal lavoro, le mogli casalinghe, i figli di varia età, i disoccupati e i cassaintegrati (cioè il numero più consistente) stanno tutti sui balconi a godersi lo spettacolo.

Nel cortile era arrivata qualche minuto prima una Fiat Bravo della polizia, aveva parcheggiato davanti al furgoncino rosso, le portiere erano state sbattute con una certa violenza, la vedova Mangiapelo dell'ultimo piano (il terzo) che stava stendendo il Mocio Vileda aveva visto tutto e fatto partire il passaparola.

Due poliziotti di stazza robusta erano saliti al secondo piano dal Cavallera, avevano tempestato di pugni la porta, gridato e ripetuto più volte Apra, polizia! e sferrato qualche calcio alla parte bassa della porta stessa. Che non era così fragile come sembrava, trattandosi della porta di un fabbro, probabilmente blindata.

«Che si fa?» chiede Dassetto.

«Proviamo ancora con qualche calcio» suggerisce Giacomazzi.

«Mmm, non penso che basti. Bisognerà chiamare un collega del Cavallera.»

«Probabile, però facciamo ancora un po' di cine.»

Intanto gli si avvicina un bimbetto sugli otto-nove anni:

«Mia mamma dice che lui c'è, che è in casa.»

«Lui cioè Primo Cavallera?»

«Sì.»

«E come fa tua mamma a saperlo?»

«Deve passare davanti alla nostra porta per scendere.»

«E non è passato.»

«No.»

«A che ora è arrivato a casa?»

«Vado a chiedere.»

Il bimbetto trotterella verso casa – tre porte più in là verso le scale – e dopo mezzo minuto torna:

«Alle cinque meno venti.»

Urca che grande sorella sta madre! pensano più o meno i poliziotti e ringraziano il bambino. Che però non se ne va, troppo curioso di assistere dal vivo a una scena vista e rivista in tv. Sperando in una certa somiglianza.

«Motore, azione, ciak!» sghignazza Giacomazzi, e riprende col collega a tempestare la porta di calci e pugni, a urlare CAVALLERA APRI POLIZIA LO SAPPIAMO CHE SEI IN CASA! e intanto i balconi si infittiscono di presenti, quelli del terzo piano protesi verso il secondo, quelli del secondo – i più fortunati – a ingombrare il passaggio sul ballatoio, quelli del primo scesi nel cortile a godersi lo spettacolo insieme con quelli del pianterreno.

Dopo un paio di minuti la porta si apre improvvisamente: Primo Cavallera, in slip e maglietta di salute a mezze maniche, si catapulta fuori, si abbassa, rifila una capata alla Zidane al povero Dassetto che non se l'aspettava e che si piega boccheggiando; Giacomazzi però non si lascia sorprendere e blocca l'energumeno (che è tornato verticale) con una doppietta di ganci alla Tyson. Quasi alla Tyson, ma venticinque anni di boxe in palestra tre volte alla settimana si fanno comunque sentire e al fabbro, sbronzo e stordito come si ritrova, non resta che biascicare un catalogo di bestemmie. Il bimbetto di prima, rimasto nei paraggi, accenna un applauso ma la madre accorre prontamente a sequestrarlo spingendolo verso casa.

Anche Primo è spinto in casa, sia pure con meno riguardi; nel frattempo il pubblico commenta ipotizza e aspetta: quando il Cavallera, rivestito e in manette, compare bloccato tra i due poliziotti, gli sguardi che lo accompagnano brillano di soddisfazione, segno inequivocabile che sta proprio sul culo a tutti. E se non parte l'applauso collettivo è solo perché non è un funerale.

«Il cadavere era nel retro, vero?» chiede il cavaliere a Massimo a conferma di quanto ha letto e probabilmente sentito al tg regionale.

«Sì.»

«L'hanno identificato?»

«No, che io sappia.»

«Oppure sì, ma ci stanno lavorando. Se sono seri, non spiattellano subito tutto.»

«Martinetto, il capo, mi sembra che lo sia.»

«Lo è.»

«Lo conosce?»

«Sì.»

A che titolo, per quale motivo? vorrebbe chiedere Massimo, ma tiene a freno la lingua.

«Grane. Di famiglia» chiarisce spontaneamente il vecchio.

«Ah...»

Difficile per Massimo proseguire la conversazione. Cerca un diversivo:

«Vuole fare un giro nei paraggi?»

«Andiamo fino all'imbocco dell'autostrada, poi fa' dietrofront e portami all'interno della Falchera.»

Proprio una gita di istruzione nel Bronx, pensa il suo autista, come quella dei due amanti nel vecchio romanzo di Tom Wolfe. Speriamo che la nostra, di gita, finisca meglio. E per eccesso di prudenza blocca tutte le portiere.

Una parte del quartiere, quella nuova e costruita in fretta dopo l'altra, è desolante, come tutte le aree periferiche dove imperversa l'incuria e il tessuto sociale è disgregato. Dove giocando (giocando?) con una bomba carta ai giardini si semidistrugge un caseggiato; dove nessuno vede, nessuno sa niente, nessuno conosce nessuno; dove i cassonetti incendiati le panchine sradicate le vetrate in frantumi sono i fiori che sbocciano ogni notte. Procedono lentamente in silenzio, uno pensa ai fatti propri (Gilda), l'altro scuote ogni tanto la testa, poi, a visita finita, sbotta:

«Politici incoscienti, industriali arroganti. Le scelte più facili e idiote.»

«Già» concorda Massimo.

«Già cosa?» lo provoca burbero il cavaliere.

«Industria solo al Nord, al Sud Cassa del Mezzogiorno e mano libera a ogni tipo di mafia. Che però ufficialmente non esisteva. Capitalismo duro, ma intanto arriva il boom, tutti contenti, ciascuno con il proprio tornaconto, grande o piccolo.»

Il vecchio si volta a guardarlo:

«Ma tu non sei esperto di Tiglatpileser?»

«A tempo perso mi interesso anche di storia contemporanea. E a dire il vero mi appassiona altrettanto se non di più. Dove la porto adesso?»

«A mangiare un gelato.»

«Un gelato?»

«Li fanno anche d'inverno, sai? Fiorio, Pepino, Marchetti... scegli tu.»

«In centro c'è il problema del parcheggio. Andiamo in corso Regio Parco.»

«Corso Regio Parco? Al cimitero?»

«Parecchio prima, si fidi.»

«Ci provo.»

Giacomazzi aveva chiesto rinforzi in questura e un'Alfetta era arrivata un quarto d'ora dopo per accompagnare Dassetto al pronto soccorso dell'ospedale San Giovanni Bosco che è in zona: probabilmente non c'era bisogno di visita e lastre, ma l'aggressione del Cavallera era meglio certificarla con un referto.

«Be', già che ci siamo, meglio ancora se Dassetto all'ospedale ci arriva in ambulanza, così non passa al triage» suggerisce l'agente giovane alla guida dell'Alfa.

«Giusto!» concordano gli altri tre, mentre l'interessato (Cavallera) tace, rispettando la prassi del silenzio-assenso.

L'Alfetta aspetta l'ambulanza, la Bravo parte.

Alle sette meno un quarto il fabbro viene scodellato in questura e immediatamente schiaffato in camera di sicurezza in stato di fermo: la sbronza non gli è ancora passata e i due ganci di Giacomazzi (uno alla tempia sinistra, l'altro tra il naso e lo zigomo destro) non l'hanno aiutato a rimettersi in sesto.

Pochi minuti dopo, mentre Trevisan padre aspetta seduto sulla solita panca davanti all'ufficio del commissario, una telefonata annuncia che con qualche probabilità il cadavere potrebbe avere un nome e cognome: la certezza si avrà nella mattinata di domani, quando arriverà qualcuno per il riconoscimento ufficiale.

«Non hai chiesto chi pensano che sia?» si informa curioso Rivelli.

«No. Abbiamo già troppo da fare, inutile perdere tempo con supposizioni forse inutili» chiude Martinetto.

Sarà, pensa il vice, ma io non avrei resistito. Il capo è tornato scorbutico, va' a sapere perché.

Intanto Gerry è arrivato. Anche lui un po' in anticipo, tutto sudato nonostante la temperatura invernale. Temendo, oltre al resto, il primo impatto col padre, lo sbircia da dietro l'angolo del corridoio dove si tiene nascosto, ballonzolando sui piedi come un orso e ripetendo tra sé la versione concordata con la madre, nel malaugurato caso ce ne sia bisogno.

Alle sette e dieci il padre si alza, Gerry gli lascia fare i due passi che lo separano dall'ufficio del commissario e lo raggiunge mentre la porta viene richiusa.

«Fiol d'un can» gli sibila il vecio.

L'interrogatorio parte subito duro: il capo e il vice si alternano nelle domande.

«La cassaforte, a cosa vi serviva?»

«A niente» risponde Gerry.

«Mai doparàta» aggiunge il padre.

«Non è vero. Gli avete fatto mettere di recente una serratura nuova. Una Juwel a camma. E avete dichiarato di non aver mai avuto le chiavi.»

«Sì dio masc-io, mai avute le chiavi. Sempre stata serata.»

«Mai avute, sempre stata chiusa» conferma Gerry con enfasi.

«Allora la serratura l'ha fatta mettere chi aveva le chiavi del bar oltre a voi.»

«El Brusasco? Mi non credo.»

Gerry si agita sulla sedia in modo abbastanza credibile:

«Ecco... veramente un mazzo...»

«Veramente cosa?» lo incalza Martinetto.

«Non so... non l'ho più trovato.»

«Desgrazià, mona, cojòn!»

«L'ha perso?»

«Non so...»

«L'ha perso sì o no?»

«Ecco, di solito lo poso vicino alla macchina del caffè... ci sono troppe chiavi, mi sfondano la tasca dei jeans... lo lascio lì fino a quando vado via ma una sera...»

Gerry volta gli occhi a terra, come timoroso di andare avanti. Murtas guarda il commissario che fa segno di sì con la testa ed esce.

«Una sera?» lo martella Rivelli.

«Una sera non l'ho più trovato.»

«E come ha fatto a chiudere?»

«Ho chiamato mia mamma.»

«Sua mamma?»

«Sì, che mi portasse il mazzo di riserva che avevamo in casa.»

«E sua mamma gliel'ha portato.»

«Sì, ma tardi, dopo che lui» indica il padre «era andato a dormire.»

«Desgrazià ti e anca tò mare, semi gnoranti ludri!»

«Lo lasci finire, signor Trevisan. E lei vada avanti.»

«Eh... ho chiuso con quel mazzo lì.»

«Poi lo ha fatto rifare?»

«No.»

«Quanto tempo fa?»

«Quanto tempo cosa?»

«Quanto tempo fa non ha più trovato il mazzo di chiavi.»

(Murtas intanto rientra e dice Confermato all'orecchio del commissario.)

«Mah, un tre mesi fa più o meno.»

«Pensa che qualcuno l'abbia preso per sbaglio oppure l'abbia rubato, sto mazzo?»

«Come faccio a saperlo, però forse sì rubato.»

«E quindi chi gliel'ha rubato poi è entrato e ne ha approfittato per mettere una serratura nuova alla cassaforte e per sparare a qualcuno.»

«Sì forse...»

Trevisan padre squadra il figlio con l'aria di chi dubita che due più due faccia quattro.

La stessa aria hanno i poliziotti quando restano soli, anche se Massimo Brusasco, interpellato al telefono, aveva confermato che Gerry al mattino ha l'abitudine di posare le chiavi tra la parete e la Cimbali, sul bancone.

Non faccio in tempo a tornare a casa, pensa Massimo. A far cosa poi, a cambiarmi, lustrarmi, mettermi in gran spolvero? Tira giù la cerniera del giubbotto, si dà un'annusatina sotto le ascelle, l'odore è quasi impercettibile, difficile del resto che Gilda metta la testa proprio lì al primo vero incontro, in un locale pubblico oltre tutto. Non farti illusioni, si ammonisce, la ragazza è una che ha l'aria di sapere cosa vuole, ed è improbabile che si sia presa una sbandata proprio per te.

Vuole che l'aiuti a fare la tesi, o che gliela faccia al completo, e l'atteggiamento seduttivo le deve essere abituale davanti a tutti i rappresentanti del sesso maschile, è il suo modo di rapportarsi agli uomini insomma, metà istintivo metà studiato. Ci sono ragazze, donne, che marilineggiano anche quando comprano una marca da bollo dal tabaccaio obeso o esibiscono l'abbonamento al controllore dai piedi piatti sul tram; l'equivalente dei maschi *conquistadores*, i *latin lover*, quelli che ingravidano con lo sguardo la sedicenne come la settantenne. E a proposito di maschi, che tipo è l'utile stronzo che mi ha scippato sotto banco Ornella?

Gilda, com'era prevedibile, arriva in ritardo. Non un ritardo scandaloso ed esasperante – da mezz'ora in su –, ma uno di quelli che ti fanno dubitare di te stesso, come minimo di non aver capito bene il luogo e l'ora, come massimo di suscitare un interesse prossimo allo zero. Ma alle sette e venti arriva, entra nella sala e quasi tutti gli sguardi maschili convergono su di lei. Non è una maggiorata, non ha labbra rifatte da YouPorn, non ancheggia come una ballerina brasiliana di samba, semplicemente *c'è*. Non marilineggia neppure, ha semplicemente fascino, cioè malìa, stregoneria naturale. E la radice di malìa è *mal*, sta' attento Massimo, dice a se stesso, ma alzandosi avverte un brivido di eccitazione violenta quando lei lo raggiunge al tavolo.

«Ciao, tutto bene?» gli chiede, senza accennare al ritardo.
«Sì certo» risponde, ma non ne è affatto sicuro.
«Non hai ordinato niente.»
«Ti aspettavo.»
«Grazie, sei gentile.»
Si volta appena per chiamare il cameriere, che non l'ha mollata con lo sguardo ed è subito da loro.
«Per me un gin tonic, e per te Massimo?»
«Punt e Mes con ghiaccio.»
Il cameriere, un ragazzo sui vent'anni (un precario abusivo quanto me, forse uno studente, pensa solidale lui), si allontana contrariato: avrebbe preferito una di quelle ordinazioni incerte e fastidiosissime (uno spritz, no aspetti ci ho ripensato, magari un bicchiere di bollicine, prosecco o uno spumantino bello fresco... per me un coca havana, no meglio un martini dry oppure un Alaska...), però in questo caso l'ordinazione incerta sarebbe stata non fastidiosa ma gradita, perché lei lo sta guardando da sotto in su, e i suoi occhi sono, come sono? Da gatta da cerbiatta, sono una specie di promessa, anche se sta al tavolo con un altro.
«Massimo, Serenella mi ha detto di ringraziarti. La prof le ha fatto i complimenti» lo lusinga Gilda appena il cameriere si è allontanato.
«Bene» acconsente lui. Ma di Serenella della prof della tesina dei complimenti gli importa meno di niente, vorrebbe invece sapere qualcosa di lei, e però non sa da dove e come partire. Intanto gli squilla il cellulare: porcamiseria non l'ho silenziato, pensa invece di zittirlo immediatamente spegnendolo.
«Non rispondi?» chiede lei.
«Sì sì» dice, lo estrae dalla tasca del giubbotto, schiaccia l'icona di risposta e continua: «Sì sì scusa, non mi ero dimenticato, però non vengo, tutto bene... ciao».
«La tua ragazza?» chiede lei con un piccolo sorriso di sfida già vittoriosa.

«Mia mamma.»
«Ti aspetta per cena?»
«Già.»
«Allora vivi in famiglia.»
«Esatto. E tu?»
«Col mio compagno.»
Ovvio, pensa Massimo, e con una punta di ostilità:
«Lui non ti aspetta per cena?»
«È via.»
Il cameriere torna con il vassoio di bevande e stuzzichini, deposita tutto sul tavolo piegandosi su di lei per annusare il suo profumo.
«Fidji di Guy Laroche. Creato nel 1966. Introvabile nella versione originale. Contento?» lo irride Gilda.
Il ragazzo si allontana, incespicando nelle gambe di una sedia.
«L'hai messo a disagio» commenta Massimo, a disagio pure lui.
«Ma no, gli ho dato una dritta. Sapeva di dopobarba al mentolo. Tu invece di cosa sai?»
«Di sudore, sono venuto in bici» risponde per non essere fuori gioco.
«Il sudore può essere sexy, il mentolo mai.»
Gli piace e non gli piace la strada che sta prendendo la conversazione: la schermaglia dev'essere più lenta e soprattutto alla pari, non troppo sfacciatamente ambigua e sbilanciata.
«Puoi annusarmi sotto le ascelle se credi, ma forse il tuo compagno non approverebbe.»
«Basterebbe non dirglielo. Dài, sto scherzando, facciamo un brindisi alla mia futura tesi.»
Sollevano i bicchieri, lui porta subito il suo alle labbra, tra l'imbarazzo e l'eccitazione che non è venuta meno.
«Ti è stato assegnato l'argomento preciso?»
«Non proprio. Il prof ha detto che posso proporglielo io.»
(Come no. Anche lui non insensibile alla malìa.)

«E tu hai in mente qualcosa?»
«Boh, non esattamente. Sulla pittura del '900 magari, ma andrebbe bene anche qualcosa sull'antico. Che ne dici?»
«Tema troppo vasto. Devi restringere molto.»
«Aiutami tu. Da sola non saprei.»
(Il tono della voce: le basta cambiarlo per ribaltare l'atmosfera.)
«Mah... aspetta. Testimonianze dell'antichità classica nella pittura del '900. Che ne dici?»
«Fichissimo!»
(No, fichissimo no: ci sono parole o locuzioni che andrebbero multate, chiunque le pronunci.)
«Ma su quest'argomento sai qualcosa?»
«Boh... De Chirico, direi. Ne abbiamo uno in casa.»
«Un De Chirico? Cavalli o cosa?»
«Una piazza.»
(Se è autentico e del periodo giusto, il compagno dev'essere milionario, se non lo è, l'avrà comprato farlocco a un'asta in tv.)
«Un quadro di famiglia?»
«Del mio compagno.»
«Me lo descrivi?»
«Il quadro o il mio compagno?»
«Tutti e due, sono geloso di entrambi.»
Stavolta lei non sorride ma ride, rovesciando un po' all'indietro la testa. Ha un collo bellissimo.
«C'è una piazza. Al centro la statua antica di una donna coricata, dietro di lei un edificio con tre archi, una specie di quinta uguale a sinistra, più arretrati due uomini e sullo sfondo un trenino con lo sbuffo bianco di vapore. Se vuoi te lo fotografo per la prossima volta.»
«Lo cerco anche su Internet. E il tuo compagno?»
«Si chiama Aris. È più grande di me.»
«Che cosa fa?»
«È un uomo d'affari.»

«Ma di lui una foto ce l'hai.»

«Certo. Però te la faccio vedere solo se tu mi mostri la tua ragazza.»

«Sono senza ragazza, ci siamo lasciati tre giorni fa.»

«E hai subito cancellato le sue foto.»

«Per la verità no. Mi fai vedere Aris?»

«D'accordo, però dopo tocca a te.»

Aris è sui quarant'anni o più, viso duro, deciso, un bell'uomo forse un po' troppo macho: Massimo gli vede dietro beauty farm sauna personal trainer auto di lusso ristoranti stellati, e anche un De Chirico, chissà se farlocco o no. Soprattutto gli vede accanto Gilda.

«Adesso tocca a te» gli ricorda lei, e gli prende dalle mani il cellulare.

«Carina» commenta poi senza entusiasmo. «Come si chiama?»

«Ornella.»

«E avete rotto poco dopo la faccenda del cadavere nel bar.»

«Già.»

«Ti ha sconvolto?»

«La rottura?»

«No, il cadavere.»

«Be', non è stato un bel modo di cominciare la giornata.»

«Ti hanno interrogato?»

«Sì, un paio di volte.»

«Cosa gli hai detto?»

«Che non lo avevo mai visto prima. Almeno credo.»

«Credi?»

«La faccia non era più un granché.»

«Ti va un altro aperitivo?»

«Sì.»

Gilda si volta per richiamare il cameriere che ha continuato a puntarla e questi con un cenno della testa dirotta al tavolo la collega. Altro gin tonic, altro Punt e Mes, altri stuzzichini e Gilda riprende il discorso.

«Ma i padroni del bar lo conoscevano il morto?»
«Non lo so. Gerry, il figlio, ha detto di no.»
«Tu gli credi?»
«Sì e no.»
«Perché?»
«Non ne so abbastanza di lui. È tarro e lento, va' a sapere chi frequenta.»
«Si droga?»
«Forse fumo, forse qualche pasticca, ma pesante non credo.»
«E tu?»
«Io cosa?»
«Fumo, pasticche o altro?»
«Io sono un bravo ragazzo.»
«I bravi ragazzi sono noiosi, tu non ne hai l'aria.»
«Vuoi che mi pianti seduta stante una siringa nel braccio?»
Gilda ride: «Sarebbe quasi una dichiarazione d'amore».
«Allora passami la siringa.»
Lei tarda a ribattere, di colpo a disagio: «Acqua passata» dice, mentre il suo cellulare, che ha lasciato sul tavolo, comincia a vibrare. Un'occhiata allo schermo e risponde:
«Al bar, in piazza Vittorio. E tu?»
«...»
«No, non ne ho voglia. Tra mezz'ora sono a casa, studio un po'. Tu quando arrivi?»
«...»
«Ti aspetto sveglia.»
«...»
«Sì.»
Chiude la comunicazione. Sovrappensiero.
«Vuoi un passaggio?» chiede, e subito correggendosi: «Ah no, sei in bici.»
Si alza decisa, si dirige alla cassa e Massimo la segue.
«Sei mio ospite, è stato un aperitivo di lavoro. Ti chiamo prestissimo» lo congeda frettolosa.

Prestissimo cosa vuol dire? Domani, tra due giorni, una settimana? Prestissimo indica un tempo impreciso che dipende dalle aspettative di chi appunto aspetta. Prestissimo per me è al più tardi tra un'ora, ma lei invece aspetta – sveglia – il suo Aris: Massimo, lasciala perdere, suggerisce a se stesso.

Quando i Trevisan vengono congedati dalla polizia, Gerry batte in velocità il padre, infila la porta per primo, scende le scale a precipizio, esce dalla questura come se fosse inseguito da un branco di lupi, attraversa corso Vinzaglio e si infratta dietro una colonna dei portici. Una ventina di minuti dopo, ormai sicuro di non essere braccato, mette in atto il piano di sopravvivenza: raggiunge la sua auto recuperata nel primo pomeriggio e parcheggiata lontano, mette in moto e va sotto casa di Sabri. Ha pensato a lungo se telefonarle per chiedere ospitalità, ma poi ha deciso che è più facile dire no al microfono del cellulare che a quello del citofono di casa. Una neutrale provvidenza o destino gli porge un aiuto imprevisto: proprio dietro l'angolo del caseggiato è fermo un Transit il cui proprietario o chi per esso vende (abusivamente) fiori e piante in vaso; un bel mazzo di rose, pensa Gerry, non può che commuovere il cuore di qualunque donna.

«Sabri, aprimi, devo darti una cosa» dice in risposta al brusco Chi è? di lei.

«Che cosa?»

«Fammi salire e la vedi.»

«Però te ne vai subito, non entri neanche in casa.»

«Va bene, come vuoi.»

Ma quando le porge il mazzo e la guarda con occhi da cane grandi come bottoni da paletò, Sabri ha un cedimento improvviso. Prima di tutto perché nessuno le ha mai regalato un mazzo così sontuoso (rose rosse in bocciolo a gambo lungo, bellissime), e poi perché è dal mattino che avverte una certa irrequietezza sotto pelle, di cui conosce il rimedio. E il miglior rimedio che ha trovato sinora è proprio Gerry, anche se nessuno ci crederebbe.

Arretra di un passo e si fa da parte: Entra, gli sospira.

Dove vado adesso? si chiede Massimo inforcando di nuovo la bici. A casa no, mi subisserebbero di domande, mia mamma almeno vorrebbe sapere com'è andata con il vecchio, se penso di continuare, e poi se ho già mangiato e con chi; Marilena è sempre esentata dagli interrogatori e io no, non riesco a capire il perché, sono (o erano) le femmine a dover essere tenute d'occhio, invece a casa nostra è tutto il contrario. Vado al cine, ecco, se mi sbrigo arrivo in tempo per lo spettacolo delle nove, al Fratelli Marx c'è una retrospettiva dei film di Chabrol, qualunque titolo mi va bene, però se non l'ho già visto un paio di volte va anche meglio. Così non penso a lei, che non so neppure come fa di cognome e dove abita.

Come tutto, anche i film invecchiano: alcuni reggono il passare degli anni con la monumentalità espressiva delle querce o degli ulivi, altri mantengono la grazia leggera delle betulle, poi ci sono gli alberi di cui non conosci il nome e non t'importa, e di altri ancora sai che nel vicino futuro saranno perlopiù tavole di compensato. Al Fratelli Marx proiettano in lingua originale *Le beau Serge* di Chabrol, un bianco e nero del 1958, considerato il primo film della Nouvelle Vague, e Massimo si rallegra, perché non l'ha mai visto, ma ne ha solo letto la recensione – che non ricorda – sul dizionario del Mereghetti o del Morandini. Dopo una quindicina di minuti dall'inizio comincia però ad annoiarsi; come molti film in cui regista e sceneggiatore coincidono anche questo è piuttosto sfilacciato e artificioso, un prevedibile dramma sociale con tubercolosi alcolismo amicizia virile e batoste della vita. Segue distrattamente la storia e pensa ai fatti suoi, cioè alle cose che non sa e che vorrebbe sapere al più presto, prima di tutto il cognome e l'indirizzo di Gilda, in subordine quelli del suo compagno Aris nonché i dettagli precisi della sua professione. Che cosa significa esattamente essere "un uomo d'affari"? Anche i mafiosi i cocalero i bancarottieri gli scafisti i magnaccia i cravattari sono uomini d'affari, così come i trafficanti di armi, gli sceicchi mediorientali con tante mogli e tanto petrolio, i tangentisti che a furia di mazzette hanno case con i rubinetti d'oro, il giaguaro al posto del gatto e i De Chirico tarocchi alle pareti. Sono uno stronzo, si accusa giudiziosamente: perché mai Aris non può essere un banchiere, un armatore di navi, un importatore di lingotti d'oro, un esportatore di prodotti alimentari o di eccellenze artigianali made in Italy? Perché ha Gilda, ecco perché, si risponde, una ragazza così non riesce a tenersela un ricco borghese di buona famiglia, ma solo uno squalo. E poi un borghese di buona famiglia non si chiama Aris, ecco, a meno che sia di origine greca.

Uscito dal cine, nell'incerta luce davanti all'ingresso, decide di togliersi immediatamente la curiosità e cerca Aris sullo smartphone. Eccone uno, anzi uno solo, Aris Accornero, nato ad Asti nel 1931 (non ci siamo con l'età), esperto di lavoro e relazioni industriali, professore emerito di sociologia industriale alla Sapienza di Roma, dal '46 al '57 operaio alla Fiat, licenziato perché comunista, autore di saggi tradotti in molte lingue. Non è certo lui l'Aris di Gilda e un'inopportuna vocetta interiore gli chiede subito Dimmi dimmi, che te ne fai adesso del tuo lombrosismo onomastico?

Pedala mesto verso casa, dove i suoi non ci sono, a un torneo di bridge, lo informa Marilena, raggomitolata sul sofà davanti alla tele con un Pinguino gelato in mano.

«Buono?» interroga lui.

«Sublime. Comprata una megaconfezione con i miei guadagni.»

«Un morso?»

«No, chissà chi hai baciato e quanti batteri extrafamiliari hai in bocca. Prenditene uno dal freezer e in cambio raccontami come ha fatto Ornella a scaricarti.»
«Non ho baciato nessuno.»
«Nessuno, al maschile?»
«Nessuna, al femminile. In astinenza. E tu?»
«Pinguino e confessioni: non ti pare un po' troppo?»

Gianmarco Martinetto esce per ultimo dalla questura. Sono le dieci passate, si sente stanco, demotivato, scontento di tutto, anche se le notizie arrivate da Pietra Ligure sono incoraggianti. Camminare camminare, si ordina, mettere in moto le gambe giova ai pensieri. Torno a casa, doccia, non ho neppure appetito, mi basta uno yogurt e una mela, poi mi sdraio a fare zapping per vedere quel che passa il convento dal momento che non ho testa per leggere.

Cammina di buon passo in via Cernaia, concentrato sul tenere vuota la mente, cioè sul non ravanare un pensiero molesto come il ronzio intermittente di un moscone: una telefonata polemica con Giuliana. Quasi all'altezza di via Pietro Micca si ferma di colpo come se qualcuno gli avesse intimato l'alt:

«Eh no, cazzo!» esclama a se stesso, «non ho mica più diciott'anni!»

Preme il numero di Giuliana sul cellulare, lei risponde al secondo squillo:

«Ci facciamo già la guerra?» le chiede.

Cinque secondi di silenzio. Che risultano essere molto lunghi. Poi un sospiro:

«Scusami Gianmarco. Certe volte sono proprio stupida. E ostinata e irritante e meschina. Ce la fai ancora a volermi bene?» gli risponde.

Parlano a lungo. Quando arriva a casa, lui si accorge di avere una fame da profugo.

Martedì, mercoledì

Ferdinando Strazzari ha trentasette anni compiuti da poco. Conoscenti e amici – ma non sono molti – lo chiamano Nando, e così pure sua mamma. Dei tre figli – oltre a lui Fabrizio e Fiorella – è quello che le dà meno soddisfazioni, e forse proprio per questo il più amato.

Fabrizio vive a Londra da tempo, gestisce con la moglie un negozio di abbigliamento per giovani, le telefona puntualmente almeno una volta alla settimana (di solito il lunedì, giorno di chiusura) e ogni anno a febbraio con Luciana e il figlio di lei William viene a trovarla per una decina di giorni, perché gli piace il mare d'inverno.

Fiorella si era trasferita a Roma per lavoro appena vinto un concorso al ministero dell'Agricoltura e non passa sera senza che le faccia uno squillo al cellulare, solo per sapere come sta, se si ricorda di prendere le pillole per la pressione, se il gatto è di nuovo scappato o no. Non si è sposata, Fiorella: preferisce l'indipendenza, l'amicizia di colleghi e colleghe, le vacanze a fare viaggi avventurosi. Ma con la madre è presente e premurosa e almeno un paio di volte all'anno le paga il Frecciabianca per averla qualche giorno con sé.

Nando è sempre stato diverso.

L'unico a essersi laureato – mentre fratello e sorella a scuola non avevano mai passato l'anno senza essere rimandati in due o tre materie –, però poi la laurea non l'ha messa a frutto e si è accontentato di un impiego modesto come contabile, senza mai fare carriera. Pazienza, ma quello che più angustia Rosalba Gaggero vedova Strazzari è la riservatezza o meglio freddezza nel loro rapporto. Telefonate poche e avare, e se è lei a chiamarlo sembra che gli dispiaccia e risponde seccato, visite solo se c'è una grana riguardo al monolocale fronte mare che ha ereditato, eppure a separarli ci sono poco più di centottanta chilometri: lui a Torino e lei in Liguria, a Borgio Verezzi. Mai venuto in vacanza lì, e dire che da ragazzo il mare gli piaceva, d'estate da mattino a sera in spiaggia a nuotare e occhieggiare le ragazze, mentre fratello e sorella sudavano sui libri per non essere bocciati. Per quanto ne sa lei, c'erano state due o tre fidanzate o quasi fidanzate, ma le storie erano finite, va' a sapere perché. Eppure per anni aveva sperato in un matrimonio o convivenza e soprattutto in un nipotino o nipotina, che d'estate gliel'avrebbe tenuto almeno due mesi a respirare aria buona, a giocare in riva al mare, a sollevare un po' i genitori dalla fatica di crescerlo. Invece niente. I figli bisogna prenderli come sono, si dice spesso la vedova Strazzari, ma quando è troppo è troppo.

Non lo sente da due settimane e a un certo punto si era decisa a telefonargli, ma senza esito. Due tre cinque otto chiamate, e il cellulare muto, senza neppure il solito messaggio del gestore riguardo all'apparecchio spento o non raggiungibile. Ha resistito sino a martedì, poi l'ha cercato alla ditta in cui lavora e le hanno detto che si era preso cinque giorni di ferie, che avrebbe dovuto rientrare quel mattino e invece non si era visto né fatto sentire. Lei aveva immediatamente pensato al peggio: una vacanza, magari all'estero (questo avrebbe spiegato l'assenza di telefonate, data la parsimonia di Nando), e lì un incidente, ambulanza pronto soccorso ospedale, lui intronato o diononvoglia in coma tutto solo, senza nessuno ad accudirlo. E l'ospedale chi avrebbe potuto avvertire? Figurarsi se lui nel portafoglio tiene un bigliettino con l'indicazione dei parenti... però il cellulare ce l'aveva, con i numeri di madre fratello sorella e della ditta... oddio no, magari è stata una rapina finita male, oppure una rissa, adesso la gente ammazza per niente, uno sguardo di troppo una mancata precedenza uno spintone involontario...

Il cuore le scalpita nel petto, si siede perché sente che la pressione le è schizzata alle stelle, aspetta una decina di minuti, beve un bicchiere d'acqua poi telefona alla figlia.

Fiorella cerca di tranquillizzarla: Non vedere subito tragedie, mamma, lascia fare a me, magari è un inciampo banale, ti chiamo appena ho risolto. Invece non risolve niente e poco dopo le due le consiglia di andare dai carabinieri, loro sapranno cosa fare, e poi di riferirle.

A Borgio Verezzi non c'è una postazione dell'arma, Rosalba chiama un taxi, si fa portare al comando di Pietra Ligure, e dopo un confuso racconto prima a un appuntato e poi a un vicebrigadiere viene ricevuta dal maresciallo.

Che è una brava persona, paziente quanto basta per districare la vicenda e inquadrare in ipotesi coerenti la presunta scomparsa di Ferdinando Strazzari. Chiede alla donna una foto del figlio, si fa indicare le caratteristiche fisiche che dalla foto non compaiono a sufficienza – altezza, nei, tatuaggi, segni particolari, cicatrici (una sembra interessante: la quasi totale mancanza del lobo dell'orecchio destro, conseguenza dell'aggressione di un cane randagio) –, se li appunta, le offre un caffè (No grazie, ho la pressione alta), un succo di frutta (Grazie ancora, molto gentile, ma non mi va giù niente), poi la fa accomodare in una saletta d'attesa e si mette al lavoro. La richiama dopo quasi tre ore e malgrado la lunga pratica con i drammi e le tragedie della vita è in difficoltà a chiederle se il figlio, oltre al particolare del lobo, poteva avere un piccolo tatuaggio sotto l'omero sinistro.

«No» risponde decisa la madre, «mio figlio non è tipo da tatuaggi, non gli piacciono proprio.»

Meglio così, pensa il maresciallo, ma le madri sanno poco o niente dei figli, tranne quello che vorrebbero fosse vero.

«Lei ha un mazzo di chiavi dell'appartamento di suo figlio?»

«No, non gliel'ho mai chiesto, da una certa età in poi i ragazzi vogliono essere padroni di sé...»

«Certo certo. E ha idea di chi potrebbe averlo? La fidanzata un amico un vicino.»

«No, non so.»

Rosalba Strazzari cerca di dominare l'ansia che si è trasformata in angoscia pura, e tra le lacrime che non riesce più a trattenere esprime l'ipotesi terribile che le parole del maresciallo le hanno suggerito:

«Magari gli è preso un malore... è caduto... non ce l'ha fatta a chiedere aiuto... oh mioddio no... mio figlio il mio Nando...»

Il maresciallo la affida alle parole di conforto del vicebrigadiere, le chiede di aspettare ancora una mezz'ora, un'ora al massimo e si rintana nel suo ufficio a finire il lavoro.

Sono quasi le sette quando, con mille tentennamenti e cautele, è costretto a rivelare alla donna che suo figlio non pare essere stato vittima di un malore in casa, però a Torino c'è il cadavere di uno sconosciuto senza documenti che potrebbe essere...

Rosalba Gaggero vedova Strazzari ha un mancamento. Il vicebrigadiere la sostiene e le impedisce di rovinare a terra, il maresciallo chiama un'ambulanza che la trasporta subito al vicino ospedale Santa Corona, dove viene visitata e ricoverata. E da lì il vicebrigadiere avvisa al comando il suo capo e questi deve suo malgrado mettere al corrente degli avvenimenti la figlia di Rosalba Gaggero, cioè Fiorella Strazzari: sua madre è in ospedale per un malore improvviso a parere dei medici non grave, però deve restare in osservazione per qualche giorno. E purtroppo c'è un'altra cosa, è necessario il riconoscimento urgente di un cadavere rinvenuto senza documenti a Torino, un cadavere che potrebbe essere suo fratello.

«Mio fratello morto? Mio fratello senza documenti? Morto ammazzato allora!» riesce a pensare e dire Fiorella dopo attimi di assoluto sbigottimento.

«Sì, ucciso con un colpo di pistola. Mi dispiace. Non siamo assolutamente certi che sia lui, ma il fatto che sia privo di elementi utili per l'identificazione rende molto difficili le indagini.»

Fiorella ansima per qualche secondo nel telefono: «Ma mia mamma, mia mamma come sta?» chiede poi con voce incerta.

«Ha avuto un problema al cuore, la metto in contatto con i medici, però prima dovrebbe dirci quando potrà essere a Torino per il riconoscimento.»

«Non so, devo... organizzarmi. Mi faccia parlare con i dottori e poi... e poi...»

«E poi per favore mi richiami» insiste il maresciallo.

Fiorella è una donna coraggiosa, capace di affrontare avversità e delusioni senza inutili piagnistei, però alla notizia del malore della madre e della possibile morte del fratello è davvero sconvolta e quasi incapace di reagire.

Sulle condizioni di sua mamma viene parzialmente tranquillizzata quasi subito: una sincope, due o tre giorni in osservazione e a riposo poi sarà sicuramente dimessa, al momento non è possibile parlarle perché i farmaci le hanno dato un po' di sonnolenza, ma sarà lei stessa a chiamarla appena sveglia.

Un respiro profondo, mezzo bicchiere di vino dal tavolo già apparecchiato per due, qualche minuto su una sedia per assorbire lo shock e mettere nel giusto ordine le azioni da intraprendere. Quel balordo di mio fratello, speriamo che non sia lui il morto ammazzato, però chissà chi frequenta o frequentava, sempre a fare il tenebroso, a non dare notizie, devo avvertire in ufficio che domani non vado, sono diventati fiscali con le assenze a causa dei soliti furbetti, sai che meraviglia osservare un cadavere sparato, e poi mia mamma, tutta sola in ospedale e c'è anche il gatto da sistemare...

Il suono del campanello la fa alzare, si avvia al citofono e fa scattare l'apertura del portone senza chiedere Chi è, lo sa da sola e aspetta Romina sulla porta di casa.

«Fiore che hai, sei pallida» osserva subito l'amica.

«Sapessi!»

«Dài, dimmi» le ordina l'altra abbracciandola e carezzandole i capelli.

Fiorella racconta, ancora nell'abbraccio, appena chiusa la porta.

«Avvisi tu il capo o faccio io domani mattina?» chiede più tardi Romina. Sono sedute sul divanetto del piccolo soggiorno, mano nella mano.

«Gli mando io un messaggio. È più pettegolo di una serva, non diamogli occasioni.»

«E chissenefrega se spettegola. Si guardi le corna sue.»

«Sì, ma non adesso. Cercami a che ora parte il primo Freccia per Torino.»

«Stasera? Ma che senso ha?»

«Domani mattina. Io intanto provvedo per mia mamma.»

«Provvedi come?»

«La vicina di casa, che le porti camicia da notte necessario per toeletta e ciabatte, e che pensi al gatto. Poi richiamo i carabinieri e avverto Fabrizio.»

«Lascia perdere Fabrizio. Che vuoi che faccia da Londra? Lo chiami domani, è inutile che stia in apprensione magari senza motivo. Adesso invece fatti coccolare, poi ci attacchiamo al telefono.»

Qualche minuto prima delle sei del mattino Fiorella è sul Frecciarossa che sta per partire, mentre Romina a terra davanti al finestrino continua a salutarla e a farle raccomandazioni inudibili. La sera precedente l'aveva costretta a ingoiare un sonnifero dei suoi: blando, l'aveva assicurata, così riposi qualche ora, ma forse era troppo blando e lei troppo agitata così non ha riposato affatto e adesso si sente uno straccio.

Arriverà a Torino un po' prima delle dieci, dovrà scendere alla stazione di Porta Susa, dove troverà ad attenderla il commissario Martinetto con un altro poliziotto: così le è stato comunicato la sera prima dal vicebrigadiere di Pietra Ligure.

Un fischio e il treno si muove: un'ultima sventagliata di mano da entrambe le parti e lei può appoggiare la testa sullo schienale e chiudere gli occhi.

Com'è imprevedibile la vita. Papà chioccia, che voleva tenere sotto le sue ali l'intera famiglia, è morto prematuramente, a neppure cinquant'anni, così non ha patito le nostre fughe. Ce ne siamo andati tutti, a poca distanza di tempo, prima Nando, poi Fabrizio e io per ultima. Il paese ci stava stretto, avevamo voglia di altrove, e mamma non ha insistito perché restassimo. Lei non è una chioccia: passeggiate, letture, amiche e il gatto. Sta bene da sola, per smuoverla devo mandarle i biglietti del treno, attaccata alla sua casa e abitudini come una cozza, a Londra non c'è mai andata e da Nando neppure, o forse sì, una volta, quando lui si è comprato un appartamento e lo ha aiutato nel trasloco. A Natale ci fa gli auguri e ci manda un pacco con il panettone ligure, basso e ingozzoso che non piace né a me né a Fabrizio, a Nando non so, ma a lei non lo abbiamo mai detto, e finisce che cerchiamo di sbolognarlo a qualcuno ma non è facile. Non passiamo il Natale insieme, non ce l'ha mai chiesto, anzi ci racconta tutta contenta che va alla cena della vigilia con i volontari, uomini e donne, della Pro Loco e della Protezione Civile: mangiano, chiacchierano e poi ballano. Tutta contenta? Mi è sempre sembrato di sì, o magari mi ha fatto comodo crederci.

Nando: il più in gamba di noi, ma non dev'essergli andata tanto bene. Oppure sì, che ne sappiamo, ché ci tiene a distanza, geloso della sua privacy, come se fosse chissà chi.

Però mamma aveva detto che l'appartamento che si è preso è da signori, in un quartiere di lusso, Crocetta mi pare che si chiami, e allora tanto male non gli è andata, capace che ha guadagnato in Borsa o con degli investimenti giusti, è un ramo che di sicuro conosce per via della laurea in economia e commercio. Però, se è così, non è che ha pensato a noi, a darci qualche dritta che a me e a Fabrizio avrebbe fatto comodo, e anche a mamma ma meno.

Sbadiglia, apre gli occhi, guarda svogliata il panorama senza vederlo, mostra il biglietto al controllore, risponde a una chiamata di Romi poi silenzia il cellulare e si addormenta.

Martinetto ha portato con sé in stazione l'assistente Palmina Vannini non solo perché è una donna e in quanto tale secondo l'opinione comune più adatta degli uomini nei ruoli di accudimento, ma soprattutto perché sa essere comprensiva energica ed efficiente nello stesso tempo. Per di più gli piace per il carattere, una mistura rara di ironia ed empatia nei rapporti personali: sul lavoro lascia sfogare lacrime e singhiozzi, abbraccia se è il caso, batte pacche leggere come carezze sulle spalle, poi senza cambiare atteggiamento e tono di voce passa alle esigenze delle indagini e attacca con le domande. Che agli sbigottiti parenti delle vittime sul primo momento non sembrano neppure tali, ma quasi una spinta a distogliere la mente dalla consapevolezza della morte.

La donna scesa dal Frecciarossa che, dopo un'occhiata smarrita al cartello col suo nome, si fa loro incontro sulla banchina del binario è una bruna sui trent'anni in lieve sovrappeso che trascina un trolley a pois bianchi su sfondo verde smeraldo. Comodo per essere individuato subito sul nastro bagagli in aeroporto, pensa il commissario, e prova un immediato moto di simpatia per la proprietaria. Abbastanza irrazionale, riflette però subito dopo, come tutte le prime impressioni che tuttavia, secondo il detto popolare, sono quelle che contano e invece spesso risultano sballate.

È di un umore lieve, il commissario, perché la lunga telefonata serale gli ha cambiato l'immagine di sfondo del computer mentale, che adesso corrisponde a una verdissima isoletta irlandese, con una casa bianca affacciata sulla scogliera, e nella casa, dietro a una finestra, a osservare il mare ci sono un uomo e una donna, che sono lui e Giuliana. Imbecille, si insulta a fior di labbra riscuotendosi, e l'assistente, che ha colto il bisbiglio, lo guarda con occhi interrogativi.

Presentazioni e frasi di circostanza, poi escono dalla stazione, salgono in macchina e si avviano all'obitorio. E intanto Martinetto pensa che ci sono abitudini che non si acquisiscono mai del tutto. Non tanto quella di vedere un corpo disteso, nella sua rigidità livida, sulla barella fatta scorrere in avanti da una cella frigorifera, ma quella di presenziare allo sconvolgimento emotivo di una o più persone di fronte al cadavere di chi gli è stato caro. Eppure si augura che la trentenne o giù di lì che stanno scarrozzando sia davvero la sorella del morto sparato all'Acapulco's.

L'obitorio civico di via Ingria è – come tutti gli obitori – un luogo sinistro, destinato a imprimersi nei ricordi incancellabili del visitatore occasionale e a insinuarsi saltuariamente nei suoi sogni più ansiogeni: l'odore di morte che nessun prodotto chimico riesce a debellare del tutto, la luce fredda, lo scintillio del metallo, la funzionalità minacciosa degli arredi al cui confronto la visione di una sala operatoria a qualcuno in attesa di incontrare il bisturi risulterebbe addirittura innocua e quasi rasserenante.

Il commissario esegue le formalità burocratiche; l'assistente Vannini posa il braccio destro sulla spalla sinistra di Fiorella Strazzari e accentua fortemente la stretta quando, dopo una breve attesa, l'inserviente abbassa il lenzuolo e scopre il volto della salma richiesta.

«Sì, è mio fratello» afferma in un sospiro Fiorella, voltando di lato la testa e cominciando a piangere silenziosamente.

Le doverose espressioni di condoglianza vengono pronunciate, insieme con l'assicurazione che la polizia farà di tutto per assicurare alla giustizia il colpevole e i suoi eventuali complici; Fiorella tra l'angoscia e lo sbigottimento si chiede come farà a comunicare la notizia alla madre e come questa reagirà; la Vannini non vede l'ora di uscire all'aperto perché anche stavolta avverte un'ondata di nausea; Martinetto per scacciare il disagio programma le prossime mosse investigative e, un passo dietro alle due donne, chiama al cellulare il dottor Pagnottino e i colleghi della squadra.

Dopo, c'è un'occhiata d'intesa tra i due poliziotti, e l'assistente Palmina comincia subito la seconda parte del suo lavoro, anzi *mission*, come le piace chiamarlo.

«Possiamo darci del tu, Fiorella?» chiede.

«Sì, come vuole... come vuoi» risponde senza pensarci l'interpellata.

Salgono in macchina, il commissario alla guida, le donne sul sedile posteriore.

«Ti sentivi spesso con tuo fratello?»

«No. Lui è, cioè era, un tipo piuttosto chiuso. Però a Fabrizio, l'altro fratello, telefonava abbastanza spesso.»

«E a vostra mamma?»

«Di rado. E lei non sa che i due maschi di casa si tenevano in contatto. Non gliel'ho mai detto, perché sarebbe stata un po' gelosa.»

«Lui ti ha mai parlato, che so?, del suo lavoro per esempio.»

«Teneva la contabilità per una serie di ditte associate e secondo mia mamma non si era dato troppo da fare per la carriera, però si vede che gli andava bene così.»

«Aveva una compagna, una fidanzata?»

«Non so. In passato mi pare di sì.»

«Amici?»

«Non me ne ha mai parlato. Ma come ho già detto, lo conosco poco, molto meno dei miei vicini di casa.»

La voce le si incrina, volta la testa verso il finestrino e Palmina aggiunge un rinforzo di conforto stringendole la mano. Mestiere ed empatia, non solo mestiere, perché sembra evidente che la donna non abbia niente a che vedere con l'omicidio, anche se dovranno essere fatti gli opportuni controlli su alibi eccetera.

Fiorella si passa un fazzoletto sugli occhi e aggiunge:

«Come lo dico a mia mamma? Capace che le viene un colpo alla notizia... e poi... come si fa per il funerale?»

«Per il funerale c'è tempo. A tua mamma è meglio che lo comunichi tu di persona.»

«Ma quando?»

«Cercheremo di fare in fretta in questura, in modo che lei possa partire nel pomeriggio» interviene Martinetto.

«Grazie» sospira Fiorella, incerta tra il sollievo e l'afflizione. E poi si ricorda che non ha ancora chiamato nessuno, né la madre, né Romi, né Fabrizio.

«Non è che puoi accamparti qui da me, la mia casa non è una pensione» Sabrina ripete a Gerry al mattino.

Stanno facendo colazione, lei già vestita per il lavoro, lui, ancora mezzo nudo, rabbrividisce non soltanto per il freddo.

«Solo fino a domani» implora, «che fastidio ti do?»

«Non me ne daresti se non fossi impicciato col delitto.»

«Io? Ma ti pare che sono un assassino?»

«Assassino no, non sei...»

(Stava per dire Non sei abbastanza intelligente.)

«... però qualcosa hai combinato.»

«No, te lo giuro.»

«Sì, sulla tomba di re Arturo.»

«Chi è re Arturo?»

«Nessuno, solo un modo di dire.»

«Di dire cosa?»

«Niente, lascia perdere. E va' a vestirti, che poi smammi.»

«Sabri, per piacere. Ho solo te per amica.»

«Hai anche Vito.»

«Ma è spesso nei casini, lo sai, meglio se non mi faccio vedere con lui.»

«Così poi i casini li ho io. Ma perché cazzo ti sto ad ascoltare...»

«Perché insieme facciamo bene l'amore.»

Lei si volta a guardarlo in faccia e le scappa da ridere. A suo modo un po' di intuizione ce l'ha, pensa.

«Occhei» dice, «però mi prepari una bella cena per stasera. Va' a fare un po' di spesa perché in frigo non c'ho niente.»

Previdente come sempre, Rivelli ha convocato il fabbro Vinicio Pelloni per aprire la porta di casa del morto.

«Sicuro che ce ne sia bisogno?» gli chiede il commissario.

«Sicuro no, ma è meglio non perdere tempo, dal momento che st'indagine è partita sfigata.»

Però del fabbro c'è davvero bisogno, perché la porta, in un bello stabile di via Marco Polo, zona residenziale della buona borghesia, è blindata a regola d'arte.

«Cosa ci teneva il cazzone lì dentro, la riserva d'oro di Fort Knox?» ironizza a suo modo il Pelloni quando più tardi finalmente un cardine cede, la serratura si sblocca e lui può asciugarsi il sudore.

«Non lamentarti, che una porta blindata così, come inizio, è promettente per noi» considera compiaciuto Martinetto.

«Già, poco in linea con un contabile di mezza tacca» concorda il vice.

Si infilano i guanti, entrano.

«Posso andare o c'è anche una porca?» cioè una cassaforte, s'informa il fabbro dalla soglia. E spera che non ci sia, perché ha una sete becca e non vede l'ora di farsi una o anche due birre al bar.

Rapido giro nelle stanze: corridoio ampio soggiorno-pranzo cucina abitabile due camere due bagni. E nella camera da letto la cassaforte c'è, e ha l'aria robusta.

«Pelloni entra, che devi sudare ancora un po'» lo chiama Rivelli, «portati dentro l'attrezzatura e non toccare niente.»

«Ma me lo devi ripetere tutte le volte?» s'inalbera quello. «Mica sono rincoglionito totale.»

E poi, davanti a un quadro ottanta per centoventi – una crosta pseudoantica con battaglia navale e targhetta d'ottone sottostante – che cela (celerebbe) la cassaforte:

«Senza fantasia il cazzone, nel posto più ovvio l'ha fatta murare. E di quelle toste, porcaputtana. O mi date qualcosa da bere o scendo al bar e aspettate.»

Il commissario e il vice si guardano sogghignando, poi Rivelli va in cucina, prende da un pensile il bicchiere più arretrato e impolverato che c'è, lo sciacqua, lo riempie e glielo porta.

«Tieni, offre la casa» dice.

«E ricordati che se non riusciamo a risolvere il caso, sarà per colpa di questo bicchiere» aggiunge il capo.

«Già sentita, come battuta. Ma fate sempre Totò e Peppino voi due? E non l'hai neppure fatta scorrere un po', st'acqua pisciosa!» li sfotte lamentandosi il fabbro. Che se lo può permettere, perché, volendo, saprebbe aprire anche il caveau della Zecca di Stato.

«Fa' pure con comodo, noi qui ne abbiamo per un po'» dice Rivelli.

«Bravi, cercate di guadagnarvi il pane, ma senza sudare, mi raccomando!» chiude Pelloni studiando la porca prima di metterci mano.

«Ricordiamoci di portare via il bicchiere» sospira Martinetto quando sono in corridoio, «se no ci facciamo una figura di merda.»

«Lo dici tutte le volte. Mi sa che facciamo proprio Totò e Peppino quando c'è lui.»

«Ma lui, visto che suda come un maiale sotto il solleone di luglio, non potrebbe portarsi appresso una lattina di Coca-Cola o una bottiglietta di minerale?»

Le giornate hanno per Massimo un ritmo diverso da quando non si deve svegliare prima dell'alba per andare all'Acapulco's. È quasi costretto ad ammettere che quel lavoretto miserabile gli manca: una bella sgambata in bici all'andata, con qualunque tempo, pioggia neve vento, la città ancora addormentata, tram e autobus rari, l'aria già velenosa ma non come più tardi. Poi ritorno a casa, sempre in bici, i suoi già partiti per il lavoro, Marilena a dormire dopo le notti di guardia o davanti a cappuccino e biscottate prima di mettersi in moto. Un saluto veloce, qualche frecciatina scoccata e ricambiata e la giornata da organizzare: Palazzo Nuovo, via sant'Ottavio o campus Einaudi a studiare gli avvisi in bacheca, a lavorare al computer, a consultare testi, a incontrare studenti.

Bighellona un po' per casa, ha già fatto colazione e non è ancora ora di pranzo, si rifà il letto, arieggia la sua camera, per non continuare a ciondolare in pigiama come i pensionati si mette i jeans una maglietta e una felpa. Per andare dove, si chiede. È invaso da un sottile sconforto e ne rivanga alcune ragioni: nessun assegno di ricerca perché non ci sono fondi e nel mio campo c'è un competitor con più requisiti di me, nessuna possibilità di supplenze per l'anno scolastico in corso perché mi sono laureato nella sessione autunnale, nessuna prospettiva immediata o ravvicinata di un lavoro sicuro e continuativo. Andare all'estero? A far cosa, la mia è una laurea poco spendibile, come ha amabilmente osservato il conte cavaliere Leonardo Galilei. A proposito, lui che cosa faceva prima di andare in pensione? Non certo l'operaio, e neppure l'impiegato a servire il pubblico dietro a uno sportello.

Torna in camera sua, si mette al computer, sicuro che nome e cognome del vecchio compaiano su Wikipedia. Infatti: nato a Torino nel 1937, laurea in ingegneria – il web non specifica il ramo –, esperienze di lavoro negli USA nel campo della meccanica, successivamente in India e in Giappone, in Italia dal...

L'annuncio dell'arrivo di un messaggio lo distrae, afferra il cellulare, il numero è quello di Gilda e avverte un'improvvisa secchezza della bocca, anzi delle fauci come scrivono i bugiardini. Lei gli ha inviato un breve messaggio corredato da una foto.

«No, ziocan no noo...» ulula Gerry appena chiude la telefonata.

Ancora la polizia che lo convoca, e per l'ora più sbagliata, alle sette, con Sabri già tornata dal lavoro, e addio alla soap opera della coppia che finisce di preparare una cenetta da gustare insieme. Lui si era proiettato in testa la sequenza: grembiule da cucina annodato ai fianchi per farle vedere che fa sul serio, soffritto di cipolla e guanciale o pancetta già fatto che aspetta i pelati, acqua per la pasta sull'altra fiamma del gas, spaghetti pesati (due etti e mezzo o tre, lei bada alla linea ma lui no), e di secondo... di secondo be', ci penserà davanti al banco di gastronomia del supermercato e poi comprerà le bignole al reparto pasticceria, non solo per farla contenta ma anche perché gli piace vederle fare la bocca rotonda e inghiottirle intere una dopo l'altra. La bocca rotonda... meglio non pensarci.

Il messaggio invece è di sua mamma: *Il vecio è incazato nero perché tieni sempre il telefono stacato o non rispondi. Dove ti sei meso?*

Troppi problemi, troppe decisioni da prendere e due incubi: il nuovo interrogatorio in questura e la sfuriata di Sabri, che è capace di sbatterlo fuori. Lui di soldi non ne ha più tanti, è meglio se quei pochi li tiene da conto, che non si sa mai. Si prende la testa fra le mani per riflettere.

Mama, le risponde dopo un po', *per favore fammi un favore poi ti spiego. vai al supermercato e compra lasagne al forno per due gia fatte solo da scaldare del rosbif e carote cotte. poi delle bignole quelle rotonde piccole tutto abondante. ci vediamo al posto dellaltra volta avvisami quando parti il tuo gerry.*

Si piazza davanti alla tele, l'accende e comincia a scanalare, anche al mattino c'è un'offerta incredibile di programmi che può finalmente godersi in santa pace, quelli con i vip che rispondono alle domande dei presentatori, i processi con gli avvocati e il giudice, i cuochi, le ricette di cucina, le donne e gli uomini quasi nudi sul letto: insomma uno può rilassarsi e se vuole può pure guardare i cartoni animati.

Ma chi era Ferdinando Strazzari? qual era il suo lavoro extra o vero lavoro, di cui quello da contabile costituiva probabilmente solo una copertura?

In un cassetto della camera da letto, un paio di cellulari vecchi, di quelli da trenta euro con tanto di caricabatteria accanto: appena rianimati dalla corrente, risultano perfettamente funzionanti e i contatti sono in memoria con sigle da decifrare. Sedici su uno, diciannove sull'altro.

«Dici che da qualche parte troviamo una legenda circa le sigle?» chiede Rivelli.

«In cassaforte forse. A meno che Strazzari avesse una memoria super. Ma scommetto che questi cellu e quelli dei contatti hanno schede intestate a cinesi residenti in Cina, o a prestanome compensati con venti euro e una pacca sulle spalle.»

«Barboni, vecchietti confusi, quelli che aprono la porta ai falsi addetti del gas o delle banche per lasciargli controllare le tubature o le banconote della pensione.»

«O anche intestate a utenti inesistenti, in barba a tutte le norme del codice delle comunicazioni elettroniche.»

«In un phone center di corso Giulio Cesare l'altro giorno ne hanno sequestrate un migliaio di sim così» osserva Rivelli. E mentre continuano a ispezionare le stanze aggiunge: «A occhio e croce direi che è proprio un tipo losco, questo Strazzari».

«E chi l'ha freddato si era preso un bidone o uno sgarro» chiosa il commissario.

«Gerry però non me lo vedo. Perché l'hai di nuovo convocato?»

«Ieri Murtas ha lavorato sui tabulati del suo cellulare ed è saltato fuori un numero promettente. Ha fatto gli straordinari e me l'ha telefonato a casa che era praticamente notte. Magari dormivi e non mi pareva il caso di svegliarti.»

«Mai arrivati così presto i tabulati. Come mai?»

«Grazie all'insistenza e al fascino del sardagnolo. Ha una voce suadente, non te ne sei mai accorto?»

«No. Di voci suadenti registro solo quelle delle donne.»

Continuano a passare in lenta rassegna l'appartamento della vittima: sanno entrambi che, a occhi allenati, le case dicono molto di chi le abita. E questa dice che è abitata da un uomo solo (lo supponevano già), che non c'è traccia della presenza neppure saltuaria di una donna escludendo la colf, che l'uomo in questione ha gusti di ordinaria banalità in fatto di arredamento (il soggiorno-pranzo è scenografia di fiction nostrana: libreria che occupa un'intera parete ma con una sola decina di volumi, sui ripiani souvenir di viaggi, matriosche, Tour Eiffel, Statua della Libertà, una maschera veneziana made in China insieme con un gatto giallorosso che muove il braccio – muoverebbe, se avesse le pile cariche –, un vaso senza fiori, una famigliola di sorprese degli ovetti Kinder, due piattini di finto alabastro e finto quarzo rosa...). Rivelli si avvicina ai volumi e legge i titoli sui dorsi: tre giallacci di serie zeta con copertine probabilmente truculente, *La storia della banana* – che lo lascia perplesso: banana come frutto o come metafora? –, un manuale di yoga, un altro di culturismo...

«Aveva idee confuse il morto...»

«Guarda un po' qua» invita il commissario richiamando il vice da cui si è allontanato.

«Cosa?»

«Un album di foto. Di quando ancora si stampavano. Da' un'occhiata a questa.»

«Eccolo l'orecchio di cui aveva parlato la madre ai carabinieri. Però non ha una cicatrice, gliene manca proprio un pezzo.»

Dalla camera da letto arriva perentoria la voce del Pelloni:

«La porca si è arresa. Piena di carte. Venite un po' qua, avrete da divertirvi!

Ecco la foto del quadro. Cosa fai nel pomeriggio?

Prima di rispondere al messaggio di Gilda, Massimo va a bere un bicchiere d'acqua. È eccitato e confuso e sorpreso e incredulo: si augurava una chiamata tempestiva da lei ma non ci contava affatto, come quando si compra un biglietto dell'Enalotto e si spera di beccare il montepremi, ma è una speranza astrale metafisica e virtuale, che si accarezza col pensiero, un cioccolatino fondente che lascia in bocca per un minuto un sapore consolatorio. Eppure accade che qualcuno azzecchi miracolosamente la combinazione giusta e quel qualcuno stavolta è proprio lui.

Afferra il cellulare e sta per rispondere, ma un interrogativo molesto e importuno si sovrappone all'intreccio di emozioni: perché proprio io? si chiede, e per rassicurarsi si piazza davanti allo specchio, quello lungo a figura intera, in camera di Marilena. Tira giù la cerniera della felpa e su la maglietta, si tasta gli addominali, niente male pensa, mentre contraendo i bicipiti gli balenano in mente flash erotici. Un'occhiata attenta al viso, sa di non avere una faccia da modello, ma alle ragazze piace, anche se l'ultima lo ha scaricato abbastanza brutalmente, però nessuna tra quelle che ha avuto – e Ornella menochemai – può essere paragonata a Gilda. Tutte a loro modo rassicuranti, innocue, presenze domestiche e prevedibili di una landa nota, mentre lei arriva da un territorio sconosciuto e pericoloso. *Hic sunt leones*, si ammonisce, ma sa benissimo che non rinuncerà alla sfida di esplorarlo.

Nel pomeriggio non faccio niente. Potremmo farlo insieme, digita e invia. Ma subito è assalito dal dubbio che quel *farlo* non sia interpretato nel modo corretto: il *lo* pronome sostituisce l'altro pronome *niente*, e non allude a fare quella cosa là, almeno non intenzionalmente.

Parliamo della tesi. Ti va? è la risposta.

Mi va. Dove e quando. (lui)

Da Fiorio alle cinque. (lei)

Tè o cioccolata? (lui)

Per il cazzeggio c'è tempo. (lei)

Doccetta fredda. Mi sono allargato credendo di fare lo spiritoso e sono stato subito ricacciato nell'angolo. Il guaio è che non so come muovermi con lei, forse la tattica migliore è restare sul professionale, parlare della tesi, delle testimonianze dell'antichità presenti nella pittura del '900. A proposito, com'è il De Chirico, vero o tarocco? Controlla la foto al cellulare, ma è troppo piccola (e lui non è un esperto): dovrà fare una bella ricerca al computer o in biblioteca.

«Ma che pastrocio hai combinato, Gerry?» gli chiede sua mamma dopo un bacio un abbraccio e una scompigliata ai capelli. Sono sulla solita panchina di piazza Savoia, osservati con diffidenza dai due posteggiatori abusivi che si sentono guardiani del luogo, a loro volta spiati con astio dal marcantonio nero col cappello in mano che questua all'ingresso del Carrefour Express.

«Mi? Niente mama, nessun pastrocio.»

«Ma la polizia ha telefonato a casa che ti vuole di nuovo vedere, ha risposto il vecio e dopo ha detto che ti amaza perché è sicuro che non la conti giusta. Però sono solo parole e poi gli passa. Ma tu dove dormi?»

«Da Sabrina.»

«E chi è?»

«La mia ragazza.»

«Potevi anche dirmelo che ce n'hai una fissa. Com'è, brava?»

«Sì.»

«A soldi come stai?»

«Eh...»

«Se non devi pagarti il dormire va già bene. Ma a casa non torni?»

«Non ancora. Amazarmi non mi amaza, però capace che mi mette le mani addosso.»

Lusiota sospira, in croce com'è tra i suoi due uomini: il vecio con un carattere di merda, e Gerry che chissà cosa ha combinato. Ma lei è sicura che le cose si aggiustano: ha fatto voto alla santa degli impossibili, santa Rita, che non si metterà più lo smalto sulle unghie, né delle mani né dei piedi, e che non andrà più dalle cinesi. Per tutta la vita.

Troppe carte. Un malloppo. Tutte da vagliare. Materiale su cui né il capo né il vice amano indagare e infatti a entrambi sfugge un mugugno di sconforto, mentre il fabbro sogghigna compiaciuto.

«Eh, vi aspetta un lavoro tranquillo tranquillo» li sfotte, «da scrivania, col culo comodo, caffè e sigarette a portata di mano, senza sudare, senza sporcarsi...»

«Pelloni, prima o poi ti incrimino a norma dell'articolo 377 del codice penale» lo minaccia scherzando Martinetto.

«Sarebbe?»

«Intralcio alla giustizia.»

«Io? Io che vi cavo i ragni dal buco, che vi faccio entrare puliti puliti dove voi neanche con la dinamite, che vi apro le porche senza sbattere giù i muri... inventatene un'altra, commissario!»

«Dentro all'articolo 377 ci possiamo far stare un sacco di cose, sai...» prosegue e rinforza Rivelli.

«Cosa per esempio?»

«Insubordinazione e anche subordinazione» gli risponde, ma non riesce a trattenersi dal ridere.

Ride anche Martinetto:

«Però tutte ste carte le passiamo agli esperti di riciclaggio e reati connessi, perché a naso è di questo che si tratta.»

«Indaghi a naso? Io direi alla cazzo di cane» si vendica Pelloni. «Disgraziato chi vi incrocia, se lavorate così. Volete aggiungerci anche un po' di droga qua dentro? vi faciliterebbe il lavoro...»

«Era già drogato di suo, il morto. E ti ricordo che è la vittima, non l'assassino.»

«Che però era culo e camicia con chi l'ha fatto fuori, tanto da seguirlo di notte in un bar chiuso. E chissà cosa c'era in quella cassaforte. Ma capace che a naso l'hai indovinato, eh commissario?»

«Indovinato no, solo supposto. Qui noi abbiamo finito, adesso ci pensa la scientifica. Riesci a rimettere un po' in sesto la porta d'ingresso, in modo che stanotte non ci entrino cani e porci?»

«Solo se non mi incriminate col 377 e mi offrite una birra» chiude il Pelloni.

Salutano i colleghi della scientifica che si sono già messi al lavoro, gli augurano buona fortuna e se ne vanno.

Ma una birra non basta, perché hanno anche appetito, dato che sono ormai le cinque del pomeriggio e hanno tutti saltato il pranzo.

Il caffè Fiorio, pensa Massimo, è luogo di intenditori. Di chi ama le memorie storiche, i comportamenti civili, la discrezione, le conversazioni sommesse, le pose non sbracate e, ovviamente, i buoni gelati, la pasticceria con gli ingredienti giusti, la cioccolata calda e i vermut di marca. L'atmosfera felpata del locale è contagiosa, anche un tamarro zarro truzzo o coatto abbasserebbe il volume della voce e (forse) non si frugherebbe tra i denti per fare merenda con i reperti. I luoghi, quasi tutti, hanno un'implicita vocazione esemplare, nel bene o nel male: vedi i gabinetti dei ristoranti stellati e quelli delle stazioni. Oppure è solo una questione di portafoglio?, rimugina. Ma c'è anche una ricchezza cafona, quella con le camicie aperte sui petti una volta villosi e ora depilati, quella dell'oreficeria da circo equestre esibita dalle donne... ma che m'importa a me in questo momento che sto per incontrare Gilda, a me che non ho mai messo piede in un ristorante con una o due stelle... certo che ho un cervello ben esercitato a creare diversivi inutili...

Cinque meno cinque: pensa di aspettarla davanti alla porta, ma è colpito da un dubbio: e se lei, per stupirlo, fosse arrivata in anticipo e già entrata? Entra a sua volta, e – bingo! – Gilda è seduta a un tavolino da due nella seconda sala. Si congratula con se stesso, stavolta sono riuscito a prevenire la sua mossa, pensa, ma adesso mi stupirà e spiazzerà con un'altra. Vediamo chi dei due muove meglio le sue pedine.

«Hai pensato a me?» chiede lei con un sorriso ambiguo e allusivo.

«Certo. Ho modificato parzialmente il titolo della tesi e fatto qualche ricerca. La ripresa dell'antico nell'arte contemporanea italiana. Che te ne pare?»

«Perfetto.»

(Un altro sorriso, che rafforza e insieme smentisce il primo, come a dire: è chiaro che dovevi pensare a me soltanto come datrice di lavoro.)

«Dovresti scegliere un numero ristretto di artisti: De Chirico ovviamente, e poi Arturo Marini Giulio Paolini e Salvo, per esempio» professoreggia lui.

«Salvo non ce l'ha un cognome?»

«Salvo alias Salvatore Mangione.»

«Mai sentito.»

«Potresti soffermarti su un suo olio su tavola del 1993, intitolato *Capriccio*. Bellissimo. Te lo faccio vedere.»

Lei osserva con scarso interesse la foto che Massimo le mostra sul cellulare, annuisce distrattamente e concede:

«Sì bello. Li avevi già in mente sti nomi?»

«Un po', ma mi sono documentato. Il lavoro è lavoro.»

«Certo. E quanto mi prendi?»

«Dipende. Se devo soltanto darti qualche dritta e rivederti la tesi alla fine, è un conto; se invece devo fartela di sana pianta è un altro.»

(L'ho delusa. Si aspettava galanterie, atteggiamento desiderante. Ma non aveva detto che per il cazzeggio c'è tempo?)

«Devo ancora decidere. E ci sarebbe anche una via di mezzo.»

«Quale?»

«Lavorare insieme, impostare la stesura, scegliere le opere su cui soffermarsi come dici tu, analizzarle, insomma una vera collaborazione» ipotizza.

Li interrompe un cameriere anziano, gentile e forbito:

«Buon pomeriggio signori. Avete già scelto?»

«Una spremuta di pompelmo» ordina Gilda.

«Una cioccolata con panna» dice Massimo.

Il cameriere annuisce come se si fosse aspettato e approvasse entrambe le scelte. Si allontana sorridendo compiaciuto.

«Vedo che non hai paura di ingrassare» commenta lei.

«Per il momento no. E gustare una cioccolata calda, con o senza panna ma meglio con, è farsi un regalo, volersi bene.»

«Tu te ne vuoi?»

«Non sempre.»

«Ma adesso sì.»

«Infatti.»

«Perché sei con me?»

(Ecco il cazzeggio. Abbastanza esplicito. Dio quanto è bella.)

«Anche.»

«Anche è limitativo.»

«Pretendi che mi inginocchi davanti a te, che ti chieda di sposarmi e di essere mia per sempre?»

«Prima ci vorrebbe un anello.»

«Aspetta.»

Dal mazzo delle chiavi di casa libera l'anello di metallo

che le unisce al portachiavi, lo riduce di circonferenza, poi le afferra con delicatezza la mano sinistra e lo infila all'anulare.

«Può bastare come pegno?»

«Commovente. Ma con un diamante sarebbe meglio.»

«Hai ragione. Con un diamante sarebbe per sempre secondo quanto afferma la pubblicità, ma sarebbe anche azzardato.»

Ridono entrambi. Con una complicità autentica e inattesa. È un cazzeggio, uno scherzo, o cosa?, si chiede lui. Poco dopo arriva il cameriere, posa il bicchiere con la spremuta davanti a lei, la tazza di cioccolata dall'altra parte e sorride di nuovo, il sorriso è compreso nel servizio e nel prezzo.

Massimo affonda il cucchiaino nella collinetta candida fredda e ondulata della panna sino a corromperla con il bruno della cioccolata calda, lo porta alla bocca e inghiotte con evidente (e provocatoria) soddisfazione.

«Assaggiare, subito!» pretende lei.

Massimo ripete l'operazione di prima e la imbocca col suo cucchiaino quasi traboccante.

«Mmm, meglio della spremuta» mugola Gilda.» Facciamo cambio.»

«No. Ordinane una, questa è mia.»

«Mi hai appena regalato l'anello e già mi maltratti...»

«Non ti maltratto, difendo solo il territorio, metto dei paletti.»

«Perché non mi ami abbastanza.»

«Perché intendo sopravvivere.»

Adesso il gioco è abbastanza chiaro, pensa Massimo: lei in attacco e io in difesa. Ma perché, cosa vuole da me, temo che non sia cosa vorrei io da lei. Però com'è eccitante questa schermaglia d'altri tempi, questa imitazione dell'arte della guerra, assedio e ritirata, mossa e contromossa. Una schermaglia che prelude al piacere o che lascia ferite non solo metaforiche.

«Mi immagini così letale?» insiste lei.

«Letale no, ma pericolosa sì.»
«In che senso pericolosa?»
«Il problema è proprio lì, che ne ignoro il senso.»
«Però il corteggiamento ti piace» continua Gilda, per metterlo in imbarazzo.
«A te no?»
«Tantissimo. La dilazione, il dubbio, l'attesa incerta rendono più emozionante la scopata. Sempre che poi avvenga.»
«E che sia all'altezza delle aspettative di entrambi» rilancia lui.
«In ogni caso il corteggiamento corrisponde agli *amuse bouche* che gli chef accorti ti fanno servire prima ancora delle ordinazioni: spesso sono la cosa migliore del pasto.»
Adesso la conversazione si impantana, pensa Massimo. O puntiamo al sodo, usciamo trafelati e ci buttiamo uno addosso all'altra in un posto qualunque oppure scegliamo una strada diversa. Ha un desiderio bruciante, ma anche una specie di timore.
«Un altro cucchiaino...» lo prega lei, che non ha ancora portato alle labbra il suo bicchiere.
È un affondo o una ritirata, si chiede Massimo che non sa più cosa dire. La imbocca di nuovo, vietandosi pensieri lascivi. Poi Gilda sposta svagatamente lo sguardo intorno, come a favorire un calo di tensione o un cambio di atmosfera repentino e inaspettato, si alza di scatto e: «Andiamo a fare un giro, ti va?» gli chiede e si allontana verso l'uscita.
O mioddio, pensa lui inghiottendo la saliva.

Primo Cavallera viene accompagnato con una certa rudezza davanti a Murtas e Giacomazzi, che prima ancora di cominciare con le domande gli comunicano che dovrà rispondere di resistenza e lesioni alle forze dell'ordine, aggiungendo che con i suoi precedenti saranno cazzi abbastanza amari. Il fabbro alza le spalle commentando a mezza voce E chi se ne fotte, e Giacomazzi deve trattenere con un braccio la possibile reazione del collega che si sta alzando come punto da uno scorpione. Lui invece, appagato dall'arcobaleno di lividi sulla mascella e il mento del fabbro, continua a compiacersi con se stesso per la prontezza di riflessi e la potenza dei colpi sferrati.

Sì, risponde a domanda il Cavallera a denti stretti, ha cambiato la serratura della porta sul retro dell'Acapulco's, un paio di mesi fa o forse tre o quattro, e no, non ha lavorato a una cassaforte, che cazzo ci stava a fare una cassaforte in un posto come quello, lui non l'ha neppure vista.

Dov'era giovedì notte della settimana scorsa, dalla... diciamo dalla mezzanotte in poi?

E chi se lo ricorda, a dormire probabilmente.

Nella notte di giovedì hanno ammazzato uno nel retro dell'Acapulco's.

E allora? Gli volevano appioppare sul gobbo un morto oltre alle lesioni alle forze dell'ordine? Ma andassero a caga...

Sta' attento a come parli Cavallera!, minaccia Murtas.

Non fatemi ridere, se vi mando a cagare cosa mi fate, mi riempite di nuovo di pugni e mi tenete qui a vita?

Va' a prendermi un caffè, Gavino, per favore, interviene Giacomazzi.

(Murtas si alza contrariato. Sull'argomento evacuazioni si impermalisce sempre, è il suo punto debole.)

Meglio che ti ricordi dov'eri, magari con qualcuno che lo confermi. Per intanto ti prolunghiamo il fermo, così non hai distrazioni e ti concentri. Contento?

(Se le occhiate potessero uccidere, Giacomazzi morirebbe all'istante. Il fabbro viene accompagnato in camera di sicurezza mentre Murtas, che ha dovuto mettersi in coda alla macchina dell'espresso, aspetta che il caffè abbia finito di colare nel bicchierino.)

«Che novità ci sono?» chiedono al ritorno in questura il capo e il vice ai colleghi.

Qualcosa c'è, gli dicono, qualcosa di grosso, ma non ancora sicurissimo. Poi Rivelli li ragguaglia sulla perquisizione a casa della vittima, affida i cellulari rinvenuti alla Vannini e a Murtas, mentre Martinetto, dopo aver informato al telefono il piemme sugli sviluppi del caso, va a consegnare le carte trovate nella cassaforte di Strazzari ai colleghi del ramo riciclaggio e affini. Il computer, dice, lo preleverà la scientifica e l'indomani i tecnici ci lavoreranno sopra.

Intanto sono quasi le sette.

Gerry non sa come affrontare Sabri, ha l'aria impacciata e guardinga e lei si accorge quasi subito che c'è un inghippo in vista.

«Dimmi tutto» gli ordina seccamente, dopo un bacio un abbraccio e una strizzatina.

«No, niente, per cena ho comprato le lasagne al forno che ti piacciono tanto, e di secondo...»

«Lascia perdere il menu, e fammi capire cosa c'è che non va.»

«Niente, è solo che...»

«... che ti devono interrogare di nuovo?»

«Be' ecco io niente, però...»

«Gerry, non farmi incazzare. Non prendermi per stupida, che non lo sono! Per intanto la chiudiamo subito qui, lasagne o non lasagne, e te ne vai definitivo per la tua strada.»

Lo guarda truce, va in bagno a sfilarsi gli stivali e a massaggiarsi i polpacci, decisa a sbarazzarsi di lui il più presto possibile: che me ne faccio, pensa, di uno così che, escludendo un particolare, è solo una palla al piede, uno senz'arte né parte, capace di mettermi nei guai proprio adesso che mi sta andando un po' bene. Chiudere, chiudere, ognuno per la sua strada.

Ma quando dopo un paio di minuti torna di là, nel soggiorno-pranzo-cucina-letto, Gerry, in piedi con le spalle alla finestra, sta piangendo e ha un'espressione così desolata, così disarmata e disarmante che lei si disorienta, e suo malgrado, contro ogni proposito di fermezza autodifensiva, è colpita da una sorta di intenerimento. Gli si avvicina ancora un po' incerta, ed è il gesto furtivo con cui lui si asciuga le lacrime come per recuperare un po' di dignità virile che la commuove del tutto. Un bambinone, il suo bambinone un po' tardo ma che a letto la porta in paradiso.

Lo abbraccia: «Dimmi cosa vogliono sapere da te e perché».

«Non lo so.»

«A che ora devi andare in questura?»

«Alle sette.»

«Ti accompagno io e mangiamo dopo. Adesso però raccontami, Gerry.»

«Ha già pagato la signorina» dice la cassiera.

Massimo si affretta a raggiungerla, di fianco alla porta del caffè.

«Un giro in macchina, come turisti. Si sono appena accese le luci d'artista, un tour a vederle prima che le sbaracchino la settimana prossima» propone Gilda. Ma ha l'aria di chi sta pensando ad altro, e Massimo continua a essere disorientato. Perderò sempre con lei, ammesso che continuiamo a vederci, pensa, ma a qualunque proposta temo che non riuscirò a rinunciare. E cos'è questa emozione che provo, attrazione desiderio timore, o forse mi sono innamorato? Ma l'amore non è un'emozione, è un sentimento molto più complesso che le ricerche sugli ormoni e gli effetti della dopamina non bastano a spiegare fino in fondo. Ci riesce meglio la letteratura, forse, e anche il senso comune, quando afferma che l'amore è cieco. Ma lei ha già un compagno, quell'Aris *che si occupa di affari*, con cui vive e che probabilmente la mantiene. Competere con lui mi sembra dura, troppo dura, cioè senza speranza di successo, a meno di costituire la scappatella fugace, il capriccio da soddisfare in un momento di noia o di stanchezza. Un ragazzo oggetto, insomma, usa e getta.

«È parcheggiata in via Bogino, la macchina» spiega lei avviandosi. Una Mini Cooper rossa, sotto il tergicristallo il foglietto di una multa, sfilato con noncuranza e riposto nella tasca della portiera insieme con un altro afferrato in fretta dal sedile del passeggero mentre Massimo apre la portiera.

«Senti» continua quando ha già raggiunto via Po e si dirige verso piazza Vittorio, «che impressione fa scoprire un morto ammazzato?»

«Una brutta impressione. Non la auguro a nessuno.»

«Perché no? Uno shock forte, adrenalina in circolo, neurotrasmettitori eccitati, tutte le lucine del flipper accese e la pallina che rimbalza di qua e di là. Uno sballo.»

«Ti piacciono gli sballi?»

«A te no? Preferisci le minestrine in brodo?»

«Non proprio, ma gli omicidi non rientrano nel paniere delle mie preferenze.»

«Ahi ahi, sto portando a spasso un chierichetto, un ragazzo di buoni sentimenti. Però scommetto che qualcuno che conosci lo vedresti volentieri morto: omicidio di pensiero, diciamo, puramente virtuale, roba che occupa la mente tre o quattro minuti, e poi si passa oltre.»

«Quanti ne hai commessi tu, di omicidi virtuali?»

«Non troppi.»

«E di reali?»

«Troppa fatica: procurarsi coltello pistola laccio mazza da baseball, tampinare la futura vittima, scegliere il momento e il luogo opportuno, sbarazzarsi del cadavere... e inoltre si rischia di non riuscire nell'intento, di lasciare tracce compromettenti, di essere visti, di essere beccati sul fatto o poco dopo.»

«Si può sempre ricorrere a un killer professionista» ipotizza lui, «uno che nel suo campo se la sbroglia bene.»

Sono fermi a un semaforo: Gilda si volta verso Massimo, gli rivolge un sorriso indecifrabile e prosegue:

«Ma bisogna sceglierlo bene e pagarlo il giusto.»

«Il giusto? A quanto ammonterebbe il giusto per un omicidio su commissione?»

«Non ne ho proprio idea» afferma lei.

«Probabile che dipenda dalle difficoltà nell'esecuzione dell'incarico. Il listino prezzi deve essere molto variabile. A meno di affidarsi a uno scalzacani, uno che alla prima sbronza o calata svacca di brutto e racconta tutto, oppure ancora a uno che poi si mette a fare il pidocchioso e ricatta.»

«Ovvio» acconsente Gilda.

«Principi morali a parte, non sono così ricco da permettermi un killer di professione. Dove stiamo andando?»

«Sul Lungo Po, poi magari in collina, a vedere la città e le luci dall'alto.»

«Come i personaggi di Pavese, come gli innamorati?»

«Perché no. Ci stai?»

«Hai qualche dubbio sulla risposta?»

«Nessun dubbio.»

Gli prende la mano, intreccia le dita a quelle di lui e le stringe.

La Mini Cooper ha il cambio automatico.

Sabrina è seduta sulla panca davanti all'ufficio di Martinetto. Sta facendo considerazioni critiche sui suoi sentimenti e decisioni, sull'immediato futuro suo e di Gerry. Si sta dando della cretina ma senza troppa convinzione: com'è che si dice? che al cuor non si comanda, eppure se mi dessi una regolata sarebbe meglio, pensa e sospira. In che pasticcio si è cacciato lui e sta cacciando anche me? Anzi mi ci sono cacciata da sola accompagnandolo qui, invece di sbatterlo fuori di casa e metterci una croce sopra... Sarà che a stare tutto il giorno in mezzo ai vecchi che non desiderano più niente e hanno già un piede nella fossa, uno si chiede se non vale la pena di correre qualche rischio, di fare cose stupide che movimentano un po' i giorni. Un lancio di dadi, una puntata su un numero della roulette e quel che viene viene, continua a sospirare.

Dentro, Gerry ha la faccia dell'agnello che sta per essere sgozzato e lo sa. Martinetto e Rivelli gli hanno biascicato un saluto e indicato con un cenno della testa la sedia mentre stanno leggendo su un paio di fogli. Dopo un minuto (che per Gerry dura almeno mezz'ora), il commissario attacca:

«Che rapporti ha con Vito Giugliano?»

«Era mio compagno di banco a scuola.»

«Dove?»

«Al Cottolengo, alle elementari.»

Al vice sfugge un sorrisino, che Gerry coglie, se ne adonta e reagisce. Le allusioni al Cottolengo (e ai suoi ospiti) l'hanno sempre impermalito.

«È una scuola come un'altra, comoda a dove abito.»

«Ma dalle elementari è passato un po' di tempo» riprende Martinetto, che ha intuito il sorrisino inopportuno del collega: d'accordo che il ragazzo non è dei più svegli, ma non è il caso di farglielo notare così.

«E siamo rimasti amici.»

«Quando l'ha visto l'ultima volta?»

«Domenica, lunedì.»

«Per quale motivo?»

«Non volevo tornare a casa perché mio papà è sempre incazzato e sono andato a dormire da lui.»

«Che affari trattate insieme?»

«Nessuno. Io lavoro al bar, cioè lavoravo.»

«E lui?»

«Fa il raccoglitore, svuota le cantine, porta roba al mercato del Balon al sabato. Vende mobiletti, sedie, soprammobili, roba così.»

«Fa anche altro, il suo amico.»

«Non ne so niente.»

«Ma se siete tanto amici, di cosa parlate tra voi?»

«Mah... di videogiochi, di ragazze, non di lavoro.»

«Ieri sera il suo amico è stato fermato a un controllo e sa cosa gli hanno trovato nel bagagliaio?»

«No che non lo so.»

«Un quadro sparito un mese fa da una chiesa in collina.»

Gerry guarda i due poliziotti con un'espressione sgomenta e desolata, come di chi avverte che un fulmine sta per beccarlo in pieno.

«Ma io cosa c'entro?» balbetta.

«Non lo sappiamo ancora, però sarebbe bene che ce lo dicesse lei.»

«Non ne so niente, non c'entro niente.»

«Vedremo. Veniva spesso al suo bar, il Giugliano?»

«No, mai. È troppo lontano. Cioè c'è venuto una volta, all'inaugurazione, tre anni fa.»

«Avete fatto un'inaugurazione?»

«Sì. Si fa, no?»

«Chi avevate invitato?»

«Soprattutto i veneti, gli amici di mio papà quando stava ancora lì. E anche amici di Porta Palazzo.»

«Lavorava anche lei al mercato?»

«Sì, aiutavo un po'.»

«Ma non le piaceva.»

«Non tanto.»

«E lavorare al bar le piace?»

«Di più.»

«Di più ma non tanto.»

«Sto da solo, al mattino e alla sera hanno tutti fretta.»

«Anche quelli che giocano a carte?»

«Quelli vengono al pomeriggio. Fretta non ne hanno, però consumano poco, vanno ogni mezz'ora al cesso e io devo pulire perché la fanno mezza fuori dal water.»

«Dia un'occhiata a questa foto. Riconosce il soggetto?»

«È più giovane, ma mi pare... mi pare che assomiglia al morto.»

«Infatti è proprio lui. Gli guardi l'orecchio destro.»

«È diverso dall'altro.»

«Sì. Frequentava il suo bar?»

«No, mai visto.»

Martinetto e Rivelli si consultano con gli occhi, il primo fa sì con la testa e Gerry rabbrividisce: chissà cosa mi chiedono adesso. Magari di nuovo delle chiavi, ziocan. E invece no, lo congedano raccomandandogli un'altra volta di tenersi a disposizione. Lui saluta esce e gli sembra di poter tornare a respirare normale.

Il vice però è perplesso:

«Chissà se abbiamo fatto bene a lasciargli ancora un po' di corda.»

«Ma sì» lo rassicura il commissario, «l'ex proprietario del bar ha confermato la faccenda della cassaforte senza chiavi, adesso resta da controllare se tra le impronte digitali rilevate dalla scientifica ci sono quelle di Giugliano. E inoltre stasera è pedinato, così scopriamo se torna a casa o dove e da chi.»

«Intercettazioni no?»

«Aspettiamo qualche giorno a chiederle. I Trevisan non scappano e Giugliano neppure. Ma è probabile che le carte indichino altre direzioni di indagine.»

Stanno girovagando su strade collinari nei dintorni di Cavoretto, la mano destra di lei sempre intrecciata alla sinistra di lui, sotto di loro scorci della città che appaiono a tratti tra la vegetazione spoglia.

«Fermati a una piazzola» le sussurra Massimo sporgendosi a baciarla sul collo.

«Che intenzioni hai? Farmi violenza in macchina?»

«Sarebbe violenza?»

(La voce di lui arrochita dal desiderio.)

«Chi lo sa. Siamo soli, non passa nessuno, ti conosco poco.»

(Però il tono della voce è una promessa.)

«Smettila Gilda. E fermati, per favore.»

(Quasi una supplica.)

«Non qui, più avanti è meglio.»

(La destra di lei, che si districa dall'intreccio delle dita, si posa sulla gamba di lui e dal ginocchio si sposta lentamente verso l'alto.)

Ma quattrocento metri più avanti, dove inizia il Parco della Rimembranza, una camionetta dei carabinieri sbarra la strada. Sono costretti a fermarsi: libretto dell'auto e documenti di entrambi studiati alla luce di una torcia, controllo della corrispondenza tra foto e facce, apertura del portabagagli ed esame del contenuto, chiamata alla centrale operativa, conciliabolo tra due dei tre militari. Gilda intanto sfoglia sul cellulare un giornale online, reprime a stento uno scatto di contrarietà mentre l'attesa si prolunga e infine arriva il permesso di proseguire. Con i lineamenti del viso induriti mette in moto, parte con uno scatto rabbioso, sibila Merda! e dopo un paio di curve, con una manovra azzardata alla cieca, inverte la marcia e imbocca in velocità una laterale in discesa: «Torniamo giù, devo ancora fare una commissione» decide, furiosa e perentoria, allontanando bruscamente la mano di lui dalla spalla. E subito dopo: «Dove ti lascio, a casa o in piazza Gran Madre?».

«Piazza Gran Madre» decide Massimo, stupito e confuso dal comportamento di lei.

Tacciono durante tutto il ritorno, si lasciano con un Ciao spoglio di aggiunte. Lui non sbatte violentemente la portiera e si allontana, ma intanto lo stupore si è trasformato in incazzatura. Sì, rimugina torvo, si sarebbe meritata una violenza, e immediatamente si vergogna di averlo pensato. Cosa le è preso, si chiede, e non sa darsi una risposta.

Lo voglio morto! aveva detto a botta calda il boss, e lui aveva annuito perché non poteva fare altro, sebbene della faccenda non gli importasse granché. Cazzi suoi, aveva pensato, magari gli passa, e invece no, due giorni dopo ci era tornato sopra perché si era incaponito, tutto quello che era suo nessuno poteva toccarlo. Ammazzamelo, aveva ordinato, chiunque sia ammazzamelo e ti cedo la fetta di Kostas.

Un piatto ricco, da sistemarsi non certo per tutta la vita ma per un po', però c'era un problema enorme, cioè scoprire e trovare chi doveva essere ammazzato. Indizi pochi: una descrizione fisica sommaria che si adattava a decine di migliaia di persone, i modi in un primo momento da persona civile, e infine l'unico dettaglio che poteva servire a qualcosa, quello che ci aveva messo un bel po' a riaffiorare nella memoria.

Un colpo di vento, un avvenimento insignificante in una giornata senza storia, un dettaglio da niente come una goccia di pioggia che entra dal colletto e scivola giù per la schiena, come una merda di cane sul marciapiede evitata all'ultimo momento o pestata di striscio. Ma quel colpo di vento che gli aveva scompigliato i capelli aveva rivelato un particolare, anch'esso insignificante, eppure chissà perché la memoria l'aveva registrato, seppellendolo però secondo un oscuro criterio nei suoi archivi. Cos'era capitato a quell'orecchio, un difetto di nascita o un incidente?

C'era voluto, tempo dopo, più di un mese per riportarlo alla luce della coscienza, e poi la strada era sembrata in discesa, anche se era stato opportuno inventare difficoltà ed errori. Orecchio Mozzo era uno dei suoi clienti.

Ma bisognava non avere fretta e aspettare, prima di tutto per non insospettire la preda, poi per aumentare agli occhi del boss il valore della ricerca, e infine per progettare l'omicidio senza lasciare tracce del colpevole cioè sue.

L'omicidio perfetto non sembra impossibile, però ci vuole una discreta dose di fortuna, perché l'intervento carogna del caso è sempre sospeso sulla testa e non si può prevedere quando cala la mazzata. Due progetti falliti prima di essere messi in atto, il boss che gli stava col fiato sul collo e cominciava a pensare di rivolgersi a qualcun altro: posto alle strette aveva dovuto approfittare di un'occasione imprevista.

Era stato Orecchio Mozzo a cercarlo, si erano dati appuntamento in quel locale di corso Brin e gli aveva passato due dosi di extra meth, roba forte di provenienza balcanica arrivata il giorno prima sul mercato. Vacci piano, gli aveva consigliato, ma quello niente, una corsa in bagno come se il pavimento gli scottasse sotto i piedi e al ritorno gli aveva chiesto altro, quello che lui, Brisk, gli aveva procurato altre volte ma che adesso non aveva con sé e stava dentro alla cassaforte in corso Vercelli: una buona occasione forse, e invece no. L'imprevisto: non aver tenuto conto di quanto fosse extra l'extra, con cosa fosse mescolato, e Orecchio Mozzo all'Acapulco's va fuori di testa, sbarellato perso, una tigre ingabbiata a tradimento, uno schizo nel momento dell'attacco e dalla tasca sta tirando fuori una cosa nera lucida. Lui, Brisk, riesce ad aggirarlo, il cuore che pompa fuori controllo, il panico come uno tsunami, o lui o io, è un pensiero lampo e l'indice preme sul grilletto.

Dopo, qualche interminabile minuto dopo, la cosa nera lucida si rivela per quel che è: un complicato tirapugni orientale, un mezzo guanto metallico con una lama acuminata potenzialmente letale, e meglio lui che io è un altro pensiero lampo.

Ma quando gli aveva raccontato il fatto, il boss era diventato una belva, perché la polizia avrebbe avuto in mano troppi elementi. Fortuna che al nome ci era arrivata con un ritardo notevole, però lui era dovuto scomparire subito, prima che fosse troppo tardi.

Via lontano, tagliando i fili che lo potessero collegare all'Acapulco's. Meno uno, e sperare in bene.

Gerry guida l'auto come se fosse in trance e Sabrina deve ricordargli di girare a destra o sinistra e soprattutto strillare ROSSO! o AVANTI! quando arrivano in prossimità di un semaforo. Prima gli ha chiesto Com'è andata?, lui ha risposto Bene, ma la faccia e il tono di voce affermavano il contrario. No, prima non mi ha detto la verità, decide lei, e la storia delle chiavi lasciate sul bancone e rubate è una minchiata galattica, come ho fatto a crederci. E poi chi è quel tizio che dovevamo beccare sabato sera a San Salvario? Dovrebbe essere inviperita e invece scopre qualcosa di sé che non aveva mai intuito: l'indulgenza verso chi si arrampica sui vetri per non accettare la propria pochezza, i fallimenti, gli sgambetti delle circostanze. Come mi comporto adesso con lui, si chiede – e con un guizzo di umorismo –, ammesso di farcela ad arrivare tutti interi a casa. Un altro terzo grado no, perché si sta leccando le ferite e si aggrapperebbe alla versione di prima, e allora come riesco a fargli sputare la verità, cioè il pasticcio che ha combinato. Però non l'hanno arrestato e non gli hanno detto di cercarsi un avvocato, non ancora perlomeno...

Quando scendono – illesi – dalla macchina, Sabrina ha quasi pianificato le sue mosse. E quelle di Gerry, ovviamente.

Sono le otto e mezzo di sera quando Massimo riceve una telefonata dalla questura, direttamente dal commissario Martinetto. Sono quasi alla fine della cena, in un'atmosfera un po' incerta, in cui madre padre e sorella vorrebbero snidare figlio e fratello dal suo mutismo distratto e insieme ritroso. Contrariamente al solito e ai principi più volte sbandierati in famiglia e altrove, lui ha posato il cellulare sul tavolo accanto al piatto e gli rivolge spesso lo sguardo, come se potesse animarlo con la forza del desiderio. Quando arriva lo squillo non solo lo schermo ma lui stesso si illumina, per poi subito spegnersi: la chiamata non è quella attesa.

«Abbiamo bisogno di risentirla» dichiara Martinetto.

«Quando?»

«Domani, primo pomeriggio.»

«Alle tre devo essere al lavoro.»

«All'una e mezzo può andar bene? Non sarà una cosa lunga.»

«Non mi faccia tardare per favore.»

«Altro bar?»

«No, badante. Secondo giorno, diciamo in prova.»

«Non tarderà.»
«Grazie.»
«No, grazie a lei.»
Massimo ripone il cellulare al posto di prima. Tre paia di occhi spiano il suo viso, ma è Marilena che si decide a parlare:
«Ancora la polizia?»
«Sì.»
«Ti scocciano un'altra volta e gli dici anche grazie?»
«Il commissario è gentile.»
«Ma è sempre uno sbirro. La gentilezza è più pericolosa del suo contrario, oppure lui interpreta il ruolo del poliziotto buono e il suo compare fa il cattivo.»
«Cosa fai, la sociopsicologa autodidatta?»
Marilena sbuffa, alza le spalle e lascia perdere. Ma interviene la madre, e la voce le raschia in gola:
«Sospettano mica di te?»
«No, tranquilla. Caso mai di Gerry e di qualche sua conoscenza. Però tra l'una e l'altra mi avete fatto passare l'appetito.»
Si alza da tavola, lascia nel piatto mezza scaloppina al limone, raccatta il cellulare e si avvia verso la sua camera.
«Vergognati!» lo insolentisce la sorella. «Ricordati dei bambini nei campi profughi!»
Massimo non risponde ma sbatte provocatoriamente la porta.
«Ma si può sapere cos'ha?» chiede la madre.
Finiscono il pasto in silenzio.

Tornando a piedi verso casa, Martinetto riordina mentalmente i risultati delle indagini e maledice lo sconosciuto o sconosciuta che ha rivelato subito alla stampa le generalità del morto. Il delitto non aveva scatenato nessuna curiosità, e su Strazzari avrebbero potuto lavorare ancora un paio di giorni in pace, invece qualcuno aveva fatto l'uccellino dando il via alle congetture. Per fortuna il questore non era intervenuto in nessun modo, né per essere informato sugli eventuali progressi e ipotesi investigative, né per mettere fretta, e il piemme meno che mai. Però l'indomani era giovedì, cioè un giorno prima di venerdì, quando alla sera Giuliana sarebbe arrivata a Torino e lui non aveva nessuna intenzione di passare giorno e notte al lavoro. Se l'avesse fatto, la possibilità di ricucire il rapporto sarebbe subito naufragata, e invece ora di quel rapporto avvertiva l'assoluta necessità.

C'era un'immagine che gli tornava spesso in mente, quella di una spiaggia cosparsa di inutili relitti lasciati dal ritrarsi della mareggiata, un ramo sbiancato e corroso dal sale, una conchiglia rotta, un osso di seppia, e in essi negli ultimi tempi si era identificato, vergognandosi un po' dell'estetizzante autocompiacimento; ma al presente solo la routine quotidiana riusciva a sorreggere l'impalcatura della sua vita.

Padre e madre morti quindici anni prima in un incidente stradale, tutti colpevoli e nessun vero colpevole: la loro auto centrata in pieno da un camion troppo pesante e ingovernabile per l'improvvisa rottura dei freni, suo padre coi riflessi lenti per i tanti chilometri macinati che non era riuscito a scansarsi in tempo per diminuire l'impatto. Uno shock che sembrava essersi riassorbito col passare degli anni e che invece periodicamente riaffiorava sotto forma di un'acuta nostalgia. Quella del figlio che ignora tanti fatti e desideri e ambizioni e sconfitte di coloro che l'hanno messo al mondo, insieme con la consapevolezza che tutte le possibili domande rimarranno ormai senza risposta. Prima dello schianto non aveva trovato il tempo per farle, quelle domande: la giovinezza – che dall'apice stava per scivolare verso la piena maturità – era troppo impaziente frettolosa e concentrata su se stessa.

Un fratello amato, di due anni maggiore, che aveva fatto una scelta di vita stravagante austera e insieme avventurosa: marinaio sui pescherecci canadesi alla ricerca dei branchi di halibut, una laurea in chimica abbandonata in un cassetto e tutti i libri sul mare da leggere e rileggere. Si sentivano, certo, si scambiavano mail, si incontravano via Skype durante le soste in porto, ma la distanza geografica era diventata anche psicologica, e abissale. Continuavano a volersi bene, ma al commissario quell'affetto così lontano non scaldava il cuore e non lo compensava della solitudine torinese.

Verso le nove e mezzo, Massimo sente un bussare discreto alla porta della camera. Sa già chi c'è dall'altra parte, non la mamma o la sorella, che della privacy hanno meno rispetto.

«Entra papà.»

Suo padre è in imbarazzo: lo scontento e l'inquietudine del figlio lo angustiano, ma ritiene anche che sia un suo diritto tenerne segrete le cause. Che tuttavia troppo segrete non sono.

«Parliamo di te o di tennis?» gli chiede.

Massimo sorride: «Molto di tennis e poco di me».

«Da dove cominciamo?»

«Da me, poi accantoniamo subito l'argomento.»

Il padre si siede sul letto, poi ci si allunga sopra senza sfilarsi le scarpe.

«Per solidarietà maschile» commenta il figlio «non ne farò parola con mamma.»

«È meno di un peccato veniale: con ste scarpe potrei stendermi anche sul futon in una casa giapponese.»

«Non credo proprio, ma per entrare in medias res e non menarla per le lunghe, sì sono un po' scazzato e il motivo è quello solito, magari lievemente più acuto.»

«C'è anche altro, credo. Ornella?»

«No. Mi ha dato un po' fastidio il modo, ma non il fatto. Hai presente un pesce rosso nella boccia? Ecco, mi sento così, e invece di starmene quieto a guardare fuori aprendo e chiudendo la bocca, continuo a fare dei giri inutili e sempre nella boccia rimango.»

«Ringrazia che non abbiamo un gatto. Parliamo d'altro: ho

comprato un abbonamento per quindici lezioni di tennis al circolo dei dipendenti comunali, grado agonistico. Ti farebbe bene riprendere, in tutti i sensi.»

«Lo sport che cura l'anima?»

«Perché no. I Greci ci erano andati vicini a pensarlo, me l'hai detto tu.»

«Più o meno. Però grazie, papà.»

Poi intrecciano pareri abbastanza concordi sui match dell'Australian Open, dell'Hopman Cup, del primo turno della Coppa Davis, sui grandi della classifica internazionale (Murray Zverev Djokovic Federer Nadal ecc.), e infine, quando se ne va, il padre propende a credere che il pesce rosso sia inquieto anche per un altro amore, ma alle donne di famiglia non lo confiderà.

Si sistema comodo sul divano e mentre solleva la cornetta del telefono fisso per la chiacchierata serale con Giuliana, il commissario individua finalmente da che cosa derivi l'intermittente sensazione di inadeguatezza che l'ha disturbato per l'intero pomeriggio: si sono dimenticati, lui in primis, di chiamare il fratello londinese dello Strazzari, quel Fabrizio che a detta della sorella aveva abbastanza rapporti con la vittima.

Si dà una manata sulla fronte, poi dice Vabbè lo facciamo domani, e compone il numero di Giuliana.

Giovedì

La telefonata a Londra avviene in vivavoce e alla fine Martinetto e Rivelli si scambiano le impressioni.

«Mah...» commenta pensoso il primo, «ci sento qualcosa di stonato.»

«Hai voglia!» rincara il secondo, ridacchiando. Ha l'aria distesa, il vice, e gli occhi allegri.

«Tornati moglie e figlio?» ipotizza il capo.

«No, ancora a Biella, o meglio in val Cervo.»

«Allora c'è altro. Una divagazione extraconiugale?»

«Che pessimo investigatore che sei! Nessun peccato, anche se sotto sotto un po' di senso di colpa c'è.»

«Vabbè, incasso e rinuncio a capire.»

«È ormai una settimana che dormo sette ore filate per notte, senza essere svegliato dal pianto di Stefano, o da Cecilia che accende la luce e si fionda giù dal letto, o senza fiondarmi io alla terza interruzione del sonno. In casa c'è silenzio, posso pensare ai fatti miei e anche a moglie e figlio senza essere coinvolto nell'accudimento o nelle recriminazioni per l'insufficienza del medesimo. Marito e padre a distanza, una pacchia. Il senso di colpa mi dà delle zampatine ma lo tengo a bada, per ora. Tu invece, che non ringhi e non t'incazzi?»

«Di' un po': siamo donne dal parrucchiere o uomini al lavoro?» provoca il commissario, anche lui con gli occhi allegri, però.

«Uomini, anzi machi, di quelli che non devono chiedere mai. Che le donne stramazzano imploranti ai loro piedi. Chi hai fatto stramazzare?»

«Nessuna. Ma Giuliana viene su per il weekend.»

«Allora è una cosa seria. In bocca al lupo.»

«Grazie. E per parlare di cose serie, lo Strazzari londinese non può aver ammazzato il fratello perché la notte dell'omicidio non si è mosso dal negozio, dato che festeggiava con amici e clienti i dieci anni dell'apertura. Controlleremo il video che ha detto di aver postato, ma solo per scrupolo, perché di sicuro non si è inventato un alibi falso di quel genere. Però, circa il rapporto col fratello tu non ci hai sentito reticenze se non menzogne?»

«Come no, gli abbiamo lasciato tutto il tempo per prepararsi a dovere» si rammarica Rivelli.

«Già. Non siamo perfetti, e se Murtas non lo sa è meglio. Comunque Fabrizio Strazzari stava in guardia e minimizzava soprattutto sulla frequenza delle telefonate.»

«Reticenza stupida, facile da sbugiardare.»

«Facile anche sospettare il motivo.»

«Infatti. Soldi, probabilmente sporchi. Concordi?»

«In pieno. Speriamo che le carte del morto ci confermino l'ipotesi. E vediamo anche se i colleghi della furti e rapine hanno qualcosa da dirci su Vito Giugliano.»

Non la chiamo, si impone Massimo. Un passato di droga, per sua stessa ammissione. Droga pesante, non fumo di quando in quando come me. Che poi è meno droga del lexotan o del prazene. E nel presente come si giustificano i cambi repentini di umore e di programma? Sostanze new entry, di quelle non ancora classificate come droghe? Prima con la mano mi stringe la gamba e risale lenta e insistente tanto da mandarmi fuori di testa, poi mi ignora come se non fossi sul sedile accanto a lei e infine mi scarica come un sacco di pattume. La svolta di atmosfera dopo il controllo dei carabinieri: non aveva un cadavere nel bagagliaio ma forse un po' di roba compromettente che però non hanno trovato. Oppure ha letto qualcosa che l'ha preoccupata sul cellu. Un messaggio di Aris che la richiamava all'ordine. Che le ricordava la commissione da fare. Aris, troppo vecchio per lei, ma abbastanza ricco da mantenere i suoi vizi. La macchina in sosta vietata e le multe, forse la Mini stessa ultimo modello, l'abbigliamento firmato, la tesi di laurea... Una stronza manipolatrice, una che la dà via per una vita facile e senza rinunce. Da lasciar perdere senza rimpianti.

Più acido di un limone immaturo, io. Risentito, anzi oltraggiato perché la dà ad Aris e non a me. Più che altro stupido, con un'apertura mentale grande quanto un foro di pallottola. A proposito di pallottole, come se la cavano i questurini col morto del bar? E Gerry riesce a sfangarla oppure no?

Vito Giugliano non è un duro, ha capito come va il mondo e sa cosa gli conviene e cosa no. Qualche mese di galera sarebbe un banale incidente di percorso e l'avvocato Loprete è uno che si muove bene nelle faccende di piccolo cabotaggio, in grado, nel caso, di fargli ottenere il minimo. Però a essere preso per il culo, no non ci sta. Soprattutto da un prete, che dovrebbe dare il buon esempio e invece.

Don Anselmo subito dopo l'Epifania passa a trovarlo una sera a casa e gli dice che ha un quadro da far fuori, una tela trovata dietro ai mobili della vecchia sacrestia che ormai è una stanza di deposito con troppa roba inutile da sbaraccare, e il quadro, che non sapeva neppure che fosse lì e come ci fosse arrivato, è un pezzo che gli pare bello, ma non sa se è antico, tipo fine '700 inizio '800, oppure una crosta dipinta chissà quando. Poi gli fa vedere un paio di foto, non sul cellulare, ma su una macchinetta digitale. Vito un po' se ne intende, per le mani gli sono passati mobili suppellettili e dipinti autentici (antichi o semplicemente vecchi), c'è ancora gente che muore dietro a tutto quello che ha almeno due secoli, bello o brutto che sia, pieno di tarli ammaccato bruciacchiato e perlopiù inusabile. Certo lui di solito non ha per le mani pezzi importanti, quelli li trattano gli antiquari veri, non tutti di specchiata onestà, ma con negozi nelle vie che contano e clientela raffinata. Una volta sola gli è capitata una mezza fortuna, grazie a un quarantenne stupido come una mucca in bicicletta, che non vedeva l'ora di sbarazzare il garage e l'alloggetto ereditato dal suo vecchio per venderli al più presto. In casa soltanto cianfrusaglia, roba da ricavarci una miseria, ma in garage una cassa di libri, prime edizioni di valore e una perla, cioè il libro imbullonato di Depero, del 1927. Con quello si era fatto anche una bella vacanza fuori stagione a Ibiza, due settimane senza privarsi di niente.

Ma per tornare a don Anselmo, il quadro delle foto era una maternità, Madonna e Bambino, sullo sfondo il bue e l'asino, non san Giuseppe che si vede che al pittore non interessava, insomma non un capolavoro, ma neppure una crostaccia, solo un po' difficile da piazzare, perché il sacro oggi non va tanto. Si erano accordati sul prezzo, lui aveva ritirato la merce e l'aveva momentaneamente posteggiata a Moriondo nella cascinotta della zia Romilda, che è anche sua madrina, gli vuole bene come a un figlio, dato che non ne ha e soprattutto non è curiosa. Cioè si fa i fatti suoi perché pensa che tutti hanno il diritto di campare in qualche modo.

Bon, tutto occhei, aveva finalmente trovato il compratore, un privato, padrone di due bar, che però il quadro lo voleva consegnato a casa, ma la sfiga si era messa di mezzo con una pattuglia della stradale e dopo c'era stata la solita trafila di domande che non finivano mai. Lui non aveva tirato in mezzo don Anselmo, non era un infame, si era arrabattato con una versione che faceva acqua da tutte le parti ma pazienza, sono gli incerti del mestiere, ci avrebbe pensato il Loprete a limitare i danni.

Ma l'infame l'aveva fatto il don, che due settimane prima senza dirgli niente aveva denunciato il furto del quadro con contorno di balle tipo imposte scardinate e vetri rotti nella finestra del corridoio di fianco alla vecchia sacrestia, così sostenevano i poliziotti dopo averlo torchiato ben bene. Eh no, caro il mio prete, se prima vendi una roba della chiesa perché ti sei sputtanato tutti i soldi alle macchinette e poi ti viene la strizza con la Curia, sono cazzi tuoi, aveva pensato Vito, che essendo nato abbastanza imparato, a suo tempo aveva preso di nascosto una elementare ma utile precauzione, cioè una foto del don mentre imballava il dipinto col pluriball. E quella foto l'aveva fatta vedere alla pula, a dimostrazione della sua buona fede. Pan per focaccia è la legge degli affari, se tu cerchi di fottere me io fotto te, e il giorno dopo il don, convocato a confronto in tutta fretta, ci aveva fatto una figura di merda e lui se n'era tornato a casa. Agli inevitabili strascichi ci avrebbe pensato l'avvocato. Peccato solo per la vendita sfumata e i soldi dell'anticipo al don, che di sicuro non li avrebbe mai restituiti.

Puntualissimo, anzi in lieve anticipo, Massimo si presenta al suo datore di lavoro, che seduto sulla sedia a rotelle davanti alla finestra guarda fuori, e al solito risponde al saluto con un microcenno della testa. Però si volta e chiede:

«Com'è la temperatura là fuori?»

«Rigida. Tre sopra zero, e tra poco comincerà a scendere.»

«Sei venuto in bici?»

«Sì.»

«Bello pedalare con il freddo.»

«Sì, quasi sempre.»

«Oggi no?»

«Temevo di far tardi.»

«Dovevi partire prima.»

«Sono partito all'una. Per essere in questura all'una e mezzo.»

«Sempre per la faccenda del bar?»

«Sì. Una testimonianza inutile, credo.»

(Infatti inutile era stata, del tutto o quasi.

Del tutto perché nel frattempo la vicenda di Vito Giugliano era stata chiarita. Comunque Massimo non aveva mai visto l'amico di Gerry né nei pochi minuti del mattino quando, con il bar già aperto, indugiava per un caffè sia pure pessimo, né alle cene dei veneti. Inutile anche perché, davanti a una vera foto della faccia non devastata di Ferdinando Strazzari, aveva ripetuto di non averlo mai conosciuto.

Quasi inutile, perché il commissario gli aveva anche fatto una domanda strana riguardo al suo amico Angelo Garborin, e sulla parola amico c'era stata una lieve sottolineatura, come a metterla tra virgolette. Il compagno di un corso – aveva precisato lui – che gli aveva fatto la gentilezza di metterlo in contatto con i Trevisan per il lavoretto all'Acapulco's. Sì certo molto gentile, ce l'ha detto, aveva continuato il capo, ma l'attività dei Garborin, con i camion che scorrazzano in Italia e in Europa, che agganci aveva e ha con il bar? E soprattutto con la misteriosa cassaforte del medesimo ritrovata vuota e sicuramente ripulita dall'assassino o assassini? Massimo non ne aveva la minima idea, poteva solo dire che Garborin padre aveva partecipato alle cene venete entrambe le volte in cui lui era stato presente.

Il commissario, quasi a scusarsi di averlo convocato, gli aveva poi chiesto in che cosa consistesse il suo nuovo lavoro: più o meno badante per sei ore alla settimana, aveva risposto, di uno scorbutico ingegnere cavaliere e conte. Se è la persona che penso, cioè il cavaliere Leonardo Galilei, era stato il congedo del capo, gli porga per favore i miei saluti.)

«Però» continua Massimo «il commissario Martinetto mi ha incaricato di porgerle i suoi saluti.»

«Grazie» quasi a malincuore, e poi: «A che punto sono col delitto?»

«Indagano a 360 gradi, come dicono i giornalisti.»

«Cioè alla cieca. Almeno apparentemente.»

«Credo. Ha già deciso cosa vuole fare oggi?»

«Pensavo a una... passeggiata in centro, ma tre gradi sono troppo pochi. Meglio un giro in macchina.»

«Direzione?»

«Periferie. Aree industriali dismesse. Per una ulteriore ricognizione su come è cambiata parte della città da una trentina d'anni a questa parte.»

«Non sarà un giro confortante.»

«È il futuro a non sembrarmi confortante. Se non ci andrà troppo male diventeremo un Paese di baristi cuochi camerieri albergatori suonatori di mandolino e guide turistiche; le menti migliori in esilio volontario o no. Se ci andrà male meglio non pensarci.»

Troppo pessimismo, rimugina Massimo. Però io, con una laurea in lettere antiche, non spendibile è vero, neppure il barista facevo, e adesso faccio il badante: dovrei quasi dichiararmi d'accordo.

Di nuovo periferia nord, l'area, nel suo insieme, più degradata della città. Strada di Settimo, quartiere delle Vallette con le sue vie dai nomi stoltamente inadeguati (via delle Pervinche, dei Mughetti, Glicini, Magnolie, Verbene ecc.), i lampioni presi a sassate e le bande di minacciosi tatuatissimi teppisti minorenni a oziare ai giardinetti; Falchera vecchia e nuova, un'Arcadia bugiarda (via degli Abeti, dei Faggi, Tigli, Ulivi, Betulle ecc.); strada dell'Arrivore e Lungo Stura, con i campi nomadi, i cumuli di immondizia alti come colline, il fumo denso e irrespirabile di pneumatici e guaine di cavi elettrici bruciati, gli operatori della nettezza urbana e gli autobus presi a sassate a ogni apparizione; più in là, i cavalcavia da cui sulle auto piovono sassi lanciati da ragazzini mai imputabili. Zone costellate di fabbriche fabbrichette officine e laboratori artigianali chiusi da anni, di stabili privi di manutenzione (facciate cadenti, balconi sghembi alla vigilia di crolli rovinosi, tetti chissà), strade in concorrenza con quelle di Roma per numero e profondità delle buche, cassonetti bruciati. E ad altezza d'uomo e un po' più su, ogni porzione di muro imbrattata da scritte di rivolta tra l'anarchia l'idiozia e il patetico: A morte gli sbirri; Fuoco alle galere; Affogateli tutti; Contro le retate bulloni e bastonate; A morte i gialli e i neri; Alpini merde; No more slaves; Save libero e bravo. In mezzo a un proclama e l'altro, le tag degli alternativi insurrezionalisti e narcisisti; per strada pochi passanti, agli incroci capannelli di giovani nerboruti con volti chiusi e ostili (pusher forse, o peggio), assenti i negozi: uno scenario da futuro distopico diventato presente. Un concentrato di livore cieco contro tutto e tutti, di pregiudizi arroganti, di ignoranza abissale e contagiosa neppure scalfita dai troppo pochi anni di scuola. Senza bisogno di apocalisse nucleare, senza intelligenze artificiali che abbiano preso il sopravvento, senza astronavi aliene combattenti nel cielo, senza invasione di ultracorpi. Effetto della globalizzazione, di politica imprevidente e ottusa, di mutazione antropologica? Comunque già tutto raccontato da decenni in libri e film, pensa scoraggiato Massimo. Profetici, purtroppo.

Gerry e la madre si incontrano di nuovo alla panchina di piazza Savoia. Lui l'ha convocata con un sms sgrammaticato come al solito, riassumibile in una accorata richiesta di soldi.

«Mama» le dice dopo il bacio e l'abbraccio, «Sabrina è proprio brava, poi te la faccio conoscere, adesso mi dà da dormire a casa sua ma non voglio che spende per il mangiare della sera, perché ce l'ho anch'io la mia dignità di uomo, cosa credi.»

«E per il mezzogiorno?»

«Il mezzogiorno cosa?»

«Per il mezzogiorno spende lei?»

«Il mezzogiorno mangia alla mensa dove lavora. Se non fa la notte.»

«E tu?»

«Mi compro un pezzo di pizza alla focacceria qua dietro e una Coca al supermercato, così spendo il minimo. Ma la benzina costa.»

«La benzina? cosa ci fai con la benzina? ti metti in un altro pastrocio?»

«Nessun pastrocio, la porto a lavorare al mattino e a casa la sera, così non ci mette un'ora su due pullman che sono sempre pieni e puzzano. Però tu... tu perché mi trati male oggi?»

«Nani, non ti trato male figurati, è che il vecio mi tira mata, mi ha tolto la firma in banca e preso il bancomat, al mattino branca fuori dal portafoglio venti euri e dice Fatteli bastare che sono anche troppi e guai a te se passi qualcosa al malnato, che saresti tu. Però devi capirlo, è proprio vecio e sta desgrasia del bar lo manda fuori di testa, poareto. Perché non torni a casa e ci parli?»

«No, a casa no mama.»

Tira su dal naso, un po' perché fa un freddo da grande Nord, e un po' perché pensa che ne andrebbe della sua dignità di uomo se si mettesse a piangere come un bambino.

«Nani, qualcosa di soldi te l'ho portata, ce li avevo da parte per una giacca con la firma che ho visto in via Garibaldi, ma tanto non mi serve, per andare dove poi, che non vado neppure più dalle cinesi per le unghie. E poi c'ho anche un'altra cosa da darti, ma prima mi devi fare un giuramento.»

«Che giuramento, mama?»

«Che la dòperi solo alla mala parata, giuralo!»

«Ma cosa... non capisco, mama.»

«Giura sulla mia testa poi ti dico.»

«Va ben, giuro.»

Lusiota prende da una tasca della borsetta la bustina coi soldi e un anello d'oro con una pietra rossa:

«Ciapa. L'anello è da tanto che non lo metto, se il vecio chiede o lo cerca dico che non so più dove l'ho nascosto, però tu hai giurato che lo dòperi cioè vendi solo alla mala parata.»

«Sta' sicura mama, grasie tante, te vojo ben mama.»

«Anca mi, nani, ma torna a cà, che è méjo.»

Si lasciano. Lusiota si affretta per farsi trovare ai fornelli quando il marito tornerà dal parrucchiere da cui l'ha spedito; Gerry bighellona pensieroso, prima contando i soldi (300 euri) poi osservando con attenzione l'anello. Gli pare di non averlo mai visto a un dito della madre, se lo rigira in mano e scopre quasi subito perché: all'interno del cerchietto d'oro un'incisione recita *A Migina da Bettino.*

Trambusto in corridoio, un paio di voci concitate poi dalla porta irrompe nell'ufficio del commissario il Cavallera, fuori, come si dice, dalla grazia di Dio, cioè alterato e furibondo, invano trattenuto da un'agente giovane troppo mingherlina.

«Il furgoncino, cazzo! Dove l'avete messo il mio furgoncino, banda di stronzi malnati voi e quelle puttane delle vostre...»

«Scusi commissario non so come abbia fatto... i colleghi all'ingresso... io non sono riuscita...» tenta di sovrapporsi agli improperi la poliziotta.

Giacomazzi detto anche Carnera, che stava riferendo le ultime voci – cioè malignità – dei vicini di casa dei Trevisan, scatta come punto da un calabrone e si avventa per la seconda volta in tre giorni sul fabbro. Senza sventolare i pugni, ma girandolo con una manata e bloccandogli le braccia dietro la schiena.

Martinetto e Rivelli, che non si sono mossi dalle sedie, osservano la scena con una punta di divertimento malcelato.

«Riportatelo da dove è uscito tre ore fa» commenta il primo, «la libertà gli dà alla testa.»

«Cazzo ma siete tutti...»

«Cavallera» lo interrompe il vice, «se riuscissi a non sbronzarti avresti meno grane. Del furgoncino non ne sappiamo niente, e tu sei di nuovo in stato di fermo. Ti aiutiamo nella disintossicazione.»

Altra scarica di insulti e imprecazioni mentre viene sospinto via in manette da un paio di agenti sopraggiunti nel frattempo.

«Gliel'hanno fatta pagare, evidentemente» commenta Giacomazzi.

«I vicini, pensi?» chiede il commissario.

«Sì. Parcheggiando il furgoncino dove gli pare sta sulle palle a tutti.»

«Non un furto, quindi.»

«Ma no, troppo vecchio e scassato, in un cortile poi. Se lo ritroverà a uno o due isolati di distanza, con qualche danno in più. O sfasciato del tutto se i vicini sono proprio vendicativi.»

«E lui sporgerà la sua brava denuncia» ipotizza il vice.

«Non mi sembra il tipo. Non da noi, comunque. Giacomazzi, finisci di raccontare degli altri vicini, quelli dello Strazzari» lo invita il capo.

«Non gli stava proprio sulle palle, ma quasi. Brava persona, hanno detto, poi subito ci hanno aggiunto il "ma" di dovere.»

«Solo alla tivù non ce lo aggiungono» commenta Rivelli.

«Davanti alle telecamere sono più ipocriti. Il "ma" era riferito prevalentemente alle spese condominiali su cui aveva sempre da ridire» continua Giacomazzi.

«Pidocchioso, insomma.»

«Sì, e una volta che aveva allagato il soffitto a quelli di sotto si era deciso a pagare il danno solo dopo i solleciti di un avvocato.»

«Eppure di grana ne abbiamo trovata parecchia sui conti correnti. E ci sarà anche una cassetta di sicurezza da qualche altra parte.»

«Domani vado a sfruculiare i colleghi di lavoro» annuncia lo Scarpinatore avviandosi alla porta. «Ci saranno dei "ma" anche lì. Di buone notizie, nessuna?»

«Per il momento no. Hanno tutti un alibi, i possibili assassini, Cavallera compreso, che poi l'alibi ha finito col ricordarselo» rivela Martinetto.

«Omicidio su commissione, allora.»

«E in questo caso i mandanti non mancano. Grazie Giacomazzi, e ricordati il verbale.»

Rimasti soli, il vice si vuole togliere una curiosità.

«Ipotizzi una connessione tra i Garborin e l'omicida?» chiede.

«Non so. Il figlio non mi piace. Un cazzone che si crede un vip.»

«Non ti piace perché ha scippato la ragazza al compagno? Da quando in qua ti dà fastidio uno degli sgambetti più comuni tra i ragazzi? E poi non è mica un reato.»

«Lo so, ma così, a pelle, c'è qualcosa che non mi convince. La cassaforte chiusa e non usata dai Trevisan sarebbe l'ideale per nascondere la contabilità degli affari sporchi dei Garborin.»

«Il clan dei veneti. La mafia dei trevigiani.»

«Va bene, sfotti pure. Però senti: i loro camion che vanno in giro in Italia e in Europa cosa potrebbero trasportare oltre alla merce dichiarata?»

«Tutto. Droga armi clandestini valuta falsa oro.»

«Appunto. Facciamola mettere sotto osservazione, sta ditta di trasporti, così gli cancelliamo dalla faccia l'aria da Superman, al Garborin junior.»

«Ai tuoi ordini, vendicatore dei cornuti.»

Che si conoscessero già lo sapevo, riflette Massimo pedalando nell'aria sempre più pungente e inquinata del tardo pomeriggio: esplicito apprezzamento del cavaliere nei confronti del commissario, saluto per mio tramite del secondo al primo. Conoscenza fortuita – amici comuni, circostanza istituzionale, consulenza di lavoro – oppure qualcos'altro? Come si sono incrociati, così diversi per età e, mi pare, per carattere?

Per non ricadere nel pensiero assillante di Gilda, cerca altre deviazioni del percorso mentale: fissare le lezioni di tennis, trovare nuovi allievi per le ripetizioni, e – come fioretto – essere più espansivo e accomodante con i suoi.

A casa, trova tutti in cucina occupati nei lavori della sopravvivenza quotidiana: il padre sta sbarazzando del contenuto la lavastoviglie, Marilena ripone vasellame e posate nei pensili e nel cassetto, la madre affetta le cipolle con gli occhi da cinese. Lui saluta con un ciao collettivo, poi, dopo una breve incertezza chiede: «C'è bisogno di me?».

Tre teste si voltano stupefatte a guardarlo, tre corpi smettono di fare ciò che stavano facendo un attimo prima.

«Tutto bene?» s'informa Agnese ma senza tono polemico.

«Sì. Domande di routine in questura, un giro in macchina col cavaliere conte. Per cosa le cipolle?»

«Per le lenticchie.»

«Piatto salutista. Ma come la metti con il soffritto?»

Agnese posa il coltello, si allontana un poco dal tagliere, riprende la fisionomia europea.

«Salutista col cavolo. Le lenticchie sono in scatola e si mangiano con un cotechino precotto di supermercato, quello del cestino omaggiato da zia Ernestina per le feste di fine anno e dimenticato. Pazienza per il cancro, di qualcosa si deve pur morire.»

Dopo, nella scena compare un sorriso che stira leggermente le labbra di tutti e sfocia in una sommessa risatina comune.

«C'è della colla epossidica nel ripostiglio?» chiede Massimo tornato nell'ingresso per sfilarsi il giubbotto.

«Sì» risponde il padre, «terzo ripiano a destra. Per cosa ti serve?»

«Per incollare le due piastrelle che ballano nel bagno piccolo.»

Agnese Franco e Marilena si consultano con gli occhi, alzano le spalle e tirano ciascuno una conclusione diversa sul mutato atteggiamento di figlio e fratello.

È stata una giornata pesante alla casa di riposo. Una vecchia ha avuto un attacco epilettico, e meno male che, essendo nei paraggi, me ne sono accorta subito e ho chiamato l'infermiere se no quella ci restava secca; un vecchio ha vomitato ed è andato fuori di testa nella sala comune; i ricoverati, uomini e donne, sono entrati immediatamente in agitazione come sempre capita dopo il minimo imprevisto, a parte che le vomitate qui non sono tanto impreviste, perché hanno tutti lo stomaco debole, o mangiano troppo in fretta e gli viene lo stranguglione oppure non tollerano qualche ingrediente ma in cucina non stanno tanto a sottilizzare. Però l'ospizio (guai a chiamarlo così!) è pulito, ha un suo giardinetto davanti con le panchine per quando il clima è giusto, cioè pochi mesi, perché perlopiù fa troppo freddo o troppo caldo, e anche le camere sono attrezzate bene, qualcuna con i letti e materassi antidecubito che però non bastano mai e prima che la mutua ne passi un altro o intervengano i parenti, il vecchio o la vecchia non ci sono più. Cioè sono morti, ma non si può dire la parola morte; anche nei necrologi sui giornali le persone non muoiono mai: ci lasciano, mancano – qualche volta cristianamente –, volano in cielo, si spengono, raggiungono i loro cari premorti, e i parenti sono sempre affranti e i nipoti adorati. Anche quelli che non vedevano l'ora del decesso, e dal nonno o nonna comparivano solo per sgraffignargli la pensione.

Ma per me di buono c'è che mi hanno assunta a tempo indeterminato come operatrice sociosanitaria, assunta direttamente e non per mezzo di una cooperativa, che una volta per questi lavori erano serie e adesso spesso sono in mano a dei lazzaroni sfruttatori che poi le fanno fallire e chi avanza stipendi e arretrati ci può mettere una croce sopra. E per essere assunta non ho neppure dovuto dare un contentino al megadirettore di tutte le sedi, perché con l'età che ha un contentino fatto come si deve lo avrebbe spedito a miglior vita. Contentino... contentino... se Gerry ne vuole uno, deve decidere a sbottonarsi invece di continuare con sta manfrina che non la beve neanche un deficiente, però come faccio a negarglielo un contentino, e a parte il fatto che se lo nego a lui lo nego anche a me, non mi va di vederlo di nuovo umiliato, il mio povero bambinone.

Martinetto e Rivelli stanno facendo il punto della situazione prima della riunione serale con gli altri, quando qualcuno bussa alla porta e dopo l'Avanti entra in ufficio il dottor Pagnottino. Che deposita a terra accanto all'attaccapanni i due borsoni di carta di cui è carico, si libera del giaccone, sospira e si siede davanti ai due.

La sua visita non era in programma e comunque per il poco che hanno da comunicargli bastava una telefonata, ma lui, quasi a giustificarsi, spiega che era nei paraggi a fare compere.

«Saldi, dottore?» chiede informale il commissario.

«Sì, in via Cernaia. Verso la fine del periodo pur di sbarazzarsi della roba un po' vecchia e un po' fuori stagione, i negozi fanno prezzi proprio convenienti.»

«E cosa ha comprato?» s'incuriosisce il vice.

«Un piumino e due felpe. I piumini non sentono la moda e ne avevo proprio bisogno.»

«Vedere!» invita il commissario.

Il piemme si alza, estrae da una delle borse un piumino color bordeaux e dispiegandolo lo espone alla vista dei poliziotti.

«Che ne dite?»

«Ha l'aria di essere caldo e leggero» ipotizza Rivelli, «ne servirebbe uno anche a me. Dove l'ha comprato?»

«Sotto i portici, da Cappellini. Lo provi, se crede.»

Rivelli si alza a sua volta, indossa il piumino, cerca di chiudere la lampo e desiste, saggia le tasche, si esibisce di fronte al capo e sollecita il suo giudizio.

«Ti sta bene, meglio una taglia in più però. Anche due. Ma hanno solo quel colore?» si informa.

«No, anche nero e blu.»

«Nero mi farebbe comodo. Piuma d'oca o imbottitura tecnica?» insiste.

«Pura piuma d'oca, naturale ed ecologica» afferma compiaciuto Pagnottino.

«Per l'oca non tanto ecologica però. Ma fammi sentire il peso, Enrico» prega il capo.

Il vice si sfila il piumino e glielo porge: «Provalo anche tu» suggerisce.

Ad alzarsi stavolta è Martinetto, che si toglie la giacca, chiede pleonasticamente Permette dottore? e lo indossa.

«Sì sì, leggerissimo» acconsente con convinzione, aggirandosi nell'ufficio.

«Nell'altro borsone ha le felpe?» chiede interessato il vice.

«Vuole vederle?»

«Se non le dispiace... sono piuttosto giù a guardaroba.»

«Prego. Le indossi pure, se vuole.»

Il vice si sfila il maglione (che in effetti è liso sui gomiti), sceglie la felpa color mattone e se la mette sopra la T-shirt nera.

«Che gliene pare?» vuol sapere Pagnottino.

«Me la sento benissimo» mente Rivelli, a cui tira il giromanica e mancano alcuni centimetri sul davanti. Ma se la liscia addosso muovendo qualche passo nell'ufficio e incrociando Martinetto che fa la stessa cosa.

Sulla soglia della porta, lasciata aperta, compare l'assistente Palmina Vannini.

«Posso?» chiede accennando a entrare. Il tono è neutro, ma gli occhi le brillano divertiti.

«Chiudi!» sbraita scherzando il commissario, «e se ne fai

parola con Murtas e Dassetto, giuro che ti faccio trasferire a Lampedusa.»

Palmina mima il giuramento con la destra sul cuore, ma da brava toscana non riesce a trattenere la battuta irriverente:

«A farvi le mèches, quando cominciate?»

Troppa familiarità, troppa democrazia, pensano più o meno due dei maschi. E troppa parità di genere, pensa il terzo.

La famiglia Brusasco è tutta in cucina. Le lenticchie si stanno insaporendo, il cotechino precotto finisce di cuocere, Agnese affetta a lamelle il parmigiano sui carciofi tagliati sottili per l'insalata apripasto.

«Ricordati di comprare la frutta, domani» dice rivolgendosi al figlio.

«Ma sei sicuro che quella di piazza Santa Giulia sia di agricoltura biologica certificata?» provoca Marilena.

«Con quello che costa, ci mancherebbe che non lo fosse. E poi l'hai provata, no?» risponde Massimo senza inalberarsi, tenendo fede al fioretto che si è imposto.

«Effettivamente molto buona, di prima qualità. Meglio non cambiare fornitore.»

«Fornitrice» puntualizza lui.

«Ah già.»

Marito e moglie si scambiano un'occhiata tra lo stupito e l'interrogativo: strano questo scambio di battute non polemiche tra i figli. Meglio così, comunque.

«Hai bisogno della macchina stasera?» s'informa Marilena poco dopo.

«No grazie.»

«Cosa fai?»

«Resto a casa.»

«Non fare l'orso. Esci con me.»

«Con te?»

«A casa di Luca. Ci sono altri quattro amici, beviamo una

birra, ci vediamo un film e torniamo presto. Domani ho una sostituzione a Givoletto.»

Massimo indugia un po' incerto, i film vanno visti al cinema, pensa, ma poi acconsente, non soltanto per onorare di nuovo il suo proponimento virtuoso.

Per non incorrere presto nella mala parata, cioè restare al verde, Gerry era andato a far spesa al mercato di Porta Palazzo, il più economico della città. Con il timore di imbattersi nel padre, sebbene il parrucchiere da cui l'aveva spedito la moglie fosse da tutt'altra parte. Però il vecio è sospettoso, aveva pensato, capace che l'ha seguita per vedere dove va e poi farmi una scenata dell'ostia. Ma subito dopo si era corretto: no impossibile, a vedere Lusiota con lui, lì sulla panchina, o gli sarebbe preso uno s-ciopòn dalla ràbia, o gli avrebbe messo le mani addosso a tutti e due. E il padre bisogna rispettarlo, diopovero, ma di ciapàr sberle non era più l'ora, ché lui era un uomo adesso, non un putinòn da comandar a bachéta.

Aveva comprato pane insalata uova limoni mele fettine di petto di pollo due buste di risotto ai funghi e un cartone di vino, tredici euri e qualche spicciolo; tornato a casa aveva rassettato il letto, scopato per terra, lavato i piatti della sera prima e aspettato davanti alla tele l'ora di andare a recuperare Sabri a Nichelino, alla casa di riposo.

Adesso, alle otto e mezzo di sera, hanno finito di mangiare: lei punta i gomiti sul tavolo, lo guarda fisso in faccia (marca male, pensa lui) e decide che è il momento di fare quello che si è promessa.

«Gerry, così non si va avanti. O mi conti la verità per filo e per segno, o finisce qui, e te ne vai per sempre. Con le buone spero, che se no chiamo i vigili o i carabinieri.»

«Non l'ho copàto io, giuro!» balbetta lui.

«Ci credo, ma qualcosa hai combinato. Con le chiavi per esempio. Con qualche amico tuo che era meglio se non lo conoscevi. Qualcosa di nascosto da tuo padre. Se continui a contar balle, prima o poi il morto lo appioppano a te, ti schiaffano in galera e ci passi dentro un po' di anni. E io non ho nessuna voglia di fare la donna del carcerato, non ti vengo a trovare, non ti porto le arance e non ti aspetto, mettitelo bene in testa.»

Gerry abbassa gli occhi, si versa un bicchiere di vino, lo beve, appallottola una mollichina, sospira e dice:

«Va ben, ti conto tutto. Ma tu non lasciarmi, perché io ti amo tanto.»

Passi avanti nell'indagine pochi, ammette la squadra davanti al piemme che non sembra avere né mettere fretta. In verità il dottor Pagnottino è distratto e sta pensando ad altro, a cosa farà uscito dalla questura, a come affrontare le lagne della madre, malata immaginaria, quando farà ai suoi la solita telefonata del giovedì, ma soprattutto riassapora la soddisfazione provata per il successo degli acquisti vestimentari. Cappellini è un negozio di fiducia, rimugina tra sé, non rifila bidoni come tanti altri, con commessi che intortano i clienti e riescono a sbolognargli capi fallati, che uno se ne accorge soltanto a casa ma non può reclamare perché la merce in saldo non si rimborsa né si cambia. Più facilmente fregati i clienti non in compagnia di una donna – fidanzata moglie madre – perché le donne sono più attente e pignole in certi campi, sanno scuotere la testa, dire dei NO decisi e trascinare via i loro uomini. Lui purtroppo ci va da solo a comprarsi i vestiti, perché una donna non ce l'ha e della consulenza di sua mamma ne fa volentieri a meno, rompicogliona com'è da sempre a detta del padre, che però non si capisce perché l'abbia sposata.

I poliziotti parlano, si ragguagliano, decidono, ma lui non ascolta e si riscuote dal suo divagare solo al nome di Gervaso Trevisan: apprende che non è più tornato a casa propria, che si è incontrato in centro con la madre, che è ospite di una certa Sabrina Locco, alias Holli Tiffani su Facebook, incensurata, operatrice sociosanitaria in una casa di riposo. Probabilmente, anzi sicuramente la sua ragazza, che va a portare e riprendere dal lavoro. Proseguire la sorveglianza sarebbe uno spreco di tempo e di risorse.

«È carina?» chiede svagatamente e fuori tempo.

«Assai» gli risponde Murtas, che si chiede a sua volta cosa c'entri e se il piemme sia proprio abballuccato come a lui è sempre parso.

Poi rimangono di nuovo in tre, sono le nove e un quarto e Pagnottino invece di smammare si agita un po' sulla sedia. Martinetto, credendo di intuire il suo disagio, rivolge a Rivelli un'occhiata interrogativa come a chiedere approvazione e propone:

«Vuol venire a cena con noi, dottore?»

«Volentieri, dove?»

«In via Maria Vittoria, da Maddalena.»

«Perfetto!» esclama, contento come un bambino in pasticceria. Non sa chi sia Maddalena, non è mai stato a cena in via Maria Vittoria, ma ha bisogno di compagnia.

Il film da vedere è francese, di un regista sconosciuto, ma per fortuna il televisore ha lo schermo da 65 pollici, roba di lusso. Per Massimo sino a ora Luca è stato poco più di un nome, un fantasma che ha a che fare con Marilena: amico fidanzato compagno di letto abituale oppure occasionale, non saprebbe dire. Un trentenne o poco più, con occhi attenti e penetranti, uno che deve avere un ottimo lavoro o genitori ricchi, perché l'appartamento non è quello di uno studente o di un precario (mobili e arredi di buon gusto e costosi, impianto stereo da far invidia a un dj, libreria non di scena ma piena di volumi occupante un'intera parete) e soprattutto non consiste nel solito mono o bilocale più bagno. Frequenta bene mia sorella, pensa lui, senza acredine ma anzi con una punta di compiacimento, come se il merito fosse anche suo. Resta da vedere come si comporta e cosa dice questo Luca, che ha accolto Marilena con un bacio sul collo: saluto che rivela una certa intimità o soltanto indice di lunga e affettuosa amicizia? Lei gli ha sorriso, ma non contraccambiato.

«Birra, Coca, o qualcosa di più alcolico?» gli chiede il padrone di casa.

«Birra grazie, ma più avanti magari.»

«Okay, ti servi poi da solo, il frigo è di là, adesso mettiti comodo dove vuoi.»

Radiografia veloce degli altri: una coppia gay in tuta dello stesso modello ma colore diverso, un ragazzone con camicia scozzese tipo boscaiolo evaso da un musical, una ragazza bionda tra il passabile e il carino che si siede sul divano accanto a lui e si presenta come Valentina.

Parte il film, che non è un capolavoro e a quanto pare non appassiona nessuno, perché c'è un discreto andirivieni verso la cucina per il rifornimento di birra noccioline e popcorn mentre si intrecciano chiacchiere e qualche commento svagato.

«Com'è che non ti si è mai visto?» gli chiede a un certo punto Valentina.

«Frequentavo un altro giro» risponde Massimo.

«Adesso non più?»

«Non tanto.»

«Litigato?»

«Più o meno.»

Lei si volta decisamente a guardarlo, ignorando la scena di sesso ansimante sullo schermo. È più carina che passabile, al semibuio almeno, pensa lui di sfuggita. Non il mio tipo, però, e subito gli riappare Gilda negli occhi della mente, Gilda che non ha neppure abbracciato e baciato davvero, Gilda bellissima imprevedibile e sfuggente. Domani la cerco, decide, fanculo l'amor proprio, fanculo tutto, ho troppa voglia di lei.

«Ci sei ancora?» scherza Valentina.

«Scusa, mi è tornata in mente una cosa.»

«Una cosa o la ragazza con cui hai litigato?»

Massimo sospira: hanno troppo intuito le donne, la scienza dovrebbe spiegare a noi maschi come fare a difenderci dai loro neuroni, i neuroni-specchio magari.

«Non ci ho litigato, lei mi ha piantato per un altro.»

«Lo dici come se non te ne importasse un granché.»

«Infatti.»

«La volpe e l'uva? *Fame coacta vulpes*...»

A Massimo sfugge un sorriso:

«Hai fatto un buon liceo, a quanto pare.»

«Sì, e lingue all'università. Cinese, tra le altre, per cinque anni. Ma i cinesi in Italia sono tanti, i giovani hanno imparato la lingua e non c'è più bisogno di me. E tu?»

«Lettere classiche, peggio ancora.»

«Piantatela voi due» li interrompe ridendo il boscaiolo, «se no mi perdo l'audio della scopata.»

«Pensi che declamino Shakespeare?» interviene Luca.

«No, ma c'è sempre qualcosa da imparare.»

Valentina e Massimo vanno a rifornirsi della birra promessa e si scambiano qualche altro ragguaglio su studi e lavoro. Sullo schermo la scopata continua. Ma è un porno o cosa?

Tornando a casa, si mette Massimo alla guida della Golf.

«Com'è andata con Valentina?» gli chiede la sorella.

«Chiacchierato un po'.»

«Ti interessa?»

«Molto moderatamente. Perché, vuoi accoppiarmi?»

«Figurati! Fatti tuoi, non mi permetterei mai.»

«Tu piuttosto, con Luca com'è la situazione?»

«Amici.»

«Solo?»

«Ogni tanto ci scappa anche la scopata, ma senza impegno, né suo né mio.»

«Senza impegno sentimentale?»

«Non basta l'amicizia? È un sentimento anche quello, no?»

«Mah non saprei...» tronca l'argomento Massimo.

E mentre attraversano velocemente la città pioviggino-sa e insonnolita, rimugina di nuovo tra sé che le ragazze, in primis sua sorella, sono troppo avanti troppo disinibite troppo libere.

Sabrina è pensierosa. E preoccupata.

La cazzata di Gerry prima o poi salterà fuori, la polizia la considererà qualcosa di più grave che un'imprudenza stu-pida, come darle torto?, bisognerà affidarsi a un avvocato e gli avvocati costano una cifra. Trevisan padre i soldi ce li ha, ma bisogna vedere se è disposto a scucirli per parare il culo al figlio, capace che è troppo incarognito per il casino che gli ha combinato e lascerà che affoghi nella sua bagna. E bisogna anche vedere se Gerry è disposto a chiedere scu-sa cioè perdono, insomma a umiliarsi ed esser preso anco-ra a male parole o a schiaffi.

Madonna che grana. Non so che consiglio dare, ci vorreb-be uno che ne sa più di me. A meno che...

«Gerry» dice, «sta' a sentire, mi è venuta un'idea.»

Nella seconda saletta del ristorante una cameriera giovane serve un po' affannata le ultime portate: si vede che non è il suo mestiere, evidentemente è alle prime armi oppu-re un po' imbranata. Piemme e poliziotti scelgono un ta-volo da quattro, il primo cerca di poggiare i suoi borsoni sulla sedia vuota ma li fa franare a terra e li lascia lì; sgra-nocchiano in silenzio qualche tarallo dal cestinetto men-tre il commissario occhieggia intorno sperando di vede-re Maddalena.

Ma Maddalena non appare e la camerierina non ha nep-pure idea di chi sia. Che l'abbiano lasciata a casa per via dell'età?, ipotizza Martinetto. Che si sia beccata l'influenza?

Gli ospedali sono al collasso, non è ancora passato il picco stagionale, oppure qualcosa di più grave...

Intanto, mentre Pagnottino racconta i dettagli insignificanti del suo ultimo weekend in montagna e Rivelli finge di ascoltare assentendo ripetutamente, lui non riesce a staccare il pensiero da Maddalena, dal suo ciabattare, dalla sua solitudine.

Sua di chi?

Venerdì

Gerry è lento e ostinato. Un mulo.

Ha opposto tutte le resistenze possibili alla proposta di Sabrina e solo quando si è accorto di una luce strana negli occhi di lei (la luce dell'esasperazione), si è deciso ad accettarla, ripetendo per la ventesima volta che secondo lui invece di essere una buona scappatoia era un buttarsi giù da un burrone.

Si è arreso a mezzanotte già suonata al campanile di Santa Rita, quando si è finalmente convinto che nel burrone si buttava da solo se venivano a mancargli l'aiuto di Sabri, la cuccia, l'intimità, la condivisione nel pastrocio.

«E va ben» ha detto, «però telefonargli no, che si incazza, ma come facciamo per parlargli che non so di preciso dove abita?»

Sabri era rimasta interdetta: non si era prospettata quell'ostacolo.

«E chi lo sa, secondo te?»

«Il vecio, ma chi gli parla?»

«Già... ma sai se il telefono fisso ce l'hanno?»

«Boh, però te l'ho detto che non vuole che ci parliamo al telefono.»

«Se ce l'hanno, forse c'è l'indirizzo sulle pagine bianche di Google. Da che parte potrebbe abitare?»

«Dalle parti di corso Francia, mi pare.»

«Domani cioè oggi cerco l'indirizzo mentre faccio pausa al lavoro, poi stasera ci andiamo.»

«E aspettiamo sotto casa sua che entri o che esca?»

«Ma no, gli mettiamo un biglietto nella buca e gli diamo un appuntamento.»

«Fico!» si illumina lui, «è come stare in un film di spionaggio. Ne sai una più del diavolo, Sabri.»

Si addormentano verso l'una, abbracciati stretti a cucchiaio, perché nella camera ci sono a stento dieci gradi.

La telefonata della medico legale raggiunge Martinetto alle nove: gli esiti di tutti gli esami, compreso quello del DNA, sono pronti, glieli ha appena spediti, insieme con le sue conclusioni. Deve passare in questura o basta così? Se hai tempo vieni per un caffè, le risponde gentile ma sperando che non accetti, perché è il giorno dell'arrivo di Giuliana, la corte abbastanza discreta di Arianna gli crea sempre un lieve disagio e lui invece ha bisogno di essere splendido splendente, di aspetto e di umore.

La sua sveglia interna era stata in anticipo di quasi un'ora, poco dopo le quattro aveva gli occhi come fari a scrutare inutilmente il buio della stanza, ma anziché innervosirsi aveva indugiato a immaginare comportamenti e parole, lei scende a Porta Susa dalla carrozza sette del Frecciarossa delle ventidue e venti, mi vede lì davanti che l'aspetto (posso accedere al binario, sono un poliziotto), si affretta verso di me e io verso di lei, ci abbracciamo ci baciamo, sono mesi che non bacio una donna, con Simona è stata una storia di poche settimane appassita senza rimpianti, spingo io il trolley e la prendo per mano, usciamo dalla stazione e poi e poi e poi...

Si era alzato: doccia colazione e una cura insolita a scegliere l'abbigliamento di sopra e di sotto (gli era tornata in mente la confessione spavalda di una ragazza: Ho rifiutato l'approccio sessuale non perché il partner non mi interessava, ma perché non ero sicura dello stato delle mie mutande).

Giacca e cravatta no, troppo formali; jeans invernali T-shirt maglione quasi nuovo senza pallini della lana e senza slabbrature; capelli tagliati la settimana scorsa, carnagione da città ma pazienza. Si controlla a lungo allo specchio dell'armadio e ridacchia: se mi vedesse Palmina, mi schizzerebbe negli occhi qualche goccia del suo limone verbale. Tenerla a freno, sta ragazza.

Alle dieci arriva una segnalazione dalla banca dati delle forze dell'ordine: il DNA di Ferdinando Strazzari corrisponde a quello di un ignoto stupratore, che a Torino nel marzo del 2016, cioè circa un anno prima, ha aggredito di notte una ragazza uscita da una discoteca al parco del Valentino.

La notizia, subito condivisa con la squadra, è accolta con un certo interesse da Rivelli Vannini e Giacomazzi, da Murtas e Dassetto con un poco spiegabile Urrà; Martinetto impassibile incarica l'assistente di occuparsi del caso e di risentire la ragazza che ha sporto la denuncia; poi telefona la novità al dottor Pagnottino, che non si capisce perché si compiaccia vivamente della scoperta; infine invita il vice nel suo ufficio per discutere delle nuove direzioni da eventualmente intraprendere nelle indagini.

«Credevamo che la vittima fosse un genio o genietto del riciclo di denaro sporco, e invece ci è toccato un bruto» commenta Rivelli.

«Può essere tutte e due le cose» corregge il capo.

«Come diceva sempre mia nonna, al peggio non c'è mai limite.»

«E parlando di peggio, arrivati a questo punto dobbiamo decidere chi lasciar perdere e chi tenere dentro alle indagini, in veste di assassino o come mandante.»

Li enumerano sulle dita delle mani adducendo i motivi:

«*Massimo Brusasco*, fuori. Alibi valido. Tira a campare,

nessuna contiguità col denaro sporco. Non ha i soldi per pagare un killer.»

«*Trevisan padre*: già prima con un piede e mezzo fuori causa. Non credibile come vendicatore di uno stupro e neppure come amico o conoscente di uno stupratore, anche per via dell'età.»

«*Trevisan figlio*: troppo imbranato per ingaggiare un mandante, resta però il fatto del mazzo di chiavi perso o rubato. Non lo inchioda direttamente all'omicidio ma lo rende sospetto di un probabile truschino. E di reticenza.»

«*Primo Cavallera*: un semialcolizzato, stando alle apparenze incapace di reclutare e pagare un mandante. Alibi che regge.»

«*Parenti della vittima*: sorella e madre, fuori. Fratello no. Approfondire i giri di denaro da Ferdinando a Fabrizio. Ipotesi mandante da considerare e indagare a fondo.»

«*Frequentatori del bar*: troppi. Insistere ma ci vorranno mesi.»

«*Conoscenti della vittima*: continuare a lavorare sulle telefonate e sulle carte. L'assassino e/o il mandante con ogni probabilità provengono da lì.»

«Inoltre» continua il commissario «diamo un'accelerata alle indagini sulla ditta Garborin.»

«Ma ti sei proprio fissato! Il figlio, il futuro avvocato, ha solo fottuto, in tutti i sensi, la ragazza al Brusasco. Cosa vuoi che c'entri con l'assassinio?» lo contesta il vice.

«Non lo so, forse niente. Ma posso avere o no qualche intuizione forse avventata?»

«Come no. Sei tu il capo. E a proposito: cosa decidi per domani e domenica, tutti al lavoro o tregua?»

«Domanda ipocrita e tendenziosa. Per me tregua di sicuro; tu fa' come vuoi: lavori o non lavori, resti a dormire senza interruzioni a Torino o vai a fare il padre e il marito a Biella.»

Alle dieci Massimo riceve a casa per una lezione di latino Anselmo Bonetti, matricola a lettere. Un ventenne smilzo e dinoccolato, che sarebbe meglio cambiasse indirizzo di studi. Gliel'ha anche detto, per onestà e contro il suo interesse; ma come si fa a scegliere lettere (sia pure moderne) dopo aver frequentato un istituto tecnico industriale specializzato in elettronica? Risposta: La mia ragazza si è iscritta a lettere e io voglio starle vicino e studiare con lei. Ma nel campo dell'informatica ci sono ancora possibilità di lavoro, gli ha prospettato, l'altro ha sospirato Sì, ma bisogna essere molto bravi, e Massimo prima di fargli uno sconto sul prezzo delle lezioni pattuito, ha tentato un'ultima carta: La tua ragazza non può darti una mano? Altro sospiro: Eh no, perché arranca anche lei, viene dall'alberghiero, però l'aiuta sua zia, cioè prozia sorella della nonna, che ha fatto a suo tempo le magistrali.

La consecutio temporum non entra proprio nella testa dell'allievo, e sì che non sarebbe un concetto troppo difficile da apprendere, a patto di avere qualche elementare nozione della sintassi in italiano, così da usare, per esempio, il congiuntivo nelle proposizioni condizionali, e invece Anselmo dopo tredici anni passati sui banchi di scuola continua a dire Se dovrei tornare indietro farei il liceo invece che l'istituto.

Un caso disperato, pensa l'insegnante, e mentre gli sottopone brevi frasette esemplari (*Nescio quid dicas; Nescio quid dixeris; Nescio quid dicturus sis; Nesciebam quid diceres* ecc.), il pensiero di Gilda torna a insinuarsi in lui più prepotente che mai. Le telefono le telefono le telefono, infilo la testa in un cappio lo so non m'importa, voglio che mi spieghi cosa le è preso in collina l'altro giorno, se l'ho offesa non era mia intenzione e le chiedo scusa dieci cento mille volte, voglio rivederla stare con lei fare l'amore con lei tutti i giorni della mia vita...

Il pensiero si è tramutato in smania non più contenibile.

«Scusami» dice all'improvviso all'allievo, «devo fare una telefonata importante e urgente, ti fermi un po' di più la prossima volta oppure mi aspetti... sai, è per lavoro.»

«Fa' pure con calma» decide Anselmo, «non ho fretta e intanto imparo a memoria gli esempi.»

Massimo va in camera sua, chiama Gilda al cellulare: L'utenza richiesta è indisponibile, recita in risposta la scritta sullo schermo.

Un attimo di sbigottimento. Cosa vuol dire che è indisponibile? Non può esserlo, ho fatto male il numero, no non l'ho fatto era in memoria... c'è un contatto c'è un errore... riprovo.

L'utenza richiesta è indisponibile, recita di nuovo la scritta; il cuore accelera leggermente i battiti, il respiro si fa un po' più corto. Ma anche la telefonia ha i suoi cedimenti, le sue falle momentanee...

Torna in soggiorno:

«Me lo fai un favore?»

«Certo. Cosa?»

«Prova a fare questo numero col tuo cellulare, col mio ci deve essere un intoppo» dice, e glielo detta.

L'allievo esegue:

«Utenza indisponibile» dice.

«Non capisco. Fino all'altro ieri funzionava!» tenta Massimo con una voce che gli esce un po' diversa dal solito.

«Se il cellu è stato perso o rubato, il proprietario ha fatto bloccare la scheda.»

«Sì, può essere...» acconsente Massimo aggrappandosi al male minore.

Anselmo Bonetti lo osserva con attenzione:

«Oppure» insinua, forte delle sue competenze «la scheda è stata distrutta per qualche motivo.»

«Distrutta perché?»

«Perché il proprietario non vuole farsi trovare.»

Mezzo minuto di silenzio, che è Bonetti a rompere:

«Non è per lavoro, vero? Mi dispiace Massimo, vado via e ci vediamo lunedì.»

Tra le varie attività di Manrico Aliberti detto il Faina soltanto l'acquisto delle ricevute del Banco dei Pegni non è illegale. Lì le sue prede preferite sono le donne: madri di famiglia stanche dal troppo lavoro e avvizzite dalle difficoltà, che sacrificano gli orecchini della cresima o la statuina di Capodimonte dono di nozze per pagare la bolletta del gas; ragazzette senza troppo futuro che sniffano o si bucano di nascosto e hanno alleggerito la nonna della fede nuziale che non le si infila più nell'anulare artrosico. Le prime sanno che non torneranno mai a riscattare i loro beni; le seconde, già reduci da un paio di Compro Oro, non ci pensano neppure. Lui, il Faina, appostato sul marciapiede di fronte al Banco gli sussurra all'orecchio la sua proposta (più dieci per cento, più dieci per cento!), le insegue per qualche passo ripetendola ancora e quasi la metà delle volte le madri di famiglia acconsentono, le ragazzette sempre.

A campare davanti al Banco sulla disperazione altrui non è da solo, gli altri due figuri che si contendono la clientela hanno facce troppo sospette, patibolari quasi, e hanno accettato il concorrente solo dopo aver verificato la destrezza e velocità con cui aveva estratto dalla tasca la filiscina a serramanico: non è che il Faina sia un sanguinario, è che un pezzo di marciapiede su cui lavorare non te lo regala nessuno.

La altre attività consistono nel borseggio (per strada, su tram e autobus), nel furto (in appartamenti piuttosto indifesi), nello spaccio di bibite alcoliche o no in occasione di eventi che richiamino folla, nel fare il palo durante qualche razzia in capannoni, depositi di merce, cantieri edili insieme a certi sodali meglio attrezzati di lui. Criminalità minore, a rischio quasi zero, perché la legge non impone più alle forze dell'ordine e alla magistratura di perdere tempo con i ladri di galline. E poi, qualche settimana con l'obbligo di firma o mal che vada ai domiciliari non è un deterrente formidabile.

Di non lavorare mai per il resto dei suoi giorni il Faina l'aveva deciso da giovanissimo, dopo due mesi di apprendistato in un'officina. Troppe cose gli risultavano insopportabili: alzarsi presto al mattino, obbedire agli ordini del capo e sbrigarsi nel farlo, sentirsi addosso alla sera una stanchezza sonnolenta, avere la morchia sotto le unghie e le mani annerite dal grasso di officina. Ci saranno pur altri modi per campare, no?, si era chiesto e fino ai diciotto anni era campato con i suoi, infischiandosene delle sfuriate del padre, che però al raggiungimento della maggiore età lo aveva sbattuto fuori di casa. Tuttavia lui un suo occulto apprendistato se l'era già fatto con una piccola banda di ragazzi di Borgo Vittoria, con cui avrebbe continuato quasi sempre a *lavorare* in futuro.

Vita abbastanza liscia per il nostro, con sporadici piccoli incidenti di percorso, ma galera-galera mai, finché a trentacinque anni non si imbatte in Orfeo Giacomazzi, ovvero lo Scarpinatore detto anche Carnera, che uscito a sera tardi dalla porta sul retro della palestra in cui si era allenato, lo coglie sul fatto mentre sta smontando i cerchi in lega di un'Audi. Incombe minaccioso su di lui ancora accovacciato: se i soprannomi hanno un loro perché, il match Carnera-Faina dovrebbe avere un prevedibile finale. Infatti sembra averlo: il Faina, sollevato di peso da terra e sbattuto contro il muro prima che abbia il tempo e forse l'intenzione di estrarre la filiscina, immobilizzato senza eccessivi riguardi, si aspetta almeno una ginocchiata ai testicoli che invece non arriva. Gli arrivano invece sul collo il fiato e la voce di Carnera:

«So chi sei, stronzo. Sono anni che mi imbatto nel tuo nome nei verbali dei colleghi della furti e rapine e la tua faccia la so a memoria. Stavolta non te la cavi, stavolta il verbale lo faccio io, ci aggiungo magari qualcosina e in galera, con i tuoi precedenti, ci finisci. E chissà, i concellini potrebbero arraparsi per un biondino passabile anche se non di primo pelo...»

Con l'intuito del poliziotto di strada, Carnera colpisce nel segno: Manrico Aliberti non ha paura della galera, ma dei compagni di galera e immagina, anche grazie a certi film e fiction, che fare il toyboy di spacciatori o magnaccia nerboruti non sia tra le prospettive più augurabili della vita.

Stanno lì, entrambi immobili a studiarsi, e intanto Carnera si chiede chi sia l'utile idiota che ha parcheggiato un'Audi Q3 nuova di pacca in uno stradello poco illuminato di periferia e soprattutto se il suo bluff avrà successo. Il Faina è uno che si vede in giro dappertutto, una specie di arredo urbano, riflette, che ha di sicuro occhi e orecchie buoni e sarebbe utile potersene servire, mah... capace che ci sta, per pararsi il culo in tutti i sensi, conclude tra sé.

«Potrei anche dimenticarmi di averti beccato» dice accelerando la trattativa perché è tardi è stanco e ha sonno, «ma tu mi devi rendere il favore. Capito? Chiaro?»

L'Aliberti non vede l'ora che sia finita, la strizza gli ha provocato un urgente bisogno di urinare e non vuole l'umiliazione dei pantaloni bagnati davanti a un questurino, perciò prima annuisce con la testa, poi conferma a voce:

«Chiaro.»

«So dove abiti, so dove bazzichi, se fai il furbo te la faccio pagare. Dammi un numero di telefono per chiamarti quando mi serve.»

Da allora, tre anni prima, il Faina è uno dei soffia che lo Scarpinatore, per dirla in gergo poliziottesco, tiene per le palle, uno di quelli più accorti e attendibili.

L'ha chiamato dopo aver sentito i colleghi di lavoro della vittima, tutti abbottonati come stessero attraversando la tundra siberiana; la sola cosa che ha intuito è che nessuno lo poteva vedere e allora di sua iniziativa, senza aver avvisato il capo, si è messo in contatto con l'Aliberti.

Che adesso è seduto di fronte a lui, a un tavolino da due in una tavola calda dalle parti del Lingotto, affollata di impiegati in pausa pranzo. Nei piatti una pastasciutta precotta e collosa.

Il Faina ha un guizzo di ironia:

«In galera avrei mangiato meglio!» provoca.

«Se ci tieni, non hai che da dirmelo» gli risponde Giacomazzi. Ma sotto lo scambio di battute c'è una specie di riluttante rispetto reciproco e qualcosa che assomiglia alla confidenza nonostante la diversità dei ruoli.

«Bar di corso Vercelli, sentito niente?» chiede il poliziotto.

«Bella storia. E voi nel buio assoluto, immagino.»

«Non immaginare, dimmi cosa sai.»

«Niente. Se mi devo informare, dammi un aiutino.»

«Una cassaforte vuota, i padroni del bar che non ne hanno mai avuto le chiavi ma la serratura è stata cambiata di recente.»

«Cosa pensate contenesse?»

«Non lo sappiamo.»

«E le chiavi del bar?»

«Forse rubate.»

«Puzza.»

«Come una fogna.»

«Il morto?»

«Forse traffico di denaro. Ha stuprato una ragazza l'anno scorso.»

«E girava tranquillo?»

«L'abbiamo saputo adesso dal DNA.»

«Vabbè, mi faccio vivo appena so qualcosa.»

«Un po' in fretta però.»

«In fretta ma senza bruciarmi. Il secondo non lo prendo, ho lo stomaco delicato, io.»

Il Faina si alza e se ne va, Giacomazzi ordina una milanese con patate. Sbobba, ma lui non ha lo stomaco delicato e la sua stazza reclama una giusta dose di carburante.

La vecchietta della stanza 22 ha avuto una crisi di panico. O di disperazione.

Ha indossato la vestaglia di pile sopra la tuta, si è infilata le scarpe da inverno riposte nell'armadietto personale, ha eluso la vigilanza dell'operatrice al piano, ha aperto il portoncino d'ingresso approfittando dell'appassionato colloquio al cellulare della receptionist ovvero portinaia ed è uscita. Chissà come pensava di andarsene: il cancello d'ingresso alla fine del giardinetto si apre solo elettricamente e il pulsante apposito si trova all'interno dell'edificio, così Vittorina Bogliotti, di anni ottantaquattro, è andata a sedersi su una panchina fuori vista e ha cominciato a piangere. Le è passata in mente tutta la sua vita, come in un film: il matrimonio a diciannove anni con Michele, il suo Michele che se non fosse morto più di quarant'anni prima per un incidente alle Ferriere di corso Mortara non avrebbe permesso che il figlio Vincenzo la deportasse in un ospizio. Certo, lui con la famiglia aveva bisogno di una casa dopo che la banca l'aveva sfrattato per via delle rate del mutuo non pagate, però in via Martorelli ci sarebbero stati tutti, lei il figlio la nuora e i nipoti, bastava stringersi e accontentarsi, ma Jennifer di sedici anni e Diegarmando di diciassette si erano impuntati che non gli andava di dormire insieme sul divano letto in cucina, e neppure che ci dormisse la nonna perché non avrebbero più potuto invitare qualche amico alla sera. Ci sarebbe voluta una stanza in più, ma l'alloggio era quello che era, ingresso salottino camera da letto cucina e bagno, in tutto quaranta metri quadri circa, e l'avevano avuta vinta i giovani con l'aiuto della madre, e Vincenzo era andato dall'assistente sociale, aveva fatto tutte le carte e ottenuto il ricovero, e le aveva promesso che sarebbero venuti a trovarla una volta alla settimana e invece... Vincenzo che dopo il divorzio da Annalisa si era messo a bere un po' troppo e poi si era preso per moglie una di vent'anni di meno, una che era scappata dal suo Paese per non morire di fame, e lei gli aveva guardato i bambini nati uno dopo l'altro perché potesse fare le ore nell'impresa di pulizia, e suo figlio aveva smesso di bere o quasi e si erano comprati un alloggio col mutuo e tutto andava abbastanza bene. Invece era arrivata la crisi, l'impresa di costruzioni era fallita, Vincenzo aveva perso il posto e trovato da lavorare solo a singhiozzo, una settimana sì e due no, mantenere i figli costava sempre di più, lo stipendio della moglie non bastava per arrivare alla fine del mese e lei li aveva aiutati come poteva con la sua pensione, che però anche con la reversibilità era poco più del minimo.

Poi... poi di male in peggio. E quando arriva il peggio si sa che i poveri per prima cosa si fanno la guerra tra loro e Vincenzo Vesna Jennifer e Diegarmando l'avevano fatta a lei.

Fa freddo, quel poco di sole pallido si è nascosto dietro una cortina di nuvole grigie, il sale delle lacrime si è seccato sulle guance di Vittorina che ha solo voglia di morire, di non pensare più a niente, e lentamente scivola nel sonno.

La trovano lì all'ora di pranzo dopo averla cercata in camera, nella sala comune e all'altro piano, tutti in allarme e affannati, lì addormentata o meglio svenuta e gelata, in evidente stato di ipotermia, la caricano su una barella, la coprono in fretta con una metallina e meno male che il venerdì mattina il dottor Vidili è in sede e restando anche oltre il suo orario riesce a rianimarla, a farle riprendere conoscenza e a rimetterla quasi in sesto con un paio di iniezioni e poi una flebo.

Sabrina nel pomeriggio sale al secondo piano per sapere come sta e nel vederla pallida e arresa, l'ago della flebo piantato nella mano tutta vene sporgenti e macchie scure, gli occhi aperti che fissano il vuoto, ha un sussulto improvviso e imprevisto di angoscia. Ancora due ore e finisco, finisco e vedo Gerry, pensa, andiamo a cercare Massimo e gli parliamo se c'è, se no gli lasciamo un biglietto in buca, e poi subito a casa noi due, e voglio fare l'amore appena arrivati, e sentirmi stringere forte, e dimenticare il senso di vuoto e di solitudine che c'è negli occhi di Vittorina Bogliotti e tutte le paure che ho dentro io e che nascondo sempre.

Scheda bloccata o distrutta, ha detto Anselmo.

Ma se ha perso o le hanno rubato il cellu, Gilda ne ha già di sicuro un altro però non mi ha cercato; scheda distrutta mi sembra assurdo: se proprio non volesse più avere a che fare con me, le basterebbe rifiutare le chiamate. Come faccio a rintracciarla che non mi ha mai detto di preciso dove abita, penso in collina perché quando mi ha scaricato in piazza Gran Madre poi ha imboccato via Lanfranchi, a meno che andasse a sbrigare la misteriosa commissione che mi era sembrata una scusa e di sicuro lo era.

Cammina su e giù per la casa, in preda a emozioni confuse, insicurezza sgomento ansia tensione e soprattutto paura di non rivederla più. Chiamo Serenella, decide, se faccio la figura dell'imbecille me ne infischio, l'importante è ritrovarla, parlarle, spiegarle che mi sono innamorato di lei, sì innamorato perso come non mi era mai capitato, basta con l'ironia il gioco le schermaglie, Gilda dimmi cosa provi per me, Gilda dimmi che anche tu mi ami, Gilda lascia Aris per favore ti prego lascialo lascialo...

Serenella risponde al terzo squillo e lui non perde tempo con i preamboli:

«Non riesco a rintracciare Gilda» spara subito, «sai se ha cambiato numero di cellu?»

«Le fai la tesi?» temporeggia lei.

«Sì, e devo parlarle per andare avanti.»

«È da qualche giorno che non la sento. Ma cos'è, ti suona sempre occupato?»

«No, il messaggio dice utenza indisponibile.»

«Boh, non capisco. Perché non la cerchi a casa?»

«Non so l'indirizzo. Credo abiti in collina però...»

«Ma no, niente collina, sta in piazza Cavour. Il numero non lo ricordo ma è l'unica casa con portineria e non puoi sbagliare. Se la portineria è chiusa, sul citofono la sigla è F2, e se non la trovi prova stasera a Les Amantes, va spesso lì per l'apericena e se poi per caso chiama me l'avverto di telefonarti.»

«Ah, ancora una cosa, come fa di cognome?»

«Gribaudo.»

La ringrazia in fretta, altrettanto in fretta si infila un giubbotto e corre in bici a cercarla. Il cuore batte troppo veloce, non solo a causa della foga sui pedali.

Gerry ha smesso di mangiarsi unghie e pellicine in età di asilo, grazie a una suora dai modi spicci che appena lo coglieva sul fatto gli mollava una sberletta leggera sulla mano e gli ricordava che Gesù non vuole. Ma adesso che di Gesù e di suor Giovanna non ha più timore, scoprendo che si sta scarnificando il pollice sinistro, decide autonomamente che non è un comportamento da uomo e che se vuole tenersi stretta Sabrina deve stare attento a non irritarla con abitudini troppo da bambino. L'incontro con Massimo lo preoccupa quasi quanto un interrogatorio della polizia: dirgli proprio tutto o tenersi dentro qualche particolare? Però se non gli racconta per filo e per segno com'è andata con il mazzo di chiavi che senso ha chiedergli aiuto? Ma c'è da dire che Sabrina l'ha messa giù facile, non è per niente sicuro che lui voglia immischiarsi, e se anche accetta cosa può fare per toglierlo dalla merda?

Maledetto il momento in cui gli è venuta in mente quell'idea, ma a stare sempre con i soldi contati, anche non battendo qualche scontrino e tenendosi un dieci-quindici euri al giorno, non di più che se no il vecio se ne intagliava, insomma a essere sempre al verde si fa una figura da pidocchio con gli amici e con le donne non ne parliamo. Con Sabri poi... che si meriterebbe di più adesso che è proprio la sua ragazza, che gli vuole bene e non lo manda più affanculo come prima... l'anello d'oro con la pietra rossa meriterebbe, ma lui ha giurato a sua mamma che lo teneva per la mala parata... però più mala parata di così, che Massimo o non Massimo la polizia lo frega di sicuro...

Per sfuggire alla tentazione di rosicchiarsi di nuovo unghie e pellicine si infila i guanti e per evitare l'altra (stanare, da dietro garze e cerotti nell'armadietto dei medicinali, l'anello con la pietra rossa e regalarlo subito) sale sulla cyclette di Sabri e pedala tipo Cipollini o Cavendish in volata.

Palmina Vannini ha letto il verbale di denuncia della ragazza stuprata da quel porco di Ferdinando Strazzari, l'ha rintracciata, contattata con la richiesta di ulteriori chiarimenti e fissato un appuntamento con lei. Fuori dalla questura, per delicatezza, per rendere il colloquio meno imbarazzante e penoso.

Bruna Delaurenti è biondissima, bionda naturale, questa è la prima cosa che l'assistente Palmina nota di lei, i bei capelli color grano maturo lunghi oltre le spalle. Quando è nata doveva essere calva o padre e madre erano trapezisti senza rete, del genere o la va o la spacca, ipotizza, e si alza per andare incontro e presentarsi alla graziosa trentenne imbacuccata in un parka da scalata al Kappa 2. Il bar dell'appuntamento, nei pressi del grattacielo della banca San Paolo dove la ragazza lavora, è poco affollato, nella seconda saletta deserto del tutto e il colloquio, dopo un inizio un po' stentato (ci sono ferite che faticano a cicatrizzarsi), diventa più disteso e scorrevole.

«Era venerdì sera» racconta Bruna, «ed ero andata al Cacao con tre amiche, senza uomini al seguito. Ho ballato con questo e con quello, come capita, e anche con chi poi mi ha stuprata. Non aveva l'aria da bastardo, abbiamo chiacchierato un po' al bancone, bevuto un drink insieme. Più vecchio di me, mi è parso inoffensivo. Non l'avevo mai visto prima e non l'ho più rivisto. Poco dopo l'una e mezzo mi è venuto un gran mal di testa, ho salutato le amiche, incerta se chiamare subito un taxi o camminare un po'. Davanti alla porta c'era lui, lui il bastardo che fumava e abbiamo scambiato due parole, tipo Vai già via? come mai eccetera. Mi ha proposto di accompagnarmi sino alla macchina, ma io non ce l'avevo...»

Palmina asseconda la narrazione con cenni di assenso, e anche se fin lì non c'è niente di diverso o di nuovo rispetto al verbale, non la interrompe e aspetta la fine, anche perché di ulteriori chiarimenti non c'è nessun bisogno, dal momento che il bastardo non può più nuocere.

Gli elementi di altre vicende simili però ci sono tutti: la bevanda drogata, la finta premura, l'agguato premeditato, la violenza. E per lui la botta di fortuna dell'assenza di testimoni e dell'arrendevolezza di lei, stordita dalle benzodiazepine, alla proposta.

Le mette una mano sulla sua, gliela accarezza e poi la stringe:

«È lui il bastardo, vero?» dice mostrandole una foto.

La ragazza la osserva per non più di un secondo:

«Sì è lui, sono sicura. L'avete beccato?»

«L'hanno ammazzato.»

Bruna sembra non reagire alla notizia, ma gli occhi ridotti a fessura tradiscono l'emozione:

«Sono contenta. Gliel'ho augurato mille volte.»

Palmina non se la sente di contraddirla, anche se almeno per dovere d'ufficio dovrebbe.

Casa signorile. Massimo assicura a un lampione la bici, getta un'occhiata nell'androne: finestra della portineria a destra e subito dopo un cancello di ferro battuto, ovviamente chiuso a scongiurare intrusioni, prima dell'ingresso alle due scale che si fronteggiano. Provo a suonare, decide, magari lei è in casa, chissà...

Invece non risponde nessuno, né alla prima né alla seconda e neppure alla terza scampanellata. Non gli resta che affrontare la portinaia, e si augura che non incarni i cliché letterari del passato: curiosa oppure scorbutica, ma poi si chiede perché debba essere per forza una donna; alloggio di servizio, luce gas e riscaldamento pagati, impiego a tempo indeterminato, un'occupazione ambita anche dagli uomini in questo tempo di vacche magre. Dovevo portarmi dietro... che so, un libro una dispensa una cartellina, qualcosa da consegnare cioè fingere di dover consegnare, una chiavetta da computer almeno, sì ma se poi la portinaia o portinaio mi dice di lasciarla a lei/lui, come me la cavo?

Arriva davanti alla finestra nell'androne, in vista dietro al vetro non c'è nessuno. Bussa con discrezione e dopo un minuto abbondante e una seconda bussata compare una donna sui quaranta decisamente in sovrappeso che si asciuga le mani nel grembiule da cucina. Scarsa professionalità, annota lui per tenere a freno il disagio, è una di vecchio stampo evasa da un libro di Maigret.

«Buongiorno» dice esitante, «cerco la signorina Gribaudo, devo consegnarle una cosa dell'università.»

«I signori sono partiti» lo gela lei.

«Ha idea di quando tornino?»

«No.»

Nella visuale di Massimo, alle spalle della donna compare una ragazzina. Esile, graziosa.

«Hanno lasciato un recapito?»

«Qui no. Provi a telefonare» aggiunge la donna con un tono che a lui suona sarcastico.

«Grazie e buongiorno» riesce a spiccicare con uno sforzo di volontà.

Esce. Vorrebbe prendere a calci la bici il lampione il muro, massacrarsi i piedi, scazzottarsi con qualcuno per guadagnare un po' di tempo prima di affrontare il senso di quello che ha saputo. Una rissa da bar, da western, nasi che colano sangue, articolazioni lussate, la tregua di uno svenimento.

Non riesce a infilare la chiave nel lucchetto con cui ha assicurato la bici, il mazzo gli cade a terra, si china a raccoglierlo. Cazzo cazzo cazzo cazzo cazzo...

«Studi con Gilda?» chiede una voce alle sue spalle.

Si alza, si volta, riconosce la ragazzina della portineria.

«Sì. Sai dirmi se... se lei e Aris sono andati in vacanza?»

«Non lo so, però secondo mia mamma hanno lasciato l'appartamento.»

«Lasciato come, in che senso, traslocato con i mobili e tutto?»

«Con i mobili no, l'appartamento l'agenzia lo affitta ammobiliato a quelli del cine o delle serie tv, però da tre anni ci stanno loro, Gilda e il signor Aris. Ma secondo me tornano, perché mia mamma si sbaglia quasi sempre, e magari lei ti telefona.»

«Sì, magari.»

«Lasciami il tuo numero, se torna ti avverto. Io mi chiamo Albachiara.»

Massimo glielo lascia, la ringrazia, sale sulla bici. Sono un attore più cane di un cane, pensa per impedirsi di pensare, alla ragazzina devo aver fatto pena, un povero compagno di studi sedotto e abbandonato.

Si dirige verso piazza Santa Giulia, per comprare la frutta e qualcos'altro di cui avverte un disperato bisogno.

Massimo abita in via Principi d'Acaja, che in effetti è dalle parti di corso Francia.

Uscendo dal lavoro, Sabrina compra da un tabaccaio un biglietto con la sua busta, selezionandolo con attenzione tra gli altri nell'espositore: c'è disegnato un coniglietto azzurro che inalbera un cartello con la scritta HELP!, una scelta che le pare quanto mai appropriata.

«Secondo te lui è in casa?» chiede Gerry.

«Come faccio a saperlo. Se non c'è abbiamo il biglietto da lasciargli.»

«E se nessuno apre il portone?»

«Uffa, aprono di sicuro, basta usare la formula magica.»

«Sarebbe?»

«Campione omaggio in buca, la parola omaggio funziona sempre. Però provo io, di una donna si fidano di più.»

In casa Brusasco non c'è nessuno, o meglio c'è Marilena, reduce dalle visite a domicilio che si sta rilassando sotto la doccia e non sente il campanello; padre e madre sono in ospedale a intrattenersi con una conoscente ricoverata per una frattura al femore, Massimo in biblioteca a Palazzo Nuovo.

Gerry e Sabri compilano la richiesta di aiuto chiedendo un appuntamento per le dieci del giorno dopo in una pasticceria-bar dei dintorni, lei si fa aprire il portone con la formula magica, imbuca il biglietto e risale in macchina.

«Cosa mi hai preparato di buono da mangiare?» chiede stringendosi a lui e impacciandolo nella guida.

La carrozza del Frecciarossa ha tutti i sedili occupati, come ogni venerdì sera. Giuliana non vuole svegliare la cinquantenne in tiro che però dorme stremata accanto a lei, nonostante le suonerie dei cellulari squillanti in continuazione e il volume di voce da stadio dei dialoganti. Se prenotavo in prima classe forse era meglio, riflette lei, però mi svenavo. Non ha combinato con Gianmarco cosa avverrà di preciso dopo l'incontro: ristorante o subito a casa? Un po' di appetito comincia ad averlo e una pausa di attesa prima del previsto incontro di sesso sarebbe gradevole e pure stuzzicante, ma d'altra parte se lui la trascinasse subito a letto significherebbe che gli è davvero mancata sotto tutti gli aspetti e che non vede l'ora. Opta per una soluzione di compromesso: un sandwich e una birretta al vagone ristorante, anche se sta a cinque carrozze di distanza. Permesso mi scusi, permesso permesso... ma la dormiente più che stremata è in coma e lei per uscire in corridoio, anche appiattendosi ad acciuga, non riesce a evitare di pestarle entrambi i piedi. Cerca di allontanarsi velocemente per sfuggire a eventuali rampogne ma barcolla per una decelerazione improvvisa e intanto ricorda che lo spazzolino da denti è nel trolley e non nella borsetta. Sono una stupida, si rimprovera, e comunque la vita è faticosa sempre e comunque. Vabbè, rinuncio allo spuntino, un guadagno per la linea, e se proprio proprio il ristorante salta, dopo il letto vado a rifocillarmi dal suo frigo, così lui può esaltarsi per la sua vis amatoria che risveglia un altro appetito.

Entra in bagno per darsi una controllata allo specchio, scopre che il pavimento è già piscioloso nonostante l'addetto alle pulizie sia passato da pochi minuti: sono di più gli uomini o le donne a non centrare il water?, si chiede.

Niente è mai identico a come ce lo prospettiamo, qualche volta risulta meglio, più spesso peggio. Impercettibilmente peggio, leggermente peggio, decisamente peggio: la realtà non si lascia imbrigliare dalle aspettative.

Gianmarco Martinetto dopo un lungo dibattito interiore ha incaricato l'assistente Palmina Vannini di comprargli un mazzo di fiori e di contrabbandarglielo di nascosto in ufficio: lui uscirà troppo tardi ma vuole accogliere Giuliana con un gesto galante. E l'assistente, di ritorno dall'incontro con Bruna Delaurenti, ha eseguito l'ordine con piacere: un uomo gentile il suo capo, uno da cui sarebbe ben contenta di ricevere dei fiori ma non è il caso di almanaccarci sopra, prima di tutto perché lui non ha mai dimostrato interesse in quel senso poi perché a ostacolare la relazione ci sarebbero complicazioni burocratiche, a meno di tenere tutto segreto. Una storia segreta sul lavoro... al pensiero Palmina avverte un brivido di eccitazione e decide di dirottarlo su altri obiettivi: approfittare della proroga dei saldi per un ultimo giro di shopping e concedersi un nuovo taglio di capelli da un parrucchiere vero, non dal solito cinese dalle forbici ancora più approssimative dell'eloquio.

Ma il mazzo di fiori che si fa confezionare è proprio come piacerebbe a lei riceverlo: rotondo, di piccole rose gialle e bianche, racchiuse in un cerchio di cartoncino traforato. Un omaggio da innamorati di Peynet.

Il commissario, fermo sulla banchina del binario numero tre, mentre nasconde maldestramente dietro la schiena il mazzo di rose, si accorge che la trepidazione per l'incontro che l'ha accompagnato tutto il giorno è completamente svanita. La stanchezza generata dalle preoccupazioni della settimana, con le indagini prive al momento di un indirizzo soddisfacente, compare all'improvviso come scatenata dall'inerzia dell'attesa. Essere a casa, da solo, a mangiare una pizza ai quattro formaggi comprata da Gennarino due portoni più in là e immediatamente fatta scivolare dal cartone sul piatto grande (decorazione di spicchi d'aglio acciughe e pomodorini ai bordi), ai quattro formaggi ma rossa con mozzarella di bufala campana e le fette triangolari già tagliate bene soltanto da piegare in due prima di portarle alla bocca con la destra – chissenefrega del bon ton e delle dita unte da leccare –, seduto comodo sul divano davanti alla tele a vedere un programma qualsiasi, canguri della Tasmania viaggi interstellari regina d'Inghilterra misteri della tomba di Tutankhamon disavventure di vip patetici e appassiti, i piedi senza scarpe sul tavolino basso e una Baladin da bere a canna nei pressi. La presenza di una donna rende subito vergognoso lo svacco, a meno che non sia una sgallettata che però provoca un altro tipo di disagio, si sorprende a pensare, e Giuliana che sgallettata non è esige implicitamente una certa *politesse*, soprattutto dopo anni che non ci vediamo. Cena in ristorante, non in via Maria Vittoria, ci va qualcosa di meglio, pesce magari visto che è venerdì, ma chi ha voglia di pesce, io ho voglia di pizza, mai avuta una voglia così che ne sento quasi il sapore in bocca. Sposta il peso del corpo dal piede destro a quello sinistro e viceversa e si obbliga a pensare ad altro, in modo da evitare che affiori a livello di coscienza un proverbio che sta risalendo dai gorghi dell'inconscio, un proverbio che parla di minestra riscaldata...

Finalmente, dopo il ritardo canonico (ma è andata bene, solo dieci minuti), il Frecciarossa si ferma docile come un cane ben addestrato, la porta anteriore della carrozza numero sette proprio davanti al commissario e Giuliana è la quarta a scendere: nessun batticuore, nessun brivido o brividino di emozione, se fosse scesa la condomina del piano di sotto sarebbe stato lo stesso. Lui le si accosta (ma cos'è questa riluttanza ad abbracciarla e baciarla?), le porge il mazzo di fiori, sussurra Finalmente! con un sorriso tirato, si occupa del trolley e la libera anche del bustone di plastica aggiuntivo che teme contenga un regalo. Ti trovo benissimo, dice, mentre si avviano verso l'uscita – i taxi all'interno inesistenti, nonostante la stazione sia stata terminata da poco – e aggiunge Cenetta di pesce, ti va?

«Meglio una pizza» suggerisce lei, «così si fa prima.»

Marilena bussa alla porta di Massimo, ma entra prima di aspettare l'avanti.

«Comprato tutto, in piazza Santa Giulia?» chiede.

«Sono il tuo pusher privato, per caso?»

«Quanto la fai lunga. Rispondi sì o no e basta.»

«Perché lo vuoi sapere?»

«Che fratello causidico! Dovresti arrivarci da solo a darti la risposta.»

Si butta distesa sul letto, lo guarda da sotto in su e aggiunge: «Cos'è che ti è andato storto? Una faccenda d'amore penso, hai l'aria di Rodolfo dopo l'ultimo sbocco di sangue di Mimì».

Massimo apre con la chiave un cassetto della scrivania davanti a cui è seduto, ne estrae una scatola di latta di cioccolatini della Venchi, si alza, si siede a fianco della sorella e mostrandole il contenuto propone beffardo:

«Fa' conto che sia roba tua. Serviti pure senza riguardi.»

Ma la risposta caustica non arriva, Marilena si mette a sedere, scansa la scatola con un braccio e lo posa sulle spalle del fratello:

«È capitato anche a me, cosa credi. Fa più male di una colica renale, ma poi passa. E spero che non sia per quella gatta morta di Ornella, che non lo merita. Dimmi piuttosto chi è che ti manda un biglietto da sedicenne scimunita» lo dirotta e sollecita, occhieggiando il biglietto col coniglio richiedente aiuto posato sulla scrivania.

Sedicenne scimunita: la definizione, ancorché imprecisa, strappa a lui un mezzo sorriso.

«Di anni ne ha circa dieci di più, è maschio ma in effetti ha un q.i. abbastanza bassino.»

«Oddio, mollato da una gatta morta e concupito da un gay frenastenico!»

«Non è gay, è Gerry Trevisan.»

«Quello dell'Acapulco's! Innamorato di te! Che si immagina coniglietto! Sei un pozzo di sorprese, fratello. Raccontami bene tutto, prima della canna.»

La faina è – o meglio era – una razziatrice di galline, ma al Faina ogni tanto capita una preda più soddisfacente, anche se sempre di polli si tratta. Passeggiava in via Milano, due giorni prima, quando un'auto uscendo un po' troppo sparata da un portone ne aveva urtata una che passava un po' troppo distratta: due energumeni determinati alla rissa, catapultatisi fuori dai rispettivi posti di guida, si erano avventati l'uno contro l'altro senza alcun preambolo discorsivo, mentre da una portiera lasciata aperta nella furia faceva bella mostra di sé un borsello.

Questione di quattro secondi e il borsello scompare. Il Faina accelera leggermente il passo, sale dall'ultima porta del tram numero quattro che sta per ripartire e si mimetizza tra i passeggeri di ogni etnia regolarmente senza biglietto che lo affollano (sul quattro un utente in regola è raro quanto un cammello che passi per la cruna di un ago. Rari ancora di più i controllori, perché rischiano costole incrinate o peggio). Compresso in mezzo agli altri, riesce a chiamare al cellu Sergino, una comunicazione breve: Davanti a Porta Nuova più in fretta che puoi, scende quando il tram si svuota per metà alla fermata della stazione, contatta con un'occhiata l'amico appena arrivato e nel sottopassaggio della metro gli consegna carta di credito e bancomat del pollo. Sergino ne farà buon uso e si sdebiterà a modo suo: una mano lava l'altra.

Il borsello conteneva un tesoretto inaspettato: un portadocumenti in cui, oltre a quanto già consegnato, erano presenti sei biglietti da cinquanta e minutaglia, e nello scomparto con la cerniera quattro pezzi da cinquecento. Sarebbero andati meglio da cento per il Faina, ma il macellaio halal gliene cambierà tre senza batter ciglio, in cambio di un prezzo ragionevole per la collana d'oro che gli ha ordinato per la moglie: oggi come oggi quello che serve è essere connessi, è la rete che favorisce gli affari. Il quarto cinquecentino ha in mente di spenderlo all'Esselunga, l'unico supermercato della città che accetti quel taglio, per un televisore come dio comanda, e regalerà il suo, ormai a effetto nebbia, ad Ananda, il vicino di casa e valvassino cingalese, il suo sotto-soffia, che vende rose a San Salvario: anche Ananda ha la sua rete, e più la community è vasta più piovono informazioni, qualche volta utili e qualche volta no, ma pazienza.

Adesso (mentre Gianmarco e Giuliana cercano di riannodare la rete sfilacciata del loro rapporto, mentre Massimo e Marilena rilassati dalla canna ascoltano jazz in cuffia dopo aver chiuso a chiave la porta della stanza, mentre Gerry e Sabri fanno l'amore per la seconda volta, mentre Giacomazzi esce dalla palestra, mentre Rivelli impersona il ruolo di buon marito e padre a Biella e Palmina chiacchiera con le amiche alla Drogheria di piazza Vittorio), adesso il Faina e Ananda fanno domande apparentemente casuali ai follower dei loro business. Prima o poi qualcosina salterà fuori.

Sabato, domenica

Alle nove Massimo sta imburrando una fetta biscottata. Aveva meditato di posporre la colazione e consumarla nel bar-pasticceria dell'incontro, con cappuccino e pain au chocolat dalla sfoglia fragrante appena uscita dal forno, delizia incompatibile con l'Acapulco's, poi però ha preferito soprassedere per generosità: Gerry non è mai entrato nella playlist degli amici del cuore, ma il suo scalcinato e criptico biglietto, in cui la richiesta di aiuto era affidata a un coniglio, lo ha intrigato (parecchio) lusingato (un po') e distratto (abbastanza) dal suo rovello. E siccome Gerry, a bar chiuso, non naviga certo nell'oro e vorrà offrire la consumazione, ha deciso che si limiterà a un caffè.

Il cellu, posato sul tavolo di cucina, vibra e squilla, lui ha un guizzo di speranza che si spegne subito perché sullo schermo compare il nome del conte-cavaliere.

«Ti ho svegliato?» gli chiede senza preamboli.

«No» risponde ancora più laconico.

«Sei libero?»

«Abbastanza.»

«Cosa vuol dire?»

«Che alle dieci devo incontrare un conoscente.»

«Ne avrai per tanto?»

«Non credo.»

«Hai già guardato fuori dalla finestra?»

Che cazzo di domanda, pensa Massimo, ma dice: «Sì, tempo splendido, cielo azzurro, un filo di vento che forse ha spazzato un po' di polveri sottili e altri veleni assortiti».

«Appunto. Se sei libero da impegni più allettanti ti propongo una gita ad Alba, ristorante a tre stelle e cinquanta euro. Ci stai?»

«Sì.»

«Appena hai finito col tuo conoscente passa a prendermi. A un'ora che risulti compatibile con il pranzo, undici e mezzo al più tardi.»

«Agli ordini, cavaliere.»

«Senza sfottere, ragazzo.» Ma il tono, pur con la perentorietà di sempre, lascia trasparire un sospetto di divertimento.

Alle dieci meno cinque entra nel bar-pasticceria e due dei suoi sensi sono immediatamente colpiti: l'olfatto – per l'amalgama di aromi diversi: caffè vaniglia frutta candita cioccolato pasta sfoglia – e la vista, perché a un tavolino in posizione strategica per vigilare sulla porta è seduto Gerry con la faccia verde ramarro insieme a una ragazza che gli sembra di avere già visto ma non ricorda né dove né quando. Si avvia verso di loro, saluta e si siede.

«Lei è Sabrina, la mia ragazza» esordisce Gerry, a cui ogni singola parola sembra esigere uno sforzo titanico.

«Ciao Sabrina, piacere di conoscerti» saluta Massimo compìto, inquadrandola finalmente nel luogo e nel tempo giusto.

«Sì!» annuisce cupo Gerry. A cosa si riferisca l'affermazione non è ben chiaro, e Sabri prende in mano le redini dell'incontro:

«Gerry è preoccupato, anzi per essere chiari è inguaiato» dice.

«No!» la smentisce subito lui.

«Invece sì, altrimenti non gli chiederemmo un consiglio, non ti pare? Adesso racconta per filo e per segno tutta la storia. Tutta, mi raccomando.»

Gerry le rivolge un'occhiata multisenso, in cui adorazione sottomissione e una momentanea avversione si contendono il primato.

«È per via della cassaforte e delle chiavi, per via che il vecio ce l'ha con me e non mi ascolta mai, diopovero» attacca.

«Lascia stare il vecio e parti dal principio!» gli intima lei. Gerry rivolge a Massimo uno sguardo torvo, come se l'ingiunzione fosse partita da lui.

«Il bar rende poco, si guadagna una miseria e bisogna farsi un culo così a servire solo caffè e birra invece che liquori e cocktail, e i vecchi stanno lì tutto il pomeriggio per un bicchiere di vino così si risparmiano il riscaldamento e la carta igienica e io devo pulire dieci volte il cesso. Ma il vecio dice che va bene così.»

«Lascia perdere i vecchi e il vecio che non c'entrano e vieni al dunque» lo esorta di nuovo lei.

«Il vecio c'entra sempre, che è stata colpa sua se ho dato le chiavi al Brisk, ziocan.»

«Le chiavi del bar e della cassaforte?» chiede Massimo.

«Ma no, mai avute quelle della cassaforte, solo quelle del bar cioè del portone e della porta sul retro che le ho sfilate dal mazzo e lui il Brisk le ha rifatte, cioè è andato a farle rifare e poi me le ha riportate.»

«Chi è il Brisk e perché gli hai dato le chiavi?»

«Eh, chi è chi è...» si impunta nervoso Gerry guardando da un'altra parte. È chiaro che vorrebbe essere il più lontano possibile da lì, magari in quell'isola dov'era andato Vito dopo il colpo del libro coi bulloni, che poi come fa un libro ad avere dei bulloni, e aveva detto che era pieno di tipe che te la davano per niente, vaben che adesso c'è Sabri e che lui le vuole bene, però...

«Gerry sbrigati che lo sai benissimo chi è» lo incalza subito lei.

«No che non lo so, so solo che lui mi ha detto che si chiama così, ma Brisk che nome è, che sul calendario non c'è.»

«Non c'è neanche Gerry se è per questo, ma vieni al dunque» lo sprona ancora Sabri.

«Gerry sta per Ger... sì insomma per il mio nome intero, ma Brisk per cosa sta secondo te?» tergiversa ancora lui.

«Guarda che ti pianto qui e me ne vado» lo minaccia lei spazientita.

«Io ho un appuntamento per le undici» interviene a rinforzo Massimo.

«Vaben vaben» si arrende Gerry, ma è chiaro che prenderebbe volentieri a calci tutti e due, sì anche Sabri che lo tratta da scimunito e gli mette fretta come l'altro. «Io volevo una sala scommesse, e il vecio invece il bar, però se ci mettevamo le slot guadagnavamo un po' di più, che magari anche i vecchi invece del tresette ci facevano qualche giocata. Negli altri bar, anche al Cancun c'è sempre pieno di gente, donne uomini e ragazzi davanti alle macchinette, non solo al pomeriggio e alla sera, anche al mattino. È per quello che ho conosciuto il Brisk.»

«Uno che piazza le slot, ho capito, ma perché dargli le chiavi?» chiede Massimo, colpito di rimando da una coltellata virtuale sferrata con gli occhi.

«Perché le sue macchinette, del Brisk cioè, sono speciali.»

«Cioè taroccate» traduce subito Massimo, a cui in verità la balordaggine di Gerry comincia a ispirare una strana specie di benevolenza.

«Eh ziocan proprio taroccate no, solo un po' aggiustate ché il governo è ladro e ti lascia poca roba di guadagno, così lui il Brisk me le forniva con una roba dentro, piccola però, un accrocco che neanche la Finanza se ne accorge e poi si divideva tra noi.»

«Ma non le avete poi messe nel bar.»

«Il vecio, sempre colpa sua. Le macchinette no, che rovinano la gente, le macchinette noi non le mettiamo, ha detto mille volte.»

«Quelle normali o quelle aggiustate?» insiste Massimo.

«Figurati se gli parlavo del Brisk... che a momenti il vecio mi metteva le mani addosso solo perché insistevo un po'. Insomma non ne abbiamo fatto niente.»

«Allora perché gli hai dato le chiavi, che bisogno c'era?»

Mattinata porca, pensa Gerry. Massimo gli sta abbastanza sull'anima, anzi sul culo, e se ha acconsentito a parlargli è solo per via di Sabri, che le donne bisogna dargli un contentino, fargli credere che ne sanno una più del diavolo così si affezionano, solo che poi vogliono comandare a bacchetta. È la sua vita che è porca, mai una bella soddisfazione, diopovero, se si toglie Sabri però, che una così non aveva mai pensato che ci sarebbe stata.

«C'era bisogno perché le macchinette me le dava con l'accrocco senza farglielo sapere al suo boss. Il vecio prima o poi l'avrei convinto. E questo è tutto quanto, ecco.»

Sabrina sa che manca qualcosa, Massimo lo intuisce. Lo fissano entrambi come i poliziotti in questura, malediziòn a sta vita sbarozà.

«C'era bisogno perché lui aveva bisogno della cassaforte ziocan, che nessuno dà niente per niente.»

«Per nasconderci cosa, droga?»

«Ti pare che me lo veniva a dire a me? Poi chi lo sa se era droga o cosa, la cassaforte era vuota no? Capace che voleva tenerci delle carte, delle robe sue di lavoro, per esempio dove aveva piazzato le macchine con l'accrocco. Ci veniva di notte, mai dato disturbo a nessuno.»

Escluso quello che ha accoppato, commenta Massimo tra sé riflettendo sulla storia talmente assurda da poter essere vera.

«Ma tu le chiavi della cassaforte le avevi o no?» chiede ancora per inserire al posto giusto tutti i dettagli.

«Nooo! L'ho detto mille volte alla polizia che era chiusa quando abbiamo comprato il bar e che le chiavi quelli di prima le avevano perse.»

«Quindi è stato il Brisk a farla aprire per metterci dentro quello che voleva.»

«Probabile, però ha detto che dentro di quelli di prima non c'era niente.»

«Ma il nome del suo boss te l'ha detto?»

«Figurati. Lo voleva fregare di nascosto e ti pare che mi diceva il nome a me?»

«Già, ovvio.»

«Vaben, adesso cosa debbo fare secondo te?»

«Raccontare tutto alla polizia.»

«Che consiglio del menga!» si inalbera Gerry. «Te l'avevo detto Sabri che non era il caso di farlo venire, e tu invece a insistere. Io però alla polizia non ci vado neanche morto, piuttosto mi arruolo nella legione straniera e ciao chi s'è visto s'è visto.»

«Stronzo!» lo apostrofa lei alzandosi. «Vacci subito e non farti più vedere, che te è mille volte meglio perderti che trovarti!» aggiunge allontanandosi furibonda.

«Sabri, no!» la implora lui rovesciando la sedia e inseguendola fuori dal bar.

Massimo li aspetta per circa un quarto d'ora, poi paga le consumazioni, raccatta la borsa che nella furia Sabrina ha dimenticato e se ne va.

Alle dieci Giuliana indugia ancora a letto, il commissario invece si è svegliato alla solita ora, ha resistito un po' immobile sotto le coperte con gli occhi spalancati nel buio, infine con mille cautele si è alzato.

In cucina, dopo tre tazze di caffè, in piedi davanti alla finestra guarda senza veramente vederle le poche auto che passano sul corso mentre i semafori ancora dormicchiano sul giallo intermittente.

Volevo veramente questo ritorno, questa minestra riscaldata?, è costretto a chiedersi. Oppure mi ero illuso che gli strappi potessero ricomporsi con un bel rammendo? L'impaccio da parte mia nella conversazione; la sensazione di avere già vissuto la scena della pizzeria (l'ammiccare idiota di Gennarino, la sua premura troppo esibita verso Giuliana, le risate di lei); il mio Grazie grazie bellissimo non era il caso, quando ho dovuto ammirare e provare il cardigan ricevuto in regalo (non ho mai portato un cardigan, come ha fatto a non accorgersene negli anni passati insieme); la fatica a letto per non umiliarla e umiliarmi (ma invece di pensare al peggio lei ha creduto – o ha fatto finta – che fosse una strategia erotica); il fastidio di stare qui a perdere tempo (perdere tempo?) invece di occuparmi dell'omicidio Strazzari. Come sono ambigui e ingannevoli le emozioni e i sentimenti, anche quando, per l'età, si dovrebbe essere più scaltri nel decifrarli, in sé e negli altri. Lei ci crede a questa riesumazione oppure recita come me?

Per distrarsi dai pensieri molesti ripensa all'indagine.

Cosa ha trascurato, cosa ha sottovalutato. Le telefonate del morto in uscita o in entrata verso donne, per esempio. Tre soli numeri e nomi, troppo pochi e troppo rari i contatti. Le donne del telefono, interrogate a lungo, non hanno fornito elementi utili: brevi relazioni interrotte dopo pochi incontri, due volte su loro iniziativa, una volta da lui, conosciute rispettivamente a un concerto rock al palasport, per una questione di lavoro, sul treno per la Liguria. Con ciascuna delle tre aveva fatto sesso, ma senza violenza, e nessuna delle tre aveva avuto il sospetto che si drogasse. Perché le relazioni erano terminate? Perché lui non era un granché, né come amante né come conversatore (risposte delle due che si erano sfilate); perché lui non si era più fatto vivo (confessato senza rimpianti dall'altra).

Il riciclaggio di soldi sporchi è un garbuglio molto più difficile da sbrogliare e ci vorranno settimane, se non mesi per venirne a capo, ammesso che si riesca, e chissà chi risulterà coinvolto.

Ma perché per una volta non gli è toccato un bell'omicidio primitivo, coltellate di ubriaco all'interno o esterno di un bar contro il cliente ritenuto molesto, rissa con sprangate letali al tifoso della squadra avversaria, diverbio con cric e testa fracassata a causa di un posteggio conteso, balordo fuori di melone che infierisce col machete su un passante a caso, insomma un omicidio di ordinaria bestialità compiuto da un maschio che nella scala evolutiva sta un gradino sotto ai rinoceronti... omicidio di cui si trova il colpevole quasi subito senza penare troppo. Solo che poi la soluzione è poco gratificante.

Invece i delitti compiuti dalle donne – statisticamente molto più rari – di soddisfazioni nelle indagini ne danno parecchie: rivelano percorsi mentali più elaborati e complessi, strategie di esecuzione meditate, e quasi mai sono d'impeto cioè frutto del caso, ma risultano inseriti in una tela di ragno accuratamente tessuta. Che piacere dipanarla lentamente! Quando invece sono d'impeto, apparentemente almeno, dipendono da una depressione obnubilante, post partum in genere, le vittime sono i figli, spesso seguiti dal suicidio dell'assassina. Famiglie distrutte, soltanto sgomento e pietà.

Il commissario scuote la testa rimbrottando se stesso per le elucubrazioni assurde che sa benissimo essere un diversivo maldestro e inutile per sfuggire al disagio del presente: ah se arrivasse una telefonata che impone assolutamente la sua presenza in ufficio per un motivo qualunque, anche per una sfuriata del questore in persona! Inventarla, barare fino al limite del vergognoso? No, non si fa.

Ma il telefono non squilla, il commissario guarda l'orologio, fa il calcolo di quante ore manchino alla partenza di Giuliana – trentaquattro, un'infinità – e si rassegna a prepararle la colazione.

Hanno litigato in macchina, o meglio è stata Sabrina a dar sfogo alla rabbia e a inveire contro Gerry, che a stento ha infilato, in mezzo alle proteste di lei, qualche giustificazione smozzicata: Sabri hai sentito anche tu; Sabri per favore dài; Sabri io volevo solo...

Quando arrivano sotto casa lei si accorge di non avere con

sé la borsa e ha un rinnovato accesso di furore contro Gerry, come se la colpa della dimenticanza fosse sua.

«Potevi accorgertene, no? Sempre in arretrato, sempre a voler fare di testa tua, cosa avevi da corrermi dietro, e scommetto che non hai pagato le consumazioni, mi fai fare delle figure da grezza, lui a te ti conosce ma a me no, e adesso come facciamo che non ho neppure il cellu per chiamare il bar, se qualcuno mi ha rubato la borsa sono nella merda, documenti da rifare, cellu da ricomprare, lo capisci o no, guarda che io...»

Ma stavolta Gerry reagisce e la blocca abbracciandola, ha confusamente intuito che è solo con il contatto fisico che la può ammansire e mentre la stringe le dice che lui il cellu ce l'ha e possono telefonare subito al bar per avere notizie della borsa e di Massimo e poi comincia a baciarla piano sulla gola e sul collo. Il respiro di Sabri prima quasi ansimante ritorna lentamente normale, la rigidità dei muscoli le si scioglie e riacquista lucidità:

«Dammi il telefono» dice, «cerco il numero e chiamo. Tieni le dita incrociate.»

Dal bar rispondono che la borsa se l'è presa il ragazzo che era con loro, raccomandandosi di riferire che l'avrebbe restituita nel pomeriggio sul tardi, non prima perché aveva un appuntamento di lavoro che non poteva rimandare.

«E dove la restituisce se non sa dove abiti?» si insospettisce Gerry.

«A casa mia. Avrà guardato dentro la carta d'identità.»

«Ma se non hai fatto il cambio di indirizzo, come fa a trovarci?»

«Non l'ho fatto perché non ho avuto tempo, però dentro la carta ci ho messo un foglietto, si sa mai in caso d'incidente, con su scritto che sono allergica alla levofloxacina e anche l'indirizzo nuovo.»

«E se invece se la tiene la borsa?»

«Cosa se ne fa, scusa? Nel portafoglio c'erano al massimo

quindici euri, di sicuro ha speso di più per pagare il conto. Piuttosto ce l'hai le chiavi?»

«Sì. Però lui non ci è servito a niente.»

«Vedremo. Intanto saliamo, che mi è venuto freddo.»

«Ti scaldo io, piccola.»

«Bravo. Ma non chiamarmi piccola.»

Massimo arriva con qualche minuto d'anticipo dal cavaliere. Avrebbe preferito liberarsi subito della borsa, ma temeva di non farcela con il tempo e soprattutto vuole ripensare alla storia che gli è stata riferita. Il caso o chi per esso, riflette, è peggio della roulette, ha almeno il doppio dei numeri su cui giocare e la pallina quando si ferma sul rosso o sul nero distribuisce a vanvera pregi e difetti. Per Gerry si è fermata troppe volte sul nero: imbranato e credulone, un povero pinocchietto pronto ad abboccare a ogni proposta di gatti e volpi. Però convinto di essere furbo.

Il cavaliere, forse in omaggio alla giornata luminosa come un anticipo di primavera, ha l'aria meno arcigna del solito e il sole sembra avergli sollevato gli angoli delle labbra in una smorfia non troppo amara. Sembra anche più loquace e durante il viaggio interrompe il silenzio di Massimo con una domanda imprevedibile:

«A cosa stai pensando?»

«A quasi niente. Sto gustandomi il piacere di guidare un'auto che dispone di tutti i conforti del lusso.»

«Ma il quasi che pensi che cosa riguarda?»

«Le interessa davvero?»

«Moderatamente, ma ci sono ancora parecchi chilometri da percorrere.»

«E io la posso distrarre dalla noia al posto della radio.»

Il cavaliere si volta verso il suo autista con intenzioni verbalmente bellicose ma poi ha un ripensamento:

«Mal d'amore, ragazzo? Sei particolarmente scorbutico stamattina.»

«Mi scusi. Sì mal d'amore, però un momento fa pensavo ad altro. E posso chiederle una cortesia?»

«Sentiamo.»

«Mi chiami Massimo, ragazzo mi avvilisce un po'.»

«D'accordo.»

Segue un silenzio lungo e un po' faticoso da sostenere, almeno per Massimo che a un certo punto decide di interromperlo:

«Mi pare che lei abbia molta stima per il commissario Martinetto.»

«Sì. Sa fare bene il suo lavoro. È onesto. Non piega le prove secondo convenienza o pregiudizi. Hai ancora a che farci per via di quell'omicidio?»

«No, io no. Non direttamente. Però mi sono reso conto adesso di essere in una situazione ambigua.»

«Perché hai scoperto qualcosa che non sai se riferire o no?»

«Personalmente non ho scoperto nulla, però hanno voluto riferirmi qualcosa. Stamattina, prima di venire da lei.»

«Qualcosa che potrebbe rivelarsi utile per individuare l'assassino?»

«Credo di sì. Ma detesto il ruolo di spione e inoltre non voglio nuocere alla mia diciamo fonte.»

«Così sei agitato da un dilemma morale. Metti il navigatore per entrare in Alba che è difficile da girare in macchina, poi ne parliamo a pranzo, se vuoi.»

Se ricominci, io con te la chiudo qui, ha detto prima di andarsene alle terme, ma stavolta non mi ha bloccata in casa ammanettata a un termosifone e mi ha lasciato la borsa, i soldi e le chiavi. Come ha fatto a capire che mi era venuta la tentazione, che non vedevo l'ora che uscisse per mettermi in cerca di un cavallo e comprare qualcosa, poca roba e non da sballo, solo per togliermi un po' di ansia. Ma lui è capace di leggermi dentro, quello che ha letto non gli è piaciuto e adesso mi ha posto un aut aut. Con un tono che mi ha gelata. Cosa vuol dire che con me la chiude qui? che non gli piaccio più come prima, che si riprende tutto quello che mi ha dato, che mi pianta? o peggio?

Lui di donne ne trova quante ne vuole, e anch'io non ci metterei molto a mettermi con un altro. Un altro più o meno come lui, solo che adesso non me la sento.

È cominciata tre anni fa e poi è andato tutto così bene: gli piacevo, si era intestardito di tirarmi fuori dalla droga, mi ha praticamente sequestrata ed è stata dura per tutti e due, soprattutto per me, ma con le buone e le cattive ci è riuscito, sono diventata la sua ragazza fissa e mi sono accasata con lui. Un uomo più grande di me, non un ragazzo, uno che pretende e in cambio dà, che mi lascia le briglie abbastanza sciolte ma ogni tanto con uno strattone deciso mi rimette in riga, qualche schiaffo per ricordarmi chi comanda e che io sono roba sua. Un rapporto così era proprio quello di cui avevo bisogno e non chiedevo altro. No, non è vero: qualche piccola scappatella abbastanza innocente quando lui era via c'è stata, ma quasi solo per mettere alla prova il mio appeal, per scoprire quanto potevo continuare a contarci.

Poi sono andata a quel maledetto rave, lo sapevo che me l'avrebbe proibito ma lui era all'estero, qui a Budapest o Bratislava o Belgrado non ricordo neppure, l'importante era non tradirsi, non dirglielo e comportarsi come se non fosse successo niente. Ero protetta dal contraccettivo, non poteva esserci un seguito. Io mi ero giurata di tenermi pulita e ce l'avevo fatta, anche se la droga lì circolava all'ingrosso, a camionate come fosse cioccolato o caramelle, e il fumo quasi stordiva, ma poi era capitato l'imprevisto e mi ero imbattuta in quello schifoso di Orecchio Mozzo.

Sarebbe bastato essere meno scossa, ragionare invece di andare nel panico, tenermi tutto dentro, ma io avevo bisogno di conforto e il pomeriggio dopo quando Aris è tornato gli ho raccontato quello che il bastardo mi aveva fatto. Volevo che mi consolasse, che mi dicesse che mi voleva bene... e volevo anche che mi vendicasse, che gliela facesse pagare a quel porco troppo grosso e troppo forte che mi aveva sbattuta a terra mentre me ne stavo andando e nessuno ci aveva fatto caso, tutti troppo strafatti per tirarmi via dalle sue grinfie. Io ero soltanto riuscita a rifilargli due unghiate ma alla luce dei fari di una macchina gli avevo visto l'orecchio destro mentre si dimenava dentro di me. E mentre lo raccontavo volevo che crepasse, che finisse sotto a un tir che si schiantasse contro un pilone che annegasse in mare che precipitasse giù da un balcone.

O che qualcuno lo spintonasse sotto al tir, gli manomettesse i freni della macchina, gli tenesse la testa sott'acqua, lo facesse volare giù da un quinto piano.

Qualcuno l'ha fatto davvero e poi...

E poi io adesso ho paura, paura.

Ristorante tristellato in una delle città capitali della gastronomia italiana: la mia prima volta, che forse resterà unica. Per il cavaliere conte no, lo conoscono lo salutano con deferenza gli hanno riservato uno dei tavoli migliori; no sbaglio, qui sono tutti i migliori. Soffitto e pareti affrescate, colori tenui, atmosfera distesa, chiacchiericcio educato e sommesso.

È solo nell'attesa del dessert che mi invita a parlare del mio cruccio, che nel frattempo ha avuto un corollario:

«Cavaliere» dico, «non vorrei estendere a lei il mio dilemma, perché se le racconto tutto, si troverà anche lei nella mia posizione: tacere e rendersi in qualche modo responsabile di un'omissione, oppure riferire e tradire una confidenza.»

Lui mi guarda e gli ridono gli occhi: è la prima volta che lo vedo divertito e non capisco il perché.

«Ragazzo, voglio dire Massimo» mi spiega, «le persone della mia età dei dilemmi morali possono tranquillamente infischiarsene, perché hanno vissuto tanto e ragionano pragmaticamente, non secondo etica e legge. Comunque cos'è che vuoi da me, un consiglio?»

«Sì.»

«Allora racconta. Mi attrae un piccolo intrigo.»

Gli riferisco con accuratezza le ammissioni di Gerry e anche il mio, di consiglio.

«Bravo» approva. «Di' al bietolone che vada di corsa in questura, e se non ci va portalo tu, a costo di stordirlo prima con un colpo in testa.»

«E come lo porto? Sulla canna della bici?»

«Non importa come. Importa che parli col dottor Martinetto.»

«Ne ha molta stima, vero?»

Il cavaliere sospira. Poi si decide.

«Ho avuto a che fare con lui a proposito di un suicidio che poteva sembrare un omicidio.»

Ma arriva la panna cotta, che non è proprio una panna cotta e ci fa ammutolire.

Giuliana appare sulla soglia della cucina mentre il caffè comincia a gorgogliare nella moka.

«Buongiorno Giuli, dormito bene?» le chiede il commissario, avvicinandosi per un abbraccio e un bacio. Doverosi, pensa.

«Benissimo grazie. E tu, sveglia alla solita ora?»

«È la mia croce, lo sai.»

Lei risponde all'abbraccio poi guarda dalla finestra:

«Che giornata splendida!»

«L'ho ordinata apposta per te.»

(Un po' di gentilezza galante non costa molto, solo un pizzico di ipocrisia.)

«Allora propongo una bella passeggiata, uno spuntino veloce in giro – trancio di focaccia, o arancino, o due polpette –, ritorno a casa – così tu ti fai la pennica ristoratrice –, poi un film in centro, ma di quelli senza troppe pistole, mitra e auto distrutte, e per finire una cenetta.»

«In un ristorante che meriti.»
«In quello di via Maria Vittoria, come ai vecchi tempi.»
«Come vuoi tu.»
(I vecchi tempi sono appunto vecchi ed è inutile sperare di ringiovanirli, non ci sono creme cosmetiche adeguate. Ma perché sono caduto nella trappola della nostalgia, per incoscienza leggerezza senso di solitudine timore del presente e del futuro? Giuliana è una donna intelligente e gradevole, ma le storie finite sono foglie morte che si spazzano a palate. Mioddio no, Prévert no, Prévert va bene per i diciottenni e per San Valentino non per la mia età.
Un attimo di smarrimento, una veloce controllata all'orologio: 4 marzo, un sospiro di sollievo.)

Sulle targhette del citofono di via Gradisca il cognome Locco non compare. Ci sono due Rattalino (G. e R.), Vasile, Rinaldi, Huang, Bouduma, Charef, Esposito, Ciobanu, Negro, Achakir e Tiffani.
Tìffani o Tiffàni ma nessun Locco. Ma... e se fosse Tiffany, come *Colazione da Tiffany*, come Holly Golightly e per estensione Sabrina?
Suona, al chi è? dichiara: «Massimo!» e gli viene aperto. Rispetto dell'ortografia zero eh ragazza, rimugina tra sé.
Alla porta dell'appartamento lo aspetta la sedicente Holly e alle spalle di lei Gerry, con l'aria di chi non sa se essere contento della promessa mantenuta o preoccupato per ciò che ne seguirà. Contenta invece è Sabri per la conferma delle sue previsioni e il recupero della borsa: saluta Massimo con due baci sulle guance, si fa da parte per lasciarlo entrare e subito dopo gli chiede se vuole una tisana alla verbena o la preferisce al finocchietto. Tisana?
«No grazie» rifiuta lui, e poi come a corto di argomenti: «Come va?»
«Bene, siediti qui. Hai pensato alla storia della cassaforte eccetera?»

«Sì, e ho chiesto un consiglio.»

«A chi?» interviene Gerry sospettoso.

«A un avvocato» mente Massimo. «Tranquillo, non ho fatto nomi e ho lasciato i dettagli nel vago.»

«Cosa ha detto il tuo avvocato?»

«Non è il mio avvocato, non ne ho bisogno. È un conoscente di mio padre e ha detto che devi assolutamente riferire tutto al commissario, e al più presto.»

«Esattamente il mio parere» commenta Sabri.

(I nostri pareri, mio e di Perpetua, sogghigna tra sé Massimo.)

«E se non ci vado...» tenta ancora un volta Gerry.

Sabrina sta per esplodere, ma per evitare il ripetersi della scenata del mattino Massimo interviene con durezza:

«Se non ci vai sono cazzi tuoi. L'avvocato ha aggiunto che qualcuno dovrebbe darti una botta in testa e portartici di peso, in questura, prima che ti arrestino per omicidio volontario. Pena dai venti ai trent'anni» inventa improvvisando.

«Ma io non ho ammazzato nessuno, l'omicidio l'ha fatto qualcun altro...»

«Io ti credo e Sabrina anche a quanto pare, perché ti conosciamo, ma la polizia non sa niente di te ed è strano che non ti abbiano già mandato un avviso di garanzia.»

«Sarebbe?»

«Il primo passo per incriminarti. Ti faranno sputare tutta la storia e se ti andrà di lusso ti riterranno almeno complice, a meno che tu ti affidi a un avvocato di grido. Ce l'hai i soldi per pagarlo?»

Gerry scuote la testa sconsolato:

«Ce li ha il vecio, ma non li scuce di sicuro. A mia mama gli ha tolto la firma sul conto, non può neanche lei.»

«Allora non hai scelta. Dove abita questo Brisk lo sai?»

«No.»

«Il telefono?»

«No.»

«Come comunicavate?»

«Non comunicavamo. Passava lui ogni dieci giorni più o meno, prendeva un caffè e chiedeva se avevo deciso o no. Di quando veniva o non veniva per la cassaforte non mi ha mai detto niente.»

«Vabbè, telefona in questura e chiedi di parlare con il commissario.»

«Gli racconto tutto al telefono?»

«Ma no, gli chiedi un appuntamento e poi ci vai.»

«Da solo? Non è che mi accompagni?»

Massimo ci pensa un po' su: potrebbe essere sospettato di sapere tutto da sempre, per contro Gerry imbranato e testardo com'è sarebbe capace di non presentarsi dopo la telefonata.

«Senti, facciamo così: in questura telefono io, prendo l'appuntamento e poi ci andiamo insieme, d'accordo?»

Gerry annuisce con un cenno da paralitico, però dopo un'occhiata di fuoco da parte di Sabrina rafforza e ripete più volte il movimento della testa, cagnetto made in RPC sul pianale posteriore dell'auto.

In questura il commissario non c'è, ma l'agente al telefono – una donna – aggiunge che la richiesta di colloquio da parte del dottor Brusasco gli sarà riferita il più presto possibile.

«E adesso cosa facciamo?» mugugna Gerry.

«Adesso me ne vado e poi vi farò sapere» annuncia Massimo, «e tu vedi di non darmi buca, che se no spiffero tutto io» aggiunge.

Palmina si chiede se sia il caso o no di avvertire subito il capo, ma poi spinta dallo scrupolo professionale di accelerare le indagini e dalla curiosità privata di capire se e quanto funzicni il fine settimana amoroso del commissario, decide per il sì. Un sms, che è più discreto di una chiamata diretta. Che non interrompe necessariamente un rapporto intimo. Che si può ignorare facilmente. Che non necessita di una risposta immediata.

Al cine il commissario sente vibrare il cellu nella tasca della felpa, lo estrae nascondendolo subito sotto il piumino appoggiato sulle ginocchia, legge faticosamente il messaggio (Brusasco chiede appuntamento per comunicazioni importanti su omicidio Strazzari) e avverte un leggero brivido di eccitazione, non di quella che gli servirebbe più tardi però, si sbeffeggia da solo. Che fare? Sfruttare l'occasione imprevista e concedersi la tregua di un paio d'ore senza finzioni, oppure mantenere fede alla promessa fatta di due giorni senza l'intrusione del lavoro? Guarda le immagini sullo schermo senza vederle realmente, riflette ancora una volta sul fatto che Giuliana si è sobbarcata la fatica del viaggio – fatica relativa sui Frecciarossa, minimizza –, che non merita una mancanza di riguardo, che sarà già difficile domani al momento del congedo o prima non illuderla per il futuro... ma perché, cosa mi è successo per questo passaggio così brusco dal desiderio alla noia, per questo voltafaccia delle emozioni, questa volubilità da adolescente non da uomo nel pieno della maturità...

Le immagini continuano a scorrere, Giuliana volta il capo verso di lui e gli sorride, lui ricambia veloce e riprende a fissare lo schermo, rispondo o non rispondo, pensa costringendo la mano sinistra a restare sotto il piumino, cosa avrà da dirmi Brusasco, perché non l'ha detto prima, oppure è qualcosa che ha appena scoperto, su Trevisan figlio forse, magari su quello stronzo di Garborin che gli scopava e scopa la ragazza o ex ragazza, che poi perché mi sono intestardito su di lui, ha ragione Rivelli sono prevenuto e assurdo...

Crea con la sinistra una specie di culla protettiva al cellu, con la stessa mano digita Convocare Brus domani h 20 necessaria presenza Rivelli o tua, e invia.

A quell'ora sarà libero, il Frecciarossa di Giuliana parte poco dopo le 19.

Alle 19.15 di domenica, davanti al secondo binario della stazione di Porta Susa, è lì con Giuliana in attesa del Frecciarossa partito da Porta Nuova. Impacciati entrambi nell'incertezza di come lasciarsi, e soltanto quando già cominciano ad avvertire il rumore del treno lei gli mette le mani sulle spalle in un simulacro di abbraccio alla lontana:

«Sono stata contenta di rivederti Gianmarco, e sarò sempre contenta di avere tue notizie. Sentiamoci ogni tanto e se vieni a Roma fammelo sapere. Tanti auguri per il lavoro e per tutto!» sussurra.

«Grazie Giuliana» riesce con fatica a rispondere lui.

L'eleganza del non detto, pensa subito dopo con riconoscenza: eleganza e coraggio, una donna così non me la meritavo e merito, ma quando i sentimenti cambiano bisogna prenderne atto.

Giuliana sale, Gianmarco le porge il trolley, la saluta con un sorriso e si allontana. L'addio non deve scivolare nel patetico dell'ultimo sguardo e della mano che sventola.

Alle otto della stessa sera Massimo entra nell'ufficio del commissario. Dopo i saluti scambiati anche con l'assistente Vannini, espone brevemente quanto è avvenuto dal venerdì sera in poi: il biglietto trovato nella buca delle lettere, l'incontro del mattino dopo al bar, la fuga di Gerry dopo il consiglio di raccontare tutto ciò che sa alla polizia, l'inseguimento precipitoso di Sabrina, la borsa dimenticata e riportata nel pomeriggio a casa della ragazza dopo la gita ad Alba, la pressione di entrambi su Gerry e la telefonata in questura.

Il commissario, che all'inizio ascolta con un'aria aggrondata per nulla accomodante, cambia lentamente espressione e posizione sulla sedia rianimandosi:

«Le informazioni importanti relative all'omicidio me le dà lei o chi?» chiede.

«Gerry Trevisan, io sono solo un testimone indiretto.»

«Ma dov'è adesso?»

«Davanti al portone con la sua ragazza, se non è di nuovo scappato.»

«Perché non è salito con lei?»

«Non gliel'hanno permesso, il suo nome non era segnato.»

Palmina Vannini si attacca al telefono e parla con la portineria, Martinetto osserva Massimo con un mezzo sorriso stampato sulle labbra:

«Me la toglie una curiosità?»

«Se posso.»

«Può. Perché il Trevisan le ha fatto avere un biglietto invece di chiamarla al cellulare?»

Massimo sospira.

«La mattina in cui avevo trovato il cadavere nel bar si era seccato per non essere stato avvertito prima della polizia e io gli avevo fatto osservare che sarebbe stata una mossa stupida oltre che sospetta.»

Il commissario sorride:

«Legge spesso libri gialli, dottor Brusasco?»

«No, però ogni tanto ragiono. È un'attività sospettabile?»

Il commissario continua a sorridere. E pensa – di striscio – che non gli dispiacerebbe avere un figlio così reattivo e spigoloso, ma metterlo in cantiere a vent'anni più o meno sarebbe stato un azzardo eccessivo.

La deposizione di Gerry è tormentata come l'estrazione di un molare senza anestesia e procede, anche se a strappi, soltanto grazie ai continui interventi incoraggianti di Sabrina: la prima apparizione del Brisk, l'invito a installare le slot, il rifiuto ostinato del vecio Trevisan (tutta colpa sua!), le apparizioni successive con la proposta dell'accrocco magico, l'offerta di dividere il malloppetto in cambio dell'uso della cassaforte e la consegna delle chiavi del portone e della porta sul retro del bar. Riguardo al possibile contenuto della cassaforte, grazie al preventivo suggerimento di Sabrina, Gerry biascica Carte, carte del suo lavoro.

Intanto Martinetto osserva lo sventurato come un gatto incerto sulla sorte da riservare al topo, la Vannini con gli occhi rotondi dallo stupore scuote la testa come incredula e Massimo è come assente, ripiombato nel mal d'amore.

Alla fine segue un lungo silenzio ed è Gerry a romperlo, dopo essersi asciugato la fronte sudata:

«Posso andare o sono in arresto?» chiede a mezza voce, cercando di tenere a freno il tremore delle gambe.

«Non può andare e non è in arresto. Per il momento. Deve ancora chiarire alcuni dettagli e firmare il verbale. Lei invece può ritenersi libero, dottor Brusasco. E mi saluti il cavalier Galilei.»

«Certo. Buonasera a tutti.»

Ho fatto più del mio dovere, l'ho fatto fino in fondo, si complimenta Massimo tra sé mentre pedala verso casa, ma non traendone nessuna soddisfazione cambia strada.

In piazza Cavour il portone è chiuso come previsto, e come temeva nessuno risponde alle sue scampanellate.

La domenica sera i passeggeri del Frecciarossa Torino-Roma sono più silenziosi, probabilmente spossati dal weekend, oppure già infognati nelle consuete traversie del lunedì.

Non appena il treno comincia a muoversi, Giuliana emette un sospiro a lungo represso e cerca di scaricare la tensione recitando mentalmente il primo canto dell'*Inferno*. *Nel mezzo del cammin di nostra vita* – già arrivata nel mezzo? forse anche superato, non si può prevedere – *mi ritrovai per una selva oscura* – forse ci sono appena uscita dalla selva oscura, oppure da stanotte, da domani ci ripiomberò dentro? Sono stati due giorni difficili, molto diversi da come li avevo immaginati o forse solo sperati. Inutile forzare il destino e modificare i tempi: un legame finito va archiviato e non riesumato. Mi sentivo sola, la telefonata di Gianmarco arriva in un momento di acuta malinconia, quasi di sconforto al pensiero degli anni che passano, e mi illudo – ci illudiamo – che una relazione sfilacciata e chiusa da anni possa essere rammendata con il ricordo del bello che c'è stato e con la buona volontà. Ma non va così, o forse andrebbe se avessimo superato la sessantina e imparato ad accontentarci.

Le ore che non passavano mai, io che fingevo di dormire sino a tardi, lui che fingeva di rispettare il mio sonno prolungato, ma per me non è ancora il momento di civili e riguardose finzioni per sopravvivere, e nemmeno per lui. Ci siamo voluti bene, ce ne vogliamo ancora, ma in modo smorto, da cugini di secondo o terzo grado. Non ci basta e ce lo siamo detti senza dircelo, senza arrivare alla lucida sfrontatezza di una confessione, e c'è solo da sperare che domani il rimpianto non assalga a tradimento né me né lui.

Lunedì

Un frammento di roccia si stacca dal costone nudo della montagna, precipitando smuove un pugno di neve che dapprima scivola lento, poi sempre più veloce aggrega intorno a sé altra neve che in poco tempo diventa una valanga.

L'inizio spetta a Giacomazzi.

Che si presenta alle otto in questura con la faccia stropicciata dall'insonnia e racconta a Martinetto – che ha passato la notte in bianco e ha una faccia peggio della sua – quanto ha saputo da un suo informatore. In verità l'informazione è stata raccolta dal soffia del soffia, cioè da Ananda, il venditore di rose, che a sua volta l'ha assemblata dalle confidenze di un trio di suoi colleghi cingalesi.

«Mi hanno detto» esordisce pacato e sottotono come sempre «che da qualche tempo non si fa più vedere uno del giro delle slot o forse della roba, uno che bazzicava in barriera di Milano alle Vallette e saltuariamente anche a San Salvario.»

«Lo chiamano Brisk per caso?»

«Sì. Come l'ha saputo?»

«Dal padrone del bar Acapulco's, dal figlio cioè.»

«L'intronato. Ma nel bar non c'erano slot.»

«Gli erano state proposte però. Ma dice, sempre l'intronato, che non sa dove abiti né il numero di telefono.»

«E lei ci crede?»

«Non so, penso che ci vorrà un po' di tempo per scoprire l'indirizzo e il resto, ma soprattutto che servirà a poco.»

«Perché l'uccello sarà già scappato dalla gabbia.»

«Certo. Te ne occupi tu?»

«Sì.»

Lo Scarpinatore se ne va per consultare altri soffia e per consumare suole sulle strade.

Alle otto e mezzo arriva Rivelli e neppure il tempo di metterlo al corrente delle novità che irrompe Dassetto con l'aria trionfante del principe Calaf prima di intonare il *Vincerò*.

«Arrestato l'assassino?» lo corbella il capo.

«Be', il cerchio si stringe!» risponde l'agente, impermeabile come sempre all'ironia.

«Ottimo, cos'hai scoperto?»

«Ecco, io e Gavino ci siamo insospettiti su un contatto telefonico del morto, e indovinate a chi corrisponde il numero?»

«Il giorno degli indovinelli è martedì, non lunedì» lo smonta già spazientito il commissario.

Christian Dassetto ha un attimo di smarrimento, poi sbotta:

«Il numero è del figlio della ditta dei camion, Garborin Angelo.»

«Chapeau Gianmarco, ci avevi preso!» ridacchia Rivelli.

«Ma... lo sapevate già?» interviene Dassetto sempre più smarrito.

«No, però Garborin sta sulle palle al capo» lo confonde ancora di più il vice.

«E siccome mi sta sulle palle oggi chiamo o vedo il piemme e alla ditta Garborin gli spediamo al più presto la Finanza» gongolicchia il commissario.

«Ah, ancora una cosa...» aggiunge Dassetto.

«Cosa?»

«Una volta su uno dei loro camion poco dopo Trieste la polizia stradale ha scovato due clandestini.»

«Di bene in meglio» esulta Martinetto.

«Però il camionista ha detto che non ne sapeva niente di niente, che aveva fatto tappa in Ungheria per un problema alla frizione, che si era fermato in un autogrill in Slovenia e che il portellone di carico sembrava sempre chiuso bene.»

«Certo, e noi gli crediamo. Come crediamo a Babbo Natale, agli gnometti verdi, al topino dei denti e a Biancaneve. Cercate subito dov'è finito sto camionista e complimenti per il lavoro, a te e a Murtas» lo rinfranca il commissario.

«Ma il Garborin non lo chiamiamo?» vuol sapere Dassetto, già sulla porta.

«A suo tempo, quando ha già i finanzieri in ditta.»

«Capito, quando ha già il buco del culo bello stretto di suo» bofonchia tra sé l'agente con una certa rudezza di linguaggio.

Quando l'altro giorno è tornato, dopo le terme e gli appuntamenti di lavoro, mi ha dato un'occhiata lunga e ha detto Allora ce l'hai fatta, e non era una domanda, ma una constatazione. Sulle prime non ho capito, ma poi sì: con il nuovo smartphone che mi ha dato sa dove mi trovo in qualunque momento del giorno e della notte. Braccialetto o cavigliera elettronica, come ai carcerati in permesso o ai domiciliari.

Io ce l'avevo fatta a non andare in cerca di roba e mi ero sforzata di incanalare l'ansia e la paura nella previsione delle varianti del prossimo futuro, e lentamente alla morsa allo stomaco e alle tempie si era sostituito qualcos'altro, qualcosa che mi aveva eccitata come una discesa dall'ottovolante, uno di quelli che devi avere il cuore a posto o ci resti per infarto.

So come fargli venire la voglia, lui sa che lo so ma non può farci niente, perché il cazzo non lo comanda con la volontà. Gli ho fatto e gli ho lasciato fare le cose che gli piacciono di più, l'ho disarmato almeno per un po' e dopo, quando ancora aveva la voce spezzata, ha detto piano, quasi sospirato: Quanto mi costi, *devojka moja*!

Gli costo, ma sono ancora la sua ragazza, per quanto però si vedrà. Cammino sul filo del rasoio, ho la paura sottopelle ma ho scoperto che il brivido dell'azzardo è meglio della coca, meglio di un bungee jumping dal ponte di Titlis, meglio del rafting sul fiume Colorado, e se la corda si spezza, se la rapida mi travolge e sbatto la testa su un sasso... pazienza, almeno qualche emozione forte l'ho provata.

Gli costo di soldi ma se lo può permettere, lui ha studiato da boss sui film di Hollywood dove i gangster avevano sempre una pupa cui comprare gioielli e pellicce – quando gli animalisti non rompevano ancora – e automobili e opere d'arte; ma gli costo anche in un altro modo e questo non so se me l'ha davvero perdonato, perché stamattina dopo aver ricevuto un paio di telefonate mi ha fissata con l'espressione dei giorni neri, ha sibilato Se mi cacci nella merda un'altra volta giuro che ti ammazzo, e poi se n'è andato: evidentemente i suoi soci, quelli dell'Est e gli italiani, sono ancora incazzati con lui.

Però nella merda si è cacciato da solo, fidandosi di Brisk: che non era all'altezza, che ha combinato un casino e che secondo me ne aveva combinati anche prima, ma che essendo una specie di figlioccio godeva di particolare considerazione, anche i boss e i padrini e i don talvolta sono presbiti e da vicino ci vedono male.

Di Brisk ho preferito non chiedere, anche perché la risposta la so da sola, non lo troveranno mai più.

Anselmo Bonetti arriva puntuale alle dieci per la lezione di latino con due curiosità in testa.

«Hai tradotto la versione?» gli chiede Massimo appena si sono seduti alla scrivania.

«Sì. Ma da dove l'hai presa?»

«Perché me lo chiedi?»

«Be' ecco...»

«Hai cercato il brano su Wikipedia e non l'hai trovato?»

«Insomma... non proprio, però dopo volevo controllare se avevo fatto bene o no.»

«Controllare dopo o evitarti la fatica?»

«Be' sai, se si trova la traduzione fatta si lavora meglio.»

«Ma non serve a niente, o quasi. Lo vuoi imparare o no un po' di latino?»

«A me veramente me ne frega poco, ma il prof ci fa fare uno scritto di sbarramento.»

Massimo scorre veloce con gli occhi il lavoro dell'allievo, confrontandolo con il testo che gli aveva passato.

«Non è granché, sai.»

«La traduzione l'ho fatta con la mia ragazza e poi ce l'ha riguardata la prozia.»

«L'ex maestra?»

«Sì.»

«Di latino è piuttosto arrugginita. Guarda qua: *L'esercito di casa riposa* invece di *L'esercito è fermo a casa,* o se preferisci *in patria. Domi* è un locativo.»

«È cosa?»

«Un caso in disuso. Complemento di stato in luogo.»

«Lo stato in luogo va in ablativo più in.»

«Ma ci sono le eccezioni.»

«Porcaccia, anche le eccezioni! Ma chi me lo fa fare! Però non hai risposto alla domanda.»

«Che domanda?»

«Da dove hai preso il brano.»

«L'ho inventato.»

«L'hai inventato tu? Vuoi dire che sei capace di inventare in latino?»

«Sì, certo.»

«Sei un fenomeno.»

«Mica tanto. Se lo fossi sarei già in cattedra.»

«Però scommetto che nel brano ci hai infilato qualche trappola.»

«Qualche eccezione, ma di quelle facili delle cinque

declinazioni che dovresti ripassare per la prossima volta. Adesso riguardiamola insieme sta versione, e poi traduciamo altri brani.»

L'ora passa in fretta, anche per Anselmo che però, sul punto di andarsene, butta lì come per caso:

«Ci hai poi parlato con la tua ragazza?»

«No, e non è la mia ragazza, ma avrei voluto che lo fosse.»

«Ah ecco. Ma mi è venuto in mente che magari è all'estero, il cellulare gliel'hanno rubato e hanno staccato scheda e batteria.»

«Magari, ma non ci credo tanto.»

«Eh prof, la vita è dura per tutti, anche per chi sa il latino.»

Dopo aver accompagnato Sabri al lavoro e fatto un po' di spesa al Lidl, Gerry decide di passare da Vito, cui non ha ancora restituito per intero il debito. Vuole scusarsi del ritardo e lasciargli almeno un cinquantino, perché coi soldi bisogna essere precisi, soprattutto con gli amici, anche se dargli cinquanta euri gli intacca abbastanza il portafoglio. Ma la verità è che non ha voglia di stare da solo fino alla sera quando andrà a riprendere Sabri, solo senza scambiare una parola con nessuno, solo davanti alla tele che dopo un po' uno non ne può più. Non è che il bar gli manchi, però almeno non gli veniva la malinconia insieme ai cattivi pensieri, tipo come arrangiarsi se il vecio si incazza da matti nel venire a sapere giusta la faccenda delle chiavi e lo sbatte fuori di casa e di tutto. Va ben che c'è mama, ma cosa può fare, che chi comanda è lui e guai a non ascoltarlo, e poi c'è il problema di Sabri che adesso è in buona, ma prima o poi probabile che si stufa di uno senz'arte né parte, senza casa senza lavoro e tra poco senza soldi. E un lavoro chi lo trova di questi tempi, neanche a scaricare le cassette al mercato mi prendono, perché i marocchi e gli africa li pagano una miseria e dato che non hanno i documenti in regola non possono protestare. Ziocan, com'è dura la vita, se lo sapevo preferivo non nascere, pensa.

Vito Giugliano sta uscendo di casa e si incontrano sul portone.

«Come ti va?» chiede a Gerry.

«Grane e granette. Ma anche tu stai col culo per terra, mi hanno detto.»

«Insomma... sì un po'. Ma sono venuto a renderti qualcosa, cinquanta euri, scusa ma di più non posso.»

«Lascia perdere, tra amici...»

«Lo so che sei un amico vero, però al catechismo suor Secondina diceva che bisogna pagare i debiti secondo le usanze.»

«E non mangiar carne il venerdì. Tu la mangi?»

«Se c'è sì.»

«Senti piuttosto, ti va di darmi una mano?»

«A far cosa?»

«Devo sbrogliare un alloggio, qualche mobile e tutto il resto.»

«Occhei. Quando?»

«Adesso. Ti tieni il cinquantino e fai conto di avermelo dato, così siamo contenti tutti e due.»

«Grande Vito! Suor Secondina diceva anche che chi trova un amico trova un tesoro. Com'era bello quando stavamo alle elementari! A te non ti mancano?»

«No. A me suor Secondina mi torceva sempre un orecchio.»

«Cosa combina ancora el desgrassià che non vien più a casa?» chiede il vecio alla moglie.

«Combina niente ma ha paura di te, che lo chiami desgrassià o malnato e gli metti le mani adosso.»

«Ha paura perché gà fato chissà che pastrocio e non ha gnanca avudo el corajo de dirlo, sto goldòn.»

«Ti non gà mai fàto pastroci da zóvane?»

«Ghe xè pastroci e pastroci, femena.»

«Non ha mica copato nessuno. È un bravo fiolìn, il Gerry.»

«Un bravo fiolìn che ne gà fato saràre il bar, sacranon.»

«E dài Betìn, che una malatia sarìa stà peggio. Le robe se giustano, ma ti no tè ghè pazienza.»
«Malatia malatia... son vecio, xè già 'na malatia.»
«Ma no che non sei vecio, te si il mio Betìn de sempre.»
«Sì sì... ma ti l'ha ancora visto el desgrassià?»
«Una volta sola, poi m'ha telefonà.»
«E alora? Dov'è che sta de casa?»
«Sta co sò morosa, una brava che lavora in una casa de veci.»
«E se fa mantegner da eà?»
«Eh... dè schei lui ne ha pochi.»
«Mantegnù come un rufian no eh, i Trevisan mantegnù mai! Che se trova un laóro, sto lilón!»
«Che laóro vuoi che trovi che non ce n'è.»
«E il bar sempre sarao! Sti mona dea polisìa, cosa credei, che campemo dè aria?»
«Ma dài Betìn, che di schei ce ne abbiamo ancora in banca, non siamo così poareti.»
«Sì, ma ghè diventemo poareti, col bar sarao e le tasse che core. Però... va', ciapa sti dozènto euro per il Gerry.»
«Te ghe ne ghè ancora zènto nel portafoi, tira fora anca quei dài.»
«No, trezènto xè massa. Xè tropo.»

All'ora di pranzo Rivelli raggiunge il capo nel suo ufficio per informarlo che non tutti i contatti della vittima sono stati decrittati e che per gli esperti di reati finanziari sarà un lavoro d'inferno aprire tutte le scatole cinesi contro cui probabilmente sbatteranno il naso.
«Be' pazienza, il morto è morto e chi l'ha accoppato, novantanove su cento il cosiddetto Brisk, chissà dove è andato a rintanarsi. E forse riciclaggio e soldi sporchi non sono neppure il vero movente.»
«Credi?»
«Suppongo. Ci pensavo stanotte. Lo Strazzari, per quel

che sappiamo finora, operava per clienti di piccolo o al più di medio calibro, imprenditori e professionisti che preferirebbero perdere un occhio o le palle pur di fregare il fisco. La 'ndrangheta e tutte le mafie si servono invece di grandi esperti non solo nel campo finanziario, ma anche in quello del crimine. Pensaci bene: un cretino si fa dare le chiavi del bar da un intronato e lì spara a bruciapelo a un suo conoscente. Un cretino che sta nel giro sporco delle slot, d'accordo, e che cerca di ritagliarsi una mancetta di nascosto dal suo boss, ma che forse ha anche un'attività collaterale tutta sua, la droga, all'insaputa del boss stesso.»

«Allora il boss stesso è un coglione due volte.»

«Non necessariamente. Se le attività collaterali del Brisk sono solo all'inizio per esempio, o se sono di portata minima potrebbe non averle ancora scoperte.»

«Strano però che un boss delle slot si fidi di un cretino.»

«Il cretino magari è un abile piazzista. E le slot sono la nuova miniera d'oro.»

«Sai che bellezza ficcare il naso in quella merda.»

«Non da soli, però, ci serve aiuto. E comunque anche la pista delle slot non mi convince fino in fondo.»

«Ma se mi hai appena detto...»

«Ho detto che il Brisk lavorava nelle slot, anche in quelle con l'accrocco, e forse nella roba, ma l'omicidio secondo me gli è scappato di mano. Troppo troppo da cretino.»

«Cosa prevedi?»

«Almeno un paio di possibilità. Se il Brisk non si è reso irreperibile ed è sulla piazza, tutto il castello di carte frana, ma c'è un bel grimaldello – la testimonianza di Gerry – per scassinare un pochino il giro delle slot con o senza accrocco; se invece del Brisk non c'è traccia l'assassino è lui e bisogna scoprire prima dove è scomparso, poi beccarlo e farci raccontare il perché e il percome.»

«A meno che...»

«A meno che non sia già sottoterra.»

«Appunto. Senti Gianmarco, panino o tavola calda?»
«Tavola calda. Non ho dormito, ho mal di testa e non ci voglio aggiungere la mappazza.»
«Weekend non riuscito?»
«Poi ti racconto. E tu a Biella?»
«Poi ti racconto anch'io.»

Il tennis fa bene, grazie papà, pensa Massimo tornando a casa dopo la lezione col maestro, chissà perché l'avevo abbandonato. Be' in fondo lo so il perché: mi stavo avvitando sulle delusioni, o meglio ero in stallo con la possibilità di precipitare nella depressione e di schiantarmi lì. Darsi una raddrizzata, riprendere a fare sport – le gambe vanno bene e il fiato anche, grazie alla bici – cercare altre occupazioni oltre ai lavoretti parauniversitari e l'accudimento del cavaliere – niente male però il pranzo nelle Langhe, la mia prima volta in un risto tristellato, speriamo non l'ultima – e non pensare più a Gilda. Non facile l'ultimo proponimento, ma il mal d'amore prima o poi passa, come una colica renale, secondo la tesi di Marilena. Insomma mettere in campo l'ottimismo della volontà e ignorare il pessimismo dell'intelligenza. Chi l'ha detta questa? Ah già Gramsci, riprendendo un aforisma di Romain Rolland. Ma a che mi servono ste citazioni, che tanto *carmina non dant panem* e con la cultura, copyright forse Tremonti, non si mangia? Mah, prima o poi potrebbero servirmi, la vita è imprevedibile, come affermano con sicurezza i romanzi, soprattutto quelli di donne.

Intanto una ragazza – imbacuccata in un cappottone lungo ferma al semaforo – gli fa un vistoso cenno di saluto con il braccio destro, ma lui sfrecciando oltre con la bici lo crede rivolto ad altri.

Si asciugano il sudore, Vito con la sciarpetta da dandy che porta al collo, Gerry con un fazzoletto di carta che gli lascia peluzzi bianchi sulla fronte.

«Il più è fatto» dichiara con sollievo il primo.
«Ma di roba ce n'è ancora un bel po'» fa notare il secondo.
«Sì ma con l'ascensore non si fa fatica.»
«Però è vietato. Non l'hai vista la targhetta dentro la cabina e il regolamento nell'androne?»
«Chi se ne fotte di targhetta e regolamento, vorrai mica continuare a fare quattro piani di scale in sta casa di rompicoglioni» ribatte Vito.
«Hai ragione. Vietato questo vietato quello, stendere i panni sgocciolanti, sbattere le porte dell'ascensore, lasciare i passeggini sui pianerottoli, qui è vietato tutto, anche scorreggiare credo.»
«In ascensore di sicuro.»
«Nell'ultima discesa possiamo farlo, se ci viene.»
«Per fargli un regalino, dici?»
«Come in classe. Tutti a provarci, e quando suor Ignazia entrava diventava verde.»
«Ma com'è che sei in fissa con le elementari, Gerry?»
«Eh... il vecio non era ancora tanto vecio, erano bei tempi quelli.»
Riempiono borsoni di coperte lenzuola asciugamani e biancheria varia destinati alla spazzatura, cassette e ceste di piatti bicchieri posacenere soprammobili lampade e quadri rivendibili; vanno su e giù una decina di volte tra il quarto piano e il pianterreno, battibeccano con un settantenne sull'uso dell'ascensore e per ripicca sbattono rumorosamente le porte.
Durante l'ultima discesa ce la mettono tutta e lasciano per ricordo due nuvole di gas nervino da togliere il fiato.
Poi resta ancora da scaricare il vendibile nel garage-magazzino, sistemandolo ordinatamente nei reparti merceologici di competenza e intanto si fa quasi sera.

«Allora, mi racconti?» chiede Rivelli dopo che hanno ordinato entrambi un piatto di minestrone e scaloppe di vitello al marsala.

«Siamo maschi mutanti e ondivaghi: non sappiamo più cosa vogliamo e invece di discutere di calcio come si faceva il lunedì, ci confidiamo i segreti del cuore. Mah... chissà dove andremo a finire...» ironizza il commissario.

«E non c'è più fede, non c'è più morale e il buco dell'ozono si sta allargando troppo» rinforza il vice.

«Vabbè, eccoti la situazione: mi sono accorto che riallacciare non mi andava affatto. Noia, desiderio di stare solo, sensazione di inutilità, non vedevo l'ora che partisse.»

«E lei?»

«Lei, uguale. Ma siccome siamo abbastanza civili non ce lo siamo detti apertamente. Forse più ipocriti che civili. E tu a Biella o dintorni?»

«Un fastidio insopportabile stare dai suoi. Che senza nasconderlo troppo le rimproverano ancora di aver sposato un poliziotto invece del geometra del Comune.»

«L'ex fidanzato locale?»

«Sì: orari decenti, sabati e domeniche sempre liberi, rispettato e riverito da tutti, insomma non uno sbirro di merda che oltretutto guadagna anche meno.»

«Son belle soddisfazioni, nel weekend.»

«Così Cecilia ha fatto fagotto, esasperata anche lei. Oggi va a cercare il nido per Stefano, nelle prossime settimane fa l'inserimento poi riprenderà a lavorare part-time. Dice che non vuole diventare come sua madre.»

«E tu tornerai a dormire poco e male.»

«Pazienza. Ma secondo te i bambini quand'è che cominciano a dormire regolari?»

«Cosa vuoi che ne sappia. Io dormo male anche senza bambini. Stasera provo con la melatonina.»

«Se vai dal piemme non ne avrai bisogno. Capace di sfinirti, sia coi silenzi sia con le parole.»

Si avvicina intanto il cameriere, deposita sul tavolo i piatti con il minestrone e quasi contemporaneamente il cellu del commissario squilla: è Giacomazzi che comunica di avere notizie fresche sul Brisk.

Il cumulo di neve è diventato davvero valanga.

Il Brisk ha un nome, non ancora un cognome. Ha forse un indirizzo o un punto d'appoggio in cui lo si ritrova (o ritrovava). Nell'ordine: nome di battesimo Brigido, indirizzo via Montanaro ma senza numero, luogo d'appoggio una polpetteria/friggitoria con qualche tavolino per il consumo in corso Brin. Il locale è abbastanza rinomato per le polpette di pesce e il baccalà alla portoghese e il Brisk ci va talvolta di giovedì o venerdì. Con un identikit sarebbe stato più facile arrivarci, ma la sera prima Martinetto aveva dovuto accontentarsi di una descrizione sommaria del soggetto, rivelatasi però sufficiente.

Il grosso delle informazioni è merito dell'infaticabile Giacomazzi e, più che della sua rete di informatori messi tutti sotto pressione, della sua straordinaria memoria associativa. Che gli ha fatto balenare un ricordo: un tossico alle prime armi, pochi grammi di roba, al limite dell'uso personale, che si era rifornito, a suo dire, dal cliente di una tavola calda in corso Brin.

I colleghi della narco avevano lasciato perdere, sotto pressione com'erano per tutte le richieste di ordine sicurezza e pulizia che arrivano dai cittadini, dai comitati di quartiere, dai giornali, dalle massime autorità: tutti esasperati dalla presenza massiccia invasiva e arrogante di spacciatori a ogni angolo ogni panchina ogni giardinetto. Retate, galera, espulsioni, pugno di ferro ci vuole. Nessuno a ricordare che la quasi totalità dei clienti sono italianissimi studenti professori avvocati infermieri commercianti impiegati eccetera e che è la richiesta di una *merce* a generare l'offerta.

Il lunedì la friggitoria osserva il riposo settimanale, ma il gestore abita al piano di sopra, come riferito dalla panettiera dell'angolo, e poiché – sempre di lunedì – il mercato del pesce è chiuso, può darsi che il suddetto gestore se la pigli comoda e dorma più a lungo del solito. Infatti.

Tirato giù dal letto da bussate e scossoni che mettono in pericolo la stabilità della porta, e soprattutto allarmato dalle ripetute ingiunzioni APRA! POLIZIA!, un nero alto e muscoloso avvolto in un telo da bagno compare sulla soglia, dà un'occhiata al tesserino di riconoscimento e al poliziotto che lo esibisce poi lo fa passare all'interno. Senza una parola. Buon segno, pensa Giacomazzi, non fa storie perché ha qualcosina da nascondere e non vuole troppo clamore.

«Lo conosci uno che si fa chiamare Brisk? Statura poco più di uno e settanta, bruno occhi scuri, piazza slot machine.»

«Mai avuto slot.»

«Lo so, non ci starebbero nel tuo locale. Ti ho solo chiesto se lo conosci.»

«No non so.»

«Pazienza. Ma con le norme igieniche per la conservazione del pesce sei a posto? E con la cappa per l'aspirazione dei fumi, lo smaltimento dell'olio esausto...»

Il nero sospira, se venissero gli ispettori dei Nas addio licenza.

«Mah... uno così, forse Brisk, viene giovedì o venerdì qualche volta.»

«Perché giovedì e venerdì?»

«Giovedì polpette di verdura, venerdì baccalà alla portoghese. Sempre quello mangia.»

«Mangia da solo?»

«Sì.»

«Sempre da solo?»

Il nero alza le spalle: «Locale piccolo, pochi tavolini».

«Allora?»

«Se non c'è altro posto qualcuno siede vicino.»

«Tavolino per due?»

«Sì, lui arriva solo, tavolino piccolo per due.»
«Capito. È venuto giovedì o venerdì passato?»
«Mmm... no.»
«E la settimana prima?»
«Non ricordo.»
«Sforzati, è meglio.»
Il nero studia Giacomazzi per qualche secondo e decide di sforzarsi.
«Settimana prima sì. Giovedì. Mi pare.»
«Ti pare?»
«Mi pare sicuro.»
«E qualcuno si è seduto con lui.»
«Sì credo.»
Giacomazzi gli mette sotto il naso una foto dello Strazzari: «Questo qui?».
«Forse.»
«Voglio un sì o un no, non un forse.»
«Sì.»
«Com'è che fai il baccalà alla portoghese?»
«Io di Capo Verde.»
«Ah, un venerdì vengo a provarlo. Stammi bene e occupati delle norme igieniche, mi raccomando.»

A scoprire il numero preciso di via Montanaro sono incaricati due degli agenti di rinforzo, un uomo e una donna, che essendo più in gamba alla scrivania che per strada non cavano un ragno dal buco. Non soltanto per l'oggettiva difficoltà della ricerca, ma anche perché in Barriera di Milano, per necessità di sopravvivenza o per una certa omertosità d'importazione, quasi nessuno parla volentieri con i poliziotti. Con gli inviati della tele magari sì, per segnalare la panchina rotta e la buca nell'asfalto, o per dichiarare che il killer della 'ndrangheta sembrava tanto una brava persona, e che la moglie del femminicida non si era mai lamentata. Tenersi nell'ovvio, non rischiare niente e godersi i trenta secondi dell'intervista trasmessa dal TG3 o da Telecentocupole. Per segnalare spaccio e prostituzione invece è meglio scrivere in forma anonima alla rubrica *Specchio dei tempi* de "La Stampa": scrivi oggi scrivi domani, faranno una bella retata e ne impacchetteranno quattro o cinque, i meno attenti o i più lenti di gambe. Dopo due giorni tutto tornerà come prima, neve subito squagliata al sole primaverile.

Ma a metà pomeriggio è il Faina a farsi vivo: per desiderio di compiacere sino in fondo Giacomazzi ha strizzato i suoi collaboratori ed è saltato fuori il numero. Non per un eccesso di zelo nella spiata, e neppure per una ventata di sindrome di Stoccolma, ma perché ha in ballo un magazzino di roba rubata da svuotare a danno degli illegittimi proprietari. In questo caso rom del campo di via Germagnano, che da quando il ministero ha spedito l'esercito a sorvegliarlo sono stati costretti a spostare altrove i ricettacoli della refurtiva ingombrante. Peccato, rimugina il Faina, niente orologi né oro, perché quelli stanno sepolti nelle buche del campo o sotto i cumuli di immondizia che appestano il quartiere vicino, però che soddisfazione rubare ai sinti che si credono intoccabili! Vero che Giacomazzi gli ha raccomandato di non allargarsi troppo, di stare in campana, che certi giochetti sono pericolosi, che lui più di tanto non può parargli il culo, ma insomma il colpo promette bene e ormai è organizzato al bacio.

Auto civetta percorrono e controllano la via e le traverse; dall'anagrafe hanno risposto che in via Montanaro nessun abitante si chiama Brigido, chissà da dove arriva questo Brigido/Brisk, secondo Gerry Trevisan è italiano di faccia e di lingua, ma la sua testimonianza è giudicata poco più attendibile degli oroscopi. Il dottor Pagnottino, contattato da Martinetto, è eccitato come prima di una partita dei Mondiali di calcio e detta le direttive come se si trattasse di beccare Matteo Messina Denaro: irruzione in casa alle tre di notte, quando, per i ritmi circadiani, il sonno del catturando è più profondo e la reattività più scarsa.

Martinetto pensa che è fatica quasi sprecata ma che comunque s'ha da fare e si chiede cosa deciderà il piemme a proposito di Gerry, che per tutto il giorno non ha risposto al cellulare e che è in una posizione piuttosto controversa. Di buono c'è che dopo l'irruzione e ciò che ne seguirà – eventuale interrogatorio, scartoffie da riempire, mosse da decidere – verso le due o le tre lui potrà staccare, tornare a casa e farsi una pennica fino a esaurimento completo del sonno. A meno di novità clamorose.

Sabri entra in auto, si sporge su Gerry, gli dà un bacio distratto e subito si allontana da lui:

«Ma puzzi come un caprone! E com'è che non rispondi al cellu?» protesta.

«Il cellu l'ho dimenticato a casa e sì, scusami, ma non ho avuto tempo di farmi la doccia» si difende lui.

«Come sarebbe che non hai avuto tempo?»

«Ho aiutato Vito per un trasloco.»

«Perché?»

«Gli devo ancora dei soldi.»

«Per cosa?»

«La faccenda della macchina, quella sera che me l'avevano portata via.»

«Sei a terra?»

«Non proprio, ma insomma...»

«Ci staresti a fare qualche ora in nero col giardiniere?»

«Che giardiniere?»

«Quello della casa di riposo. Ha bisogno di un aiutante per i lavori d'inizio primavera, quello solito l'hanno assunto in un consorzio di ville.»

«Certo che ci sto. Quando comincio?»

«Adesso lo chiamo e glielo chiedo.»

Al semaforo successivo arriva la risposta:

«Cominci domani mattina, mi accompagni e cominci. Ma per la paga contratto io.»

«Occhei! Stasera festeggiamo alla grande al ristorante!» esulta lui.

«Proprio alla grande no, comunque è presto e passiamo da casa che ti lavi e ti cambi.»

«Mi lavo ma prima di cambiarmi...»

«Il semaforo è diventato verde, sbrigati a passare.»

Lunedì notte, martedì

Una bella scena d'azione, di quelle che ogni sera ne puoi vedere almeno una cinquantina nei tanti canali della tele che trasmettono gialli. Nella maggior parte degli altri ci trovi perlopiù sagre della castagna del porceddu della trippa della polenta; televendite di prodotti miracolosi disutili o nocivi; band paesane con cantanti attempate in volant e merletti, conduttori in smoking improbabili, strumentisti troppo in carne e pubblico adorante; appassionati di calcio da Bar Sport che discutono sino allo sfinimento su un corner una punizione un gol segnato o mancato: l'Italia più provinciale e amabile nella sua genuinità pre o anti globalizzazione.

Pistola in pugno, silenziosi e corrucciati i poliziotti in divisa e Martinetto in borghese salgono le scale, il piemme in cerca di emozioni forti e in fuga dalle sue malinconie li segue a mezzo piano di distanza. Due agenti si piazzano davanti alla porta, bussano e calciano, POLIZIA APRITE APRITE O SFONDIAMO!, ma non ce n'è bisogno, APRIAMO APRO APRO risponde una voce dall'interno, gli agenti si mettono ai lati della porta al riparo da possibili azioni violente, il battente viene schiuso poi spalancato e in mezzo compare un trentacinque-quarantenne in boxer e maglietta, e qualche passo indietro un nero più giovane che si sta infilando i pantaloni forse del pigiama. Non hanno un'aria troppo temibile.

Controllo dei documenti, prima ispezione sommaria dell'appartamento, primi interrogatori a caldo. Brisk non c'è. Il trentacinquenne a domanda risponde di chiamarsi Santoro Domenico, nato a Volpiano in provincia di Torino, titolare (o prestanome) di due "frighi", shop automatici h24, in zona Vanchiglia; il secondo Mangane Dramé, senegalese, in possesso di regolare permesso di soggiorno lavora in un vivaio della collina che coltiva fiori e piante in vaso. La scientifica arriverà più tardi; nell'attesa di essere impacchettati per un interrogatorio accurato i due forniscono separatamente le prime informazioni: il loro coinquilino è partito da qualche giorno, una settimana forse, per dove non sanno, ma dovrebbe tornare presto, ha lasciato lì quasi tutta la sua roba.

Okay, versione concordata, sarà dura fargli sputare qualcosa di utile, pensa Martinetto, e dice: In questura controlleremo tutto, dal giorno della vostra nascita a oggi e intanto la scientifica rivolterà la casa come un calzino.

Modi bruschi da sbirro. Lasciano due agenti alla porta e un altro paio di guardia al portone, si infilano nelle macchine e sgommano via.

Poi, avanti con la routine. Innervosire i due con l'attesa in stanze separate e controllate, colazione con caffè triplo al bar, esame minuzioso dei documenti e dei precedenti. Tanto per cominciare il permesso di soggiorno di Dramé proprio regolare non è: scaduto due anni prima, non rinnovato e taroccato. Vabbè, un po' di apprensione per possibili guai venturi gliela si può indurre, mentre intanto si sfruculierà negli ambienti che frequenta quando non recide fiori e pota arbusti.

Santoro Domenico sarà un osso più duro. Il cognome Santoro compare marginalmente in un'indagine della DIA circa le infiltrazioni della 'ndrangheta nel Canavese, ma Domenico è incensurato, la sua famiglia pure e di basso profilo, il padre proprietario di un'edicola di giornali e gadget, la madre casalinga, la sorella ventottenne e nubile cassiera da Bennet nel vicino comune di Settimo. Ma... ma Volpiano è uno dei paesi dell'area metropolitana di Torino in continua crescita di abitanti ma non di attività produttive legali; un'edicola di giornali che resiste mentre la maggior parte chiude può essere un comodo punto di incontri e scambi di notizie ora che tutti – meno i politici di basso livello – cominciano a diffidare dei telefoni; due "frighi" di zona Vanchiglia sono entrati in proprietà di Domenico detto Nico solo da sei mesi: prima di preciso cosa faceva, solo il giornalaio insieme al padre?

Martinetto si passa le mani tra i capelli, ci sarà da sgobbare fino a sera tardi, altro che pennica! E se almeno il piemme sloggiasse e si guadagnasse nell'ufficio suo il pane che generosamente lo Stato gli passa, invece no, sempre tra i piedi a "dirigere le indagini", sebbene incapace di dirigere il cucchiaio del cappuccino dalla tazza alla bocca senza inondare il ripiano del tavolo.

Umore saturnino, atrabiliare.

Alle undici Palmina bussa alla porta:

«Commissario...»

«Eh?»

«Le ho preparato una tisana alla melissa. È alla temperatura giusta, gliela lascio.»

«Una tisana come al cronicario?»

«Ma no, è che la giornata sarà lunga.»

«E cosa fa la melissa?»

«È rilassante.»

«Secondo te io ho bisogno di rilassarmi?»

«Sì.»

«Sbriga il tuo lavoro, invece di fare la kellerina.»

«Appunto.»

«Appunto?»

Ma l'assistente sta già chiudendo la porta, lasciando aleggiare il suo sorriso come quello del gatto di Alice, e Martinetto si sorprende a sorridere suo malgrado.

Intanto si è scoperto che "Brigido" è una bufala, che Brisk

è il cognome pronunciabile di Brkić, che di nome fa Budimir, serbo di un posto nei dintorni di Novi Sad, arrivato in Italia da solo nel 1997, sistemato in una comunità di minori sino al raggiungimento della maggiore età nel 2011, beneficiario di un permesso di soggiorno per ragioni umanitarie.

E dopo? Dopo è un lavoro di pazienza rintracciarne le tracce. Ma anche prima è una biografia senza senso. Tarocca forse.

Il commissario si affaccia sulla porta del suo ufficio:

«Palmina!» urla come se fosse nel bel mezzo del deserto del Sahara.

«Eccomi, agli ordini, dica pure» lo invita lei comparendo qualche secondo dopo. Espressione e tono professionali, smentiti da uno scintillio sospetto degli occhi. Lui decide di ignorarlo.

«Su Brisk o quel che è, buttati a corpo morto. E voglio una foto aggiornata, non da adolescente pallido con l'aria da cristoincroce.»

«Sarà fatto. Ma per la foto, forse è meglio lasciar intervenire Giacomazzi coi suoi soffia, si fa prima.»

«Da quando sei a capo della squadra?»

«Mi scusi, ne ho ancora di gradini da salire. Era solo un modesto parere» ribatte lei, con lo sguardo rivolto alla porta anziché all'interlocutore. Labbra strette, cucite con filo invisibile.

«Ma Giacomazzi dov'è?»

«A consultare i suoi soffia. L'ha spedito alle otto Rivelli.»

«Ah» dice lui, e preferisce non aggiungere altro.

Il sopralluogo della scientifica non ha fornito indizi rilevanti. O meglio, di rilevante c'è che i due se l'aspettavano e avevano provveduto a sterilizzare l'ambiente. Qualche rara impronta del Brisk (cancellarle completamente sarebbe stata mossa troppo sospetta), abiti ed effetti personali del suddetto come messi in ordine da un maggiordomo inglese (tutta roba sgalfa da mercato, scarpe comprese: assortimento poco credibile riguardo a un ventiquattrenne intraprendente e rampante); appartamento nel suo insieme più simile a quello di due attempate commesse di merceria che a quello di due o tre maschi con gli ormoni in sarabanda. Nessun computer, nessun cellulare, nessuna agenda taccuino appunto ricevuta multa attribuibile al desaparecido. I cellulari dei coinquilini a un primo esame sono avari di foto e non ce n'è una che ritragga l'allegro terzetto davanti a una pizza a una vetrina in discoteca o in un posto qualsiasi del vasto universo. Eccesso di zelo, abbastanza strano in chi cammina sul confine del lecito o un po' oltre, ma per fortuna non tutti i delinquenti sono tanto furbi, anche se – Murtas dixit – le forze dell'ordine non sempre li beccano.

Il dottor Pagnottino eccitato ed elettrico assiste e collabora all'interrogatorio di Santoro e Dramé, e ai tanti non so, non ricordo, non è mica mio fratello, io mi faccio i fatti miei eccetera si elettrizza sempre più come sotto a un cavo dell'alta tensione, infine esplode, rivolto prima all'uno poi all'altro: CERCATI UN AVVOCATO, REGISTRO DEGLI INDAGATI, STATO DI FERMO.

Poco dopo le due se ne va, con le pile finalmente scariche; Martinetto tira un respiro di sollievo, si sgranchisce le gambe, ordina e mangia un toast, poi chiama Rivelli e commenta con lui la foto del Brisk che nel frattempo Giacomazzi ha inviato sul computer. Pensa fugacemente al suggerimento dell'assistente Vannini con un pizzico di irritazione.

Poco dopo le quattro e mezzo il cellu di Gerry squilla. Lui dà un'occhiata allo schermo e prorompe in un una muta dolorosa imprecazione: un'altra volta la polizia, ziocan. Ha sgobbato senza alzare la testa dalle otto alla mezza, ha ingurgitato in fretta un paio di panini che gli ha allungato Sabri (pomodori e mozzarella, tonno insalata e maionese: commestibili ma senza sapore, come quelli dell'Acapulco's che adesso gli sembra l'Eldorado), ha ricominciato lo sgobbo all'una e ora sta aspettando mezzo esausto che lei finisca il turno, un po' di tregua dalle grane se la meriterebbe e invece no, maledetto il momento che ha conosciuto il Brisk, che non gli ha detto subito no, maledetto sto porco mondo ladro dove il vecio ha ragione e lui torto, sempre torto qualunque cosa faccia o non faccia.

«Sì?» risponde svogliato. A chiamarlo è la poliziotta che l'ultima volta lo guardava come se non avesse di fronte un ragazzo ma un fenomeno da circo.

«Dovrebbe passare un attimo in questura.»

«Quando?»

«Appena può.»

«Di nuovo?» sospira.

Lei sembra intenerirsi, oppure sa fare bene la pinocchia: «Una cosa breve. Cinque minuti, non di più».

«Va bene» esala rassegnato e si chiede come la prenderà Sabri, sta ulteriore convocazione.

Sabri non la prende male, forse perché il giardiniere si è lasciato scappare un mezzo elogio di Gerry e ha arrotondato il compenso, sessanta euri sull'unghia, non male.

E in questura la cosa è davvero breve. Per fortuna, anche perché non trovando parcheggio ha dovuto lasciare la macchina in doppia fila con Sabri al volante per sloggiare in fretta se necessario.

Il commissario gli mostra una foto sul computer:

«Sa dirmi chi è?»

«È il Brisk. L'avete trovato?»

«Abbiamo trovato la foto.»

«Ah, ecco.»

«Lei ha idea di dove potrebbe essere?»

«No no.»

«Va bene, può andare.»

Gerry sgrana gli occhi:

«Basta così?»

La poliziotta abbassa la testa su una carta che ha davanti, Martinetto reprime un sorriso, il secondo della giornata:

«Dica a suo padre che verso la fine della settimana toglieremo i sigilli al bar.»

«Cioè... che possiamo riaprirlo?»

«Sì.»

«Ah... grazie mille.»

«E mi dia retta, non faccia altre stupidaggini.»

«Sì sì grazie.»

Si alza dalla sedia, come timoroso di un improvviso colpo di scena ostile, indietreggia sino alla porta:

«Buonasera buonasera grazie.»

Era venerdì.

Aris aveva ricevuto una chiamata sul telefono sicuro alle cinque del mattino, si era alzato in fretta dal letto per rispondere ed era uscito senza dire una parola. Al ritorno, verso le nove, aveva le mascelle contratte dei giorni di furia e io mi ero tenuta alla larga da lui, perché quando è così silenzioso e teso basta una domanda o una qualunque insistenza e mi arriva un ceffone. Poi di solito si scusa, ma la memoria del ceffone resta. Qualche volta anche il segno.

Ho cominciato a capire soltanto dopo. C'era stato un omicidio in un bar di periferia, per puro caso avevo conosciuto da Serenella il ragazzo che aveva scoperto il cadavere e avvisato la polizia. Volevo rivederlo e ho usato il pretesto della tesi, un po' perché mi intrigava e un po' per gioco, ma poi tutto si è aggrovigliato in modo imprevisto.

«Tutto risolto» ha detto una sera Aris dopo la scopata, quando è un po' infragilito, ammesso che il termine si confaccia a uno come lui.

«Risolto cosa?»

«Quello che volevi.»

Non ha aggiunto altro e io non ho chiesto, perché avevo capito e mi andava bene così, o forse no ma indietro non si poteva tornare. Poi di quel morto che non era più consistente di un'ombra ho saputo il nome e visto la foto e l'ombra è diventata una persona. No, non mi sono commossa, ma ho cominciato ad avere un po' di paura.

Per me. Per Aris. Per il mio futuro.

E poi... e poi e poi.

Non chiedo, ma so. Brisk non lo troveranno più. Aris ha un alibi più solido del cemento armato, ma non riesco a prevedere che programma abbia per me. È partito non so per dove e mi ha lasciata qui a Budapest, a *fare le cure termali*, sorvegliata a vista dai suoi soci d'affari. Ha detto che mi farà sapere quando potrò tornare a Torino.

Forse.

I nomi degli importatori venditori e installatori di slot che bazzicano nel Norditalia e lo infestano sono stati recuperati, su di loro stanno lavorando a testa bassa Murtas Dassetto e Rivelli quando alle nove di sera Palmina entra nell'ufficio del capo con il passo alato della vittoria.

«Allora?» chiede lui, brusco per la stanchezza.

«Secondo il suo parere, perché alle superiori hanno abolito lo studio della geografia?»

«Nessun parere in proposito, soprattutto a quest'ora.»

«Allora mi rispondo da sola: perché i tecnici del ministero dell'Istruzione sono delle capre.»

«Non capisco il nesso, soprattutto con il nostro caso.»

«Io in geografia avevo nove e ora il nesso glielo spiego.»

«Brava, in due minuti però.»

«Ecco qua: uno dei boss del giro delle slot si chiama Aris Arcà, e questo l'avete scoperto voi. Io ho approfondito: nato a Novi Sad, da padre calabrese cittadino italiano e madre serba; Arcà è un cognome di origine greca e questo spiega il nome Aris, un po' inconsueto da noi. La madre, Dragica Bates, è originaria di Novi Sad e là è tornata a vivere dopo il divorzio.»

«E allora?»

«Calabria, Volpiano e Novi Sad: il triangolo non è casuale. La 'ndrangheta in Piemonte prospera sin dagli anni '60, a Volpiano imperversa la 'ndrina del Crotonese e proprio a Volpiano è nato il Domenico Santoro dei frighi di zona Vanchiglia e suo padre ha un'edicola di giornali. Il Santoro vive, vedi caso, con il Brisk, originario di un buco di paese dal nome difficile a pochi chilometri da Novi Sad, dove, come ho già detto, è nata e vive la madre di Aris. Vi chiedevate come mai un boss delle macchinette e di chissà cos'altro si fosse preso un aiutante o piazzista stupido e malfidato e la riposta secondo me è questa: il Brisk deve essere in qualche modo suo parente, magari alla lontana, perché anche i criminali tengono famiglia. Controllate e vedrete se ho ragione o no.»

«Come si chiama il buco di paese?»

Palmina legge il nome che si è scritta sul palmo della mano sinistra, come a scuola:

«Sremski Karlovci, e non sembra neanche brutto nelle foto su Google. Le lascio i miei appunti e vado a casa, che ho già fatto troppi straordinari. Non pagati, tra l'altro.»

E già al di là della porta aggiunge: «Le auguro una buona serata, commissario».

Troppo stanco per indispettirsi del tono vagamente irridente, Martinetto apre la cartellina e comincia a studiarla.

Giovedì

I conti tornano, o sembrano tornare.

Quale sia il legame di parentela tra Aris Arcà e Budimir Brkić detto Brisk per il momento è difficile da stabilire, è invece certo che il primo, con la sua convivente Gilda Gribaudo, ha lasciato Torino da circa una settimana. La portinaia di piazza Cavour è stata piuttosto avara di particolari, o perché poco interessata alle vicende degli inquilini o per contegnosità sabauda. Il piemme, forzando un po' i dati, ha permesso un sopralluogo nell'appartamento: la maggior parte degli effetti personali della coppia non sono stati portati via, il che lascia aperta una doppia possibilità, cioè la previsione di un ritorno abbastanza ravvicinato o un calcolato depistaggio. Più probabile la seconda: la Vannini – che ha sfinito il commissario per poter essere presente –, ha fatto notare che il manifesto sotto vetro della mostra di Carol Rama alla GAM è leggermente più piccolo della cornice che ha lasciato la sua impronta su una parete del soggiorno: un quadro di valore portato via e sostituito con un manifesto? Inoltre e soprattutto né ad Arcà né alla Gribaudo risultano intestati cellulari acquistati in modo regolare e le attività del primo sono sicuramente occultate nel sottobosco di società di comodo aperte e chiuse senza quasi lasciare tracce.

La presenza delle slot, la diffusione dei totem e la crescente ludopatia – osservano realisticamente il commissario e il vice – hanno attirato la voracità di pesci sciolti e di branchi organizzati; lo Stato – che sul gioco d'azzardo ci lucra – mette i pannicelli caldi su gambe di legno: raccomandazioni divieti e divietini che intaccano il fenomeno meno che marginalmente. Del resto, o si accetta l'idea di uno Stato etico che pretende di organizzarti la vita o ciascuno è in pratica libero di rovinarsi come gli pare, con l'alcol la droga le slot o in dozzine di altri modi.

Per le sette di sera, dopo le giornate di lavoro a testa bassa, il commissario riunisce la sua squadra ristretta in ufficio:

«Da domani orario e ritmi normali per tutti» annuncia.

«Però siamo ancora in alto mare» sembra rammaricarsi Dassetto.

Martinetto ignora l'interruzione e continua:

«Con ritmi normali ci occupiamo di quanto è ancora in sospeso. Della ditta Garborin, dei contatti dello Strazzari, dei coinquilini del Brisk eccetera. Lui, il Brisk, cerchiamo di rintracciarlo vivo o morto e di chiarire il movente dell'omicidio.»

«Del polpettaro di Capo Verde vorrei occuparmene io» si propone Giacomazzi.

«Tutto tuo» lo accontenta il capo. «Riguardo al Brisk sarà dura avere notizie, ma con Arcà ce la faremo, continuando a scavare nei suoi affari e aspettando che torni. Perché secondo me prima o poi torna e noi lo becchiamo.»

«Forse» minimizza Murtas.

Forse, è costretto ad ammettere tra sé Martinetto, ma intanto cominciamo col rendergli la vita difficile in tutti i modi possibili. Il che è già meglio di niente: solo nei romanzi (e nei miei abbioccamenti postprandiali) tutto si risolve in due tre giorni o poco più.

Venerdì

«Massimo, ti ricordi di me?» chiede al telefono una voce di ragazza.

Due secondi di incertezza:

«Sei... Roberta, Roberta Sibona?»

«Proprio io.»

«A Torino?»

«Sì, arrivata stamattina. C'ero anche lunedì, ho cercato di fermarti, ma filavi sulla bici come Nibali.»

«Non ti ho vista. Contento di sentirti.»

«Ci vediamo?»

«Volentieri, ma devi promettermi una cosa.»

«Spiegarti perché la vita è un cicles?»

«Sì. Non l'ho ancora capito.»

«Ti invito a cena stasera o domani e te lo spiego.»

«Stasera.»

«Bene. E ti faccio anche una proposta.»

«Amorosa?»

«Per quella, se è il caso, vedrò in seguito. Alle otto al Cambio, ti va bene?»

«Al Cambio? Hai ereditato dallo zio d'America?»

«Più o meno. Ci stai o no?»

«Certo che ci sto. Sono già lì.»

Altro ristorante stellato, riflette lui subito dopo. La vita è proprio imprevedibile.

N 000718

SIAE DALLA PARTE DI CHI CREA
Aut. C - 30 - 2019

Mondadori Libri S.p.A.

Questo volume è stato stampato
presso ELCOGRAF S.p.A.
Stabilimento - Cles (TN)

Stampato in Italia - Printed in Italy